Red Lu

Tome

Adieu, Mignonne

de Marie-Eve Bourassa

est le mille soixante-et-onzième ouvrage

publié chez VLB ÉDITEUR.

Direction littéraire: Annie Goulet
Coordination éditoriale: Ariane Caron-Lacoste
Correction d'épreuves: Aimée Verret
Couverture, grille graphique et mise en pages: Chantal Boyer
Photo de la couverture: *Cigarette advertisements for women's market*
© Alfred Cheney Johnston, 1933.

Catalogage avant publication de Bibliothèque et Archives nationales du Québec
et Bibliothèque et Archives Canada

Bourassa, Marie-Ève, 1981-
    Red light
    L'ouvrage complet comprendra 3 volumes.
    Sommaire : t. 1. Adieu, Mignonne.
    Texte en français seulement.
    ISBN 978-2-89649-682-2 (vol. 1)
    I. Bourassa, Marie-Ève, 1981- . Adieu, Mignonne. II. Titre.
PS8603.O942R42 2016   C843'.6   C2016-940071-9
PS9603.O942R42 2016

VLB ÉDITEUR   DISTRIBUTEUR:
Groupe Ville-Marie Littérature inc.*   Les Messageries ADP inc.*
Une société de Québecor Média   2315, rue de la Province
1055, boulevard René-Lévesque Est   Longueuil (Québec) J4G 1G4
Bureau 300   Tél.: 450 640-1234
Montréal (Québec) H2L 4S5   Téléc.: 450 674-6237
Tél.: 514 523-7993   * filiale du Groupe Sogides inc.,
Téléc.: 514 282-7530   filiale de Québecor Média inc.
Courriel: vml@groupevml.com
Vice-président à l'édition: Martin Balthazar

VLB éditeur bénéficie du soutien de la Société de développement des entreprises culturelles
du Québec (SODEC) pour son programme d'édition.
Gouvernement du Québec — Programme de crédit d'impôt pour l'édition de livres — Gestion SODEC.

Financé par le
gouvernement |  Canada
du Canada

Nous remercions le Conseil des arts du Canada de l'aide accordée à notre programme de
publication.

Dépôt légal: 2ᵉ trimestre 2016
© VLB éditeur, 2016
Tous droits réservés pour tous pays

editionsvlb.com

RED LIGHT

DE LA MÊME AUTEURE

Par le feu, Montréal, VLB éditeur, 2013.
Élixirs. Une petite histoire illustrée des cocktails, Montréal, VLB éditeur, 2014.

À PARAÎTRE
Red Light tome 2, Montréal, VLB éditeur, 2016.

MARIE-EVE BOURASSA

RED LIGHT
ADIEU, MIGNONNE

TOME 1

vlb éditeur
Une société de Québecor Média

Pourtant, tout homme tue ce qu'il aime,
Que tous entendent ces paroles.
Certains le font d'un regard dur,
D'autres avec un mot flatteur,
Le lâche tue d'un baiser
Et le brave d'un coup d'épée !
OSCAR WILDE, *La ballade de la geôle de Reading*

You know WATER makes your stomach rusty.
Rust is not known in Montreal.
(On sait que l'eau fait rouiller l'estomac.
On ne trouve pas de rouille à Montréal.)
TEXTE SUR UNE CARTE POSTALE,
AUX ALENTOURS DE 1920

Elle est débarquée comme ça, sans invitation, un matin de septembre. Il faisait beaucoup trop chaud, on se serait cru en été, et l'atmosphère de la petite chambre délabrée était viciée. Je devais moi-même grandement participer à empuantir l'espace, avec ma senteur de coquerelle. Je ne sortais plus de l'appartement, ne portais même plus de pantalon, ne gardant sur moi que mon *hanfu* défraîchi, comme une deuxième peau. On étouffait à l'intérieur, mais on étouffait dehors aussi. Un mélange de ces effluves étranges provenant des restaurants du quartier, des blanchisseries et des détritus qui pourrissaient au soleil. Sortir pour prendre un peu d'air était illusoire. Ici, l'air était quelque chose de rare et de court, de ranci comme le cœur de Montréal et de ses habitants. Pour respirer, il fallait faire le trajet jusqu'au port, au bout des quais. Mais ça, c'était quelque chose de dangereux : immanquablement, ça donnait des envies de disparaître. De monter sur un bateau en direction de va savoir. Ou de sauter dans l'eau du fleuve ; avec un peu de chance, on serait emporté par le courant.

C'est Pei-Shan qui lui a ouvert. Moi, j'aurais opté pour qu'on la laisse se détruire les jointures sur la porte. Vu la suite des choses, d'ailleurs, ç'aurait sans doute été préférable.

Elle avait la peau blanche et les cheveux beiges, coiffés comme le voulait la dernière mode. Elle sentait la poudre et le parfum, s'était mise toute belle dans sa robe du dimanche. Elle avait les yeux de quelqu'un qui a oublié comment dormir ou qui a beaucoup pleuré. Grassouillette. Et sur son visage, une expression sotte d'enfant : il y avait un marché pour tout, apparemment. Je lui aurais donné quatorze, quinze ans tout au plus. Une fille parmi trop d'autres, se prénommant Jeanne.

Elle s'est assise sur un banc devant moi, aussi craintive que décidée, habitée par la détermination de celle qui a déjà tout perdu, et j'ai rapidement compris qu'elle ne me laisserait pas lui dire non.

J'ai fourré l'enveloppe qu'elle venait de me tendre dans un repli de ma robe d'intérieur. Dedans, plusieurs billets de banque que je n'avais pas pris le temps de compter. J'ai croisé le regard de Pei-Shan, minuscule dans son jupon trop grand. La somme était loin d'être faramineuse, mais il y avait un sacré bail qu'on n'avait pas vu autant d'argent. Elle non plus ne me laisserait pas dire non.

— Sûr, que je me souviens de Rose ! ai-je finalement concédé. C'est chez elle que tu vis ?

Jeanne a acquiescé.

— C'est elle qui m'a convaincue de venir vous voir, m'sieur Eugène. Elle m'a dit que vous pourriez m'aider. Que je pouvais vous faire confiance, que vous l'aviez déjà aidée, elle...

— Ça fait longtemps, ça, mon agneau. Comme tu vois, j'ai plus rien d'un policier. C'était dans une autre vie. Pas pour te décevoir, mais...

— Mais la police, a veut pas m'aider de toute façon. C'est pour ça que...

— Pis pourquoi je le ferais, moi ? Je te connais même pas. Madame Rose... Ah ! Madame Rose, je la connaissais : une femme qui savait manœuvrer ses hommes... Mais toi ?

Un nuage a assombri son regard. Elle a lissé sa robe sur ses genoux. Elle était prête à tout, mais espérait ne pas avoir à partager ma couche. Ça se comprenait, même si elle avait dû voir pire.

— Ben, je vous ai payé, a-t-elle dit, inquiète pour cet argent que j'avais déjà fait disparaître dans mon vêtement. Toutes les filles ont participé...

— Tu veux m'engager ? Commence donc par parler franc.

Elle s'est mordu la lèvre en jetant un coup d'œil rapide vers Pei-Shan, qui préparait la décoction matinale, agenouillée à mes côtés. J'ai souri.

— Fais-toi-z'en pas, Shan parle pas un saint mot de français. Comprend rien pantoute. Pas vrai, ma femme ?

Pei-Shan nous a adressé un grand sourire niais en dodelinant de la tête.

— Pis, entre toi pis moi, je doute fort qu'elle soit toute là : des p'tits problèmes de toiture, si tu vois ce que je veux dire... Son père me l'a échangée pour régler une dette, une histoire ben triste. *Mais si tu veux mon avis, je lui lendais selvice, au vieux lat, en plenant avec moi sa fifille,* ai-je raillé.

J'ai replacé le collet de ma robe. Pei-Shan a finalement versé le liquide fumant dans mon verre, et j'ai cru bon de me reculer un peu, au cas où l'envie de m'ébouillanter lui prendrait. Elle a ensuite rempli le deuxième gobelet, avec lequel elle s'est éloignée lentement jusqu'au lit, au fond de la pièce. Jeanne, à la fois surprise et soulagée de ne pas avoir à goûter à cet étrange breuvage, se tortillait sur son banc. J'ai pris une première gorgée, amère et brûlante, avant de lui présenter mes excuses :

— C'est un médicament, pour ma jambe de guerre. *Papaver somniferum.* Tu comprends ?

— Oui, oui, a-t-elle acquiescé, perdue.

— Mais si t'as soif, je peux envoyer Shan te chercher de l'eau chaude en bas, à la buanderie. On doit ben avoir du thé quelque part... Shan !

— Non, non. Je veux pas être de trouble.

Et comme Pei-Shan commençait à bouger très doucement, amortie par la tisane, la petite a ajouté :

— Madame Shan, non, non, s'il vous plaît, restez où vous êtes. J'suis correcte. J'ai pas sou-a-fe...

Comme si elle s'adressait à un enfant attardé, Jeanne a prononcé ce dernier mot en exagérant chaque syllabe. Shan a replacé ses minuscules pieds sur le matelas, un sourire imperceptible figé sur les lèvres. Sans me lever, je me suis étiré vers ma canne, qui gisait à ma gauche. Je l'avais surnommée Mignonne : une longue tige de bois irrégulière, chapeautée d'une tête de chien sculptée. Une belle pièce. Mignonne, ma fidèle compagne, celle qui assistait ma mauvaise jambe lors de mes rares déplacements. Celle, aussi, qui me rappelait tous les jours ce que j'avais perdu. J'ai bu encore et, en prenant appui sur Mignonne, je me suis redressé afin de récupérer ma blague à tabac, oubliée sur le lit. Mis à part les gueulards de la buanderie du rez-de-chaussée et le bruit de ma canne sur le plancher, le silence baignait la pièce, et cette étrange tranquillité semblait écraser Jeanne, peut-être plus que cette saleté d'humidité. J'ai résisté à l'envie de m'étendre à mon tour sur le matelas, aux côtés de Pei-Shan, dont les yeux étaient maintenant fermés, et suis retourné m'installer devant la gamine. Dire qu'il y en avait qui payaient pour goûter à ce morceau... J'ouvrais mon sac à tabac quand elle s'est décidée à parler :

— J'en ai des déjà faites, m'sieur Eugène. Pourquoi se démener à les rouler croche, hein, quand ils nous les font de même, toutes drettes ?

C'est en prononçant ces mots que Jeanne a remarqué mes paluches à quatre doigts, toutes deux privées d'auriculaire. En vitesse, gauchement, elle a déposé une cigarette devant moi et en a planté une autre entre ses lèvres. Un ange est passé. En prenant soin de ne pas fixer mes mains, elle attendait que je l'allume. Alors que je continuais à rouler, elle s'est finalement risquée à faire craquer le briquet.

Ma tisane d'opium était presque terminée, mais les effets tardaient à se manifester. J'ai tiré sur ma cigarette avec vigueur et la fumée, réconfortante, a rempli mes poumons d'un coup.

— Je sais que j'ai levé le nez sur le thé, mais je serais pas contre un p'tit boire, a dit Jeanne. Un coup de gin, quelque chose. Ça m'aiderait à parler, me semble...

— Voyons, fille, il est même pas midi. Personne aime une femme qui boit, comme dirait sa mère.

Pauvre cocotte : aussi perdue qu'une jument sans cavalier. Devant ma moue faussement outrée, elle a baissé les yeux. Parce que oui, j'avais raison, c'est sûr, une femme, ça devrait pas boire, mais elle ne se reconnaissait plus, et puis la situation était particulière, ça faisait une semaine qu'elle se mangeait le derrière de la tête, à deux doigts de la crise de nerfs, ce n'était pas une habitude, non, surtout pas le matin, il fallait la croire... Je lui ai servi un verre de vin St-Michel, une bouteille déjà ouverte qui était venue en prime avec la chambre quand Shan et moi avions emménagé. Jeanne a eu l'air déçue, mais pas assez pour s'empêcher de boire. Après quelques gorgées, elle s'est enfin mise à parler.

Elle s'exprimait avec une petite voix aiguë, nasillarde, ce qui anéantissait le peu de crédibilité qu'elle avait. Je me laissais bercer par le flux de mes propres pensées, ses couinements et la rumeur du quartier qui s'éveillait d'une autre nuit trop longue.

En un mot, on lui avait pris son bébé. Six mois. Emmanuel, dit Manu. Occupée avec un client, elle l'avait laissé seul dans sa chambre. Et une fois son labeur achevé, plus d'Emmanuel. Disparu. Selon ses dires, personne n'avait rien vu, rien entendu. Une maison close, remplie de monde, mais pas l'ombre d'un témoin. Houdini aurait payé cher pour connaître son truc !

La police dans tout ça ? Eh bien, la police ne la prenait pas au sérieux. Franchement, pouvait-on s'en étonner ? La ville entière pourrissait, envahie par des hordes d'Américains assoiffés et de truands qui avaient tout à prouver. La semaine dernière encore, on avait prétendu faire le ménage en arrêtant pas moins de cent vingt-deux personnes en une seule soirée. Mais tout ce qu'on faisait, réellement, c'était de cacher la poussière en dessous des tapis. Le corps policier en soi était un engrenage indispensable à une machine bien huilée, où crime et ordre ne faisaient qu'un. Les cabarets, les barbottes, les maisons de passe. La booze la plus légale d'Amérique du Nord et les meilleurs whiskys « d'importation privée ». *The place to be* : le petit Paris du Nouveau Monde. Le mirage de femmes faciles se noyant dans des flots d'alcool. Ça, et aussi une belle promesse de syphilis. Qu'une poule ingénue perde son enfant dans ce cirque, quelque part entre deux numéros de contorsion à cinq piasses, qu'est-ce que la police en avait à faire ?

— Et le père ?

Elle a renversé du vin sur sa robe.

— C'est pas comme si je gardais des comptes ! a-t-elle répliqué en prenant soin de ne pas croiser mon regard.

— Mettons que je te crois. As-tu une petite idée de qui c'est qui aurait voulu te le prendre, ton bébé ?

— Non, j'vois pas. Pourquoi on ferait ça, hein ? Prendre le bébé de quelqu'un... Les filles à maison sont toutes ben fines, ben compréhensives. Y'a Marcelle qui chiale un brin, parce que Manu l'empêche de dormir... Elle a la chambre à côté de la mienne. Des murs en papier. On entend toute : surtout ce qu'on veut pas entendre ! Ah ! ce qu'on peut entendre, des fois...

Son sourire peu convaincu s'agençait merveilleusement bien avec ses petits yeux rouges et humides. Comme je ne réagissais pas, elle a repris son air agaçant de martyre à cinq cents et a continué :

— Quand j'y pense, Marcelle était pas mal à bout. Elle a dit que c'tait une bonne affaire : des bébés qui braillent, c'est pas bon pour la business, ça fait peur aux clients. Dire ça à quelqu'un qui vient de perdre son bébé, a-t-elle ajouté, la gorge serrée, avant de se ressaisir. Mais oubliez ça, m'sieur Eugène. Je suis sûre que Marcelle y est pour rien. Pis de toute façon, c'est Madame Rose qui runne la place, et elle a toujours dit que les hommes qui veulent pas voir les conséquences de leurs galipettes, ben ils devraient même pas avoir le droit de se la sortir des culottes. J'suis ben d'accord avec ça, moi. Vous savez, on est comme une grande famille, chez elle. Y'a déjà les enfants à Solange. Sa fille, Édith. Pis le p'tit Yvan, le p'tit maudit cochon qui vient se cacher dans nos garde-robes pour écornifler quand on travaille. Déjà l'esprit mal tourné à sept ans, j'vous jure...

— Ben oui, ben oui. Ça fait que la Marcelle...

— Oh non ! C'est pas elle. Est un peu impatiente, mais de là à être une voleuse de bébé... C't'une bonne fille, au fond. J'sens ça, moi, ces affaires-là. C'est comme un don que j'ai : deviner la vraie nature du monde. Marcelle, a fait la tough, mais c'est rien qu'une carapace. On peut pas lui en vouloir, avec la vie qu'a eue. Comme vous, m'sieur Eugène : vous avez l'air dur comme ça, mais ça se voit que vous êtes un tendre.

Ça n'allait pas en s'améliorant pour Jeanne. À croire qu'elle m'implorait d'abréger ses souffrances.

— Vous êtes combien, chez Rose ?

— Douze filles. Plus Madame Rose. Ça fait...

— Pis à part Marcelle-qui-aurait-pu-mais-qui-a-pas, personne d'autre qui avait ton p'tit ou toi dans le collimateur?

Elle a secoué la tête en se mordillant la lèvre. Elle s'efforçait de me cacher quelque chose, assez mal d'ailleurs, ce qui donnait à penser qu'en vérité elle souhaitait se confesser. L'avoir cuisinée un tout petit peu, ou peut-être en lui offrant ce gin dont elle avait tant envie, j'aurais réussi à la faire parler. Mais son babillage était en train de m'achever, et je la voulais hors de chez moi.

— Ouin. J'cré ben que je vais être obligé d'aller faire mon tour au bordel..., ai-je soufflé en me relevant.

Jeanne a pris un air inquiet. Elle préférait sans doute avoir le temps d'avertir son clan avant que je me pointe avec mes questions dérangeantes. Ça, ou elle angoissait à l'idée d'être vue en ma compagnie dans les rues de son quartier.

— Respire, fille, que je lui ai lancé en marchant jusqu'au lit, nourrissant l'espoir vain qu'il y aurait encore un reste de tisane d'opium dans le verre de Pei-Shan. Je sortirai pas accoutré de même. Te ferai pas honte, mon ange. Tu l'as dit : j'ai un bon fond.

2

Elle était partie depuis quinze ou vingt minutes. Peut-être bien une minute, va savoir. Il n'y a rien de plus aléatoire que le temps pour un opiomane. Pei-Shan avait repris sa place à la table et roulait une cigarette en se servant dans ma tabatière. Le jupon qu'elle portait, en plus d'être trop grand pour elle, était usé et transparent, et je me suis demandé où elle avait bien pu dénicher ce vêtement dans lequel elle semblait encore plus délicate que d'ordinaire. J'ai tiré ma tasse vers moi, été forcé de constater qu'elle ne s'était pas remplie durant mon sommeil.

L'enveloppe n'était plus dans mon *hanfu*. J'ai souri tout en passant ma langue sur mes lèvres gercées. Pei-Shan a allumé la cigarette avant de me la tendre. À travers le rideau de ses cheveux noirs, elle observait nonchalamment ses ongles trop longs, se servant de ceux-ci pour y enlever la crasse. Ç'aurait pu être n'importe quelle journée dans notre quotidien banal. « Hé, Shan, tu sais pas le rêve con que j'viens de faire! Y'avait une putain assise là, où c'que t'es, qui était venue me donner de l'argent pour que j'y retrouve son bébé. Si c'est pas fou, ça! Regarde-moi : faudrait être simple sur un temps, penser à m'engager. » Ce à quoi Pei-Shan n'aurait sans doute rien répliqué. Elle serait descendue à l'étage du dessous pour répondre aux rares idiots qui désiraient faire nettoyer leurs vêtements avant de fermer boutique et de faire son shift de *congaï* de l'autre côté des portes coulissantes. Là où je serais allé la rejoindre, une fois le soleil couché, pour finir la journée sous la faible lueur des lampes à rôtissage.

Mais alors que Pei-Shan se levait, comme d'habitude, et glissait dans sa *qipao* bleue, comme d'habitude :

— Je vais avoir besoin d'argent. Comprends-moi bien : c'est pas pour aller faire le fou. Mais va falloir que je m'achète de quoi m'habiller. Je peux pas déambuler comme ça de l'autre bord de Dorchester, ils me laisseront pas rentrer nulle part.

Brisant ainsi la routine, elle est revenue s'asseoir. Elle a sorti l'enveloppe camouflée sous sa robe azur pour en retirer quelques billets et, sans me regarder, me les a rapidement tendus.

— Tu devrais aller au bain, a-t-elle ajouté dans un français impeccable, aux inflexions légèrement exotiques.

— Oui, ai-je fait en ramassant l'argent. Je vais en profiter pour me raser aussi, tant qu'à y être, hein? Voir si c'est encore moi en dessous de la fourrure.

Indifférente, Pei-Shan est retournée à ses occupations. Je l'ai observée alors qu'elle coiffait méthodiquement ses longs cheveux noirs. Elle a ensuite rapidement couvert ses pieds d'une bande de tissu beige avant de les glisser dans une paire de souliers de cuir noir, ouverts sur le dessus et bridés par une lanière et une boucle. Des chaussures qui ressemblaient aux souliers qu'on portait nous-mêmes, enfants, mais surélevés par un petit talon. Ceux de Pei-Shan ne différaient des autres à la mode que par leurs bouts particulièrement pointus, conçus spécialement pour ses pieds qui avaient été bandés lorsqu'elle était toute jeune. Sans me dire au revoir, ma femme s'est éloignée à petits pas et est disparue derrière la porte.

Après plus d'une heure sans bouger, sans penser, j'ai fait provision de courage et me suis mis à la tâche. Le blaireau, la lame, un miroir : des instruments dont j'avais oublié l'existence. Je devais les conserver inconsciemment pour un jour comme celui-ci, jour fatidique où le déserteur que j'étais serait retrouvé par l'humanité. « Désolé, mon gars, mais apparence que toi avec, tu fais partie de l'escadron. Allez, civilise-toi. On t'attend au front. » C'était le temps de défriper mon costume d'*Homo sapiens* et de rejoindre le reste du monde.

Étrange sensation, la peau nue de mon visage, vive d'une sensibilité nouvelle. Plus étrange encore : je n'avais pas tellement changé. Je me suis dévisagé un moment dans le minuscule miroir. Amaigri, oui, l'air un peu fatigué, renfrogné, triste, mais, au bout de compte, je fixais bel et bien un homme que j'avais déjà vu quelque part. À l'intérieur, tout avait été massacré. Un champ de bataille duquel aucune armée n'était partie victorieuse. Pourtant, le visage était celui que ma mère avait vu grandir et que quelques rares fous avaient peut-être bien aimé.

L'habit qui me restait, caché dans une valise sous le lit, était tout écharogné. J'ai eu beau le secouer, tout ce que ça faisait, c'était de soulever la cendre et la poussière qui jonchaient le sol. J'ai étiré et écrasé le costume le plus possible sur le lit avant de laisser tomber mon *hanfu* par terre. La cicatrice naissait sur le mollet et montait en lézardant jusqu'à la cuisse, environ trois pouces passé le genou. C'est là qu'elle s'élargissait encore, changeait de direction pour se perdre derrière, dans un endroit que je ne pouvais voir qu'au prix de douloureuses contorsions. Les médecins m'avaient prévenu : cinq ans plus tard, la peau nouvelle, tirée et rougeâtre, demeurait sensible. C'était somme toute tolérable. Ce qui ne l'était pas, en revanche, c'était la douleur qu'ils avaient enfermée à l'intérieur de mon membre en le recousant : un mal qui me rongeait sans cesse, comme si la guerre elle-même s'était faufilée dans la plaie. Depuis, les souffrances ne faisaient que croître.

Je me suis aspergé d'un fond de Listerine, en m'attardant particulièrement aux aisselles, avant de me glisser dans mon costume. Contrairement à ma taille, il n'avait rien perdu en largeur et, en perçant un nouveau trou dans le cuir trop sec de la ceinture, j'ai réalisé combien les dernières années en avaient bouffé de moi. Si j'avais, l'espace d'une seconde, cultivé l'idée saugrenue de conserver les quelques dollars que m'avait remis Pei-Shan pour me payer du bon temps, il fallait me rendre à l'évidence : l'acquisition de nouveaux vêtements était indispensable.

D'abord, me rendre au Bain Rubenstein, sur l'ancienne rue Saint-George, avant de faire un détour par Morgan's, qui se trouvait à deux pas de là. Avec un peu de chance, j'y trouverais quelque chose de pas trop chérant au sous-sol, dans le coin des liquidations. Finalement, j'irais rendre visite à la belle Rose.

J'ai analysé mon reflet dans la glace une dernière fois avant de sortir : Rose devrait être en mesure de me reconnaître.

3

C'était beaucoup trop chaud, trop humide pour un début d'automne, et malgré les trous dans mon vieil habit, j'étouffais. Le soleil plombait sur ma tête sans chapeau, cuisait déjà la peau blanche de mon visage fraîchement rasé, peu accoutumé aux sorties diurnes. Mon corps, une machine qu'on avait mise au repos trop longtemps, avait de la difficulté à repartir ; la marche me demandait un effort considérable. Dans ma poitrine, mon cœur pompait à un rythme effréné, résonnait jusque dans mes tempes couvertes de sueur.

Arrivé devant les Sulpiciens, j'ai tourné sur Jeanne-Mance, longé le mur de briques rouges duquel encore plus de chaleur émanait. Dorchester s'étalait devant moi, sous un ciel rayé de fils. La toile d'araignée du progrès se tissait au-dessus de nos têtes, retenue par des poteaux de bois sec comme des arbres morts tous les cinquante pieds.

C'était la limite de mon district, le quartier mal famé où j'avais élu domicile depuis mon retour à Montréal. Là où, parmi les étranges que les filles de bonne famille toisaient avec méfiance et dégoût, je me sentais le plus à ma place. Seulement quelques pas, et je repassais de l'autre côté. À l'intersection, un jeune policier faisait la circulation. J'ai mis le pied dans la rue et commencé à traverser. À ce moment, tout a grimpé d'un cran : la lumière, la chaleur, la cacophonie ambiante. Ça grouillait de partout. Saletés d'automobiles qui menaient un train d'enfer et effrayaient les chevaux, de plus en plus rares. Une honte ! Je préférais encore l'odeur du crottin à celle des gaz d'échappement. Les promesses du futur s'accompagnaient d'une couche de crasse qui recouvrait tout. Quelque chose me disait qu'on allait tous finir par suffoquer, ensevelis sous la suie.

J'ai croisé le regard de l'agent de police qui, armé de son sifflet, s'amusait fièrement à diriger les petits chars, les voitures et les bêtes à deux et à quatre pattes. Ma présence dans son intersection l'a déstabilisé, et le pauvre diable s'est mis à jouer de son instrument comme un perdu, en m'adressaient de grands gestes. Il y avait de fortes chances qu'ils aient conservé mon portrait, au poste de quartier n° 4, avec une note : « Eugène Duchamp, ça passe pas le Grand Chemin. » Mine de rien, j'ai continué à avancer : je me trouvais à un coin de rue du bain, à trois de mes nouveaux habits, pas question de m'arrêter.

Les bruits se confondaient : le sifflet, les voix, les klaxons et les moteurs, les hennissements, les cloches, les *tac-tac* du trolley... Tout s'est aussi mis à bouger trop rapidement. Une femme a hurlé, et son cri s'est vite fait enterrer par le sifflement du tramway, tout près.

— Tu veux te faire tuer, Duchamp ? a clamé une voix familière dans mon dos. Bouge, sacrament !

Au même moment, on m'a empoigné le bras, me forçant à avancer. On m'a pour ainsi dire soulevé de terre. À peine le temps d'atteindre l'autre côté que le tramway filait derrière nous, avec ses *ding-ding-ding* et ses cliquetis métalliques, passant à deux poils de nous happer. L'homme fort m'a poussé contre le mur d'un édifice. De pauvres petites mères avaient frôlé l'évanouissement en assistant à la scène, et leur état s'aggravait du fait d'avoir sous les yeux un héros si courageux. Le bel inspecteur Beaudry, toi chose, l'étoile montante de la police de Montréal, en chair et en os !

Mignonne gisait par terre. J'ai étiré ma bonne jambe pour la faire glisser jusqu'à moi. Après m'être assuré de son état, j'ai lentement levé les yeux vers lui. Fier comme un coq, Beaudry était manifestement conscient du regard des gens sur lui : celui admiratif de ces dames, celui envieux des messieurs.

— Vous l'avez échappé belle, monsieur, a-t-il lancé, davantage pour son auditoire que pour moi. Une maudite chance que je passais dans le coin ! Voyez l'agent, au milieu de la route : il a pas mis son costume pour faire le drôle. Non ! C'est son travail, imaginez-vous donc. C'est lui qu'il faut regarder, pour savoir quand traver...

J'ai plongé la main dans ma poche à la recherche de ma blague à tabac. Ah ! Beaudry, Beaudry, Beaudry... J'ai roulé en ne prêtant qu'une oreille distraite à ses paroles. Lorsque j'ai relevé les yeux en plantant ma cigarette entre mes dents, il terminait enfin sa tirade :

— Vous auriez pu y rester !

Quelques blancs-becs ont applaudi. Mais pas long-temps. Le beau Beaudry avait toujours eu tendance à sous-estimer son auditoire : les gens intelligents réalisaient en moins de vingt secondes qu'il n'était rien d'autre qu'un frimeur. Plus de poudre que de plomb. J'ai allumé ma cigarette. Une fois la foule dispersée, il s'est approché de moi.

— Duchamp.

— Beaudry.

— T'sais que, si tu veux en finir, j'en connais une couple qui seraient ben contents de t'aider.

— Toi le premier, hein ?

Il a reluqué ma roulée avec dédain avant de sortir une Buckingham de sa poche. Tous les deux adossés à l'édifice, on a fumé. Vite de même, on aurait juré qu'on était revenus dans le temps. Cinq ans...

— Qu'est-ce tu me veux, Beaudry ?

Il a tourné son visage vers moi tout en s'éloignant du mur qu'on partageait.

— Sec de même, hein ? s'est-il plaint en feignant l'indignation. Pas de question, pas de bonjour. Ça fait combien d'années, Duchamp ? À croire que t'as laissé toute ton savoir-vivre dans les Europes. Déjà que t'en avais pas à revendre...

— Je sais pas pour toi, mais moi, j'ai chaud en viarge, l'ai-je coupé. M'en allais aux bains, justement. Drette là. Tu peux venir me flatter le dos, si tu veux. Ou me planter un couteau dedans, dépend de ton humeur.

— Ça tombe bien que t'ailles te laver : le chef veut te voir.

Ça, ça valait une autre rouleuse.

— Le chef..., ai-je murmuré en ressortant mon tabac.

— Y va t'attendre chez Delisle à minuit. Apparence que vous avez une corneille à plumer ensemble.

— Une corneille, hein... Pour être sûr, là : tu parles du gros Bélanger ?

— Tu sais très bien que c'est rendu lui, le chef.

— Pis ? C'est comment, recevoir des ordres du gros Bélanger ?

Beaudry affichait toujours ce même sourire forcé, mais qui le connaissait savait qu'il commençait à trouver la farce moins comique.

— Pas pire que de travailler avec toi.

— Vu de même, ai-je soufflé dans un nuage de fumée. Mais sa femme à lui, je parie qu'elle est pas mal moins à ton goût.

On s'est regardés dans le blanc des yeux en riant : deux loups hypocrites qui avaient juste envie de se sauter à la gorge.

— C'est drôle : j'aurais pensé que ç'aurait été toi, le chef. Quand tu veux quelque chose, d'habitude...

On s'est remis en route. Une minute plus tard, la porte du Rubenstein se dressait devant nous. Suffoquant dans mon linge et dans mon odeur, j'ai défait le col de ma chemise.

— T'as jamais été très obéissant. Personne qui peut te dire quoi faire, jamais. À moins que ça vienne avec une belle enveloppe brune. Ou une belle paire de jambes... Ah ! là, par exemple...

— Ostie.

— Hé ! Je te juge pas, Beaudry. Au contraire : ce que je dis, c'est que t'as toujours eu ce que ça prend pour monter.

— Dans ma mémoire, toi aussi, t'étais promis à une grande carrière.

— Tu dis? Viarge... Le problème, c'est que j'avais trop d'ambition.

Il ne me restait plus qu'à entrer pour enfin me débarrasser de lui. Mais tant qu'à avoir Beaudry sous la main, j'ai cru bon de prendre des nouvelles de mes anciennes amours.

— Toi, là, Tony Frank...

Beaudry a haussé un sourcil et sa bouche s'est déformée en une drôle de moue, comme si tout un côté de son visage avait été tiré vers le haut: une grimace que je lui connaissais bien et qui apparaissait lorsqu'il s'entretenait avec quelqu'un qu'il méprisait.

— C'est-tu censé être une question, ça?

— Enweille, Beaudry, fais-moi pas chier...

— Tu penses quand même pas que j'vas m'en priver! Hé! Bon bain, mon Duchamp. Dieu sait que ça te fera pas de tort. Pis oublie pas: minuit, chez Delisle.

— Dis à Bélanger de pas m'attendre...

Beaudry a fait un signe de la main, sous-entendant que je parlais dans le vide, avant d'ajouter:

— Ah! pis, juste de même: y'a pas de soin, mon gars! Tout le plaisir était pour moi!

— De quoi tu parles?

— Crisse! Je viens de te sauver la vie, sans-dessein, a-t-il lancé en s'éloignant.

J'ai ri. Fort. Le tramway ne m'aurait jamais frappé. Jamais...

4

Dans mes beaux habits neufs, j'avais fière allure. Personne n'aurait pu deviner que je les avais eus pour une fraction du prix. En refusant le chapeau que la demoiselle avait essayé tant bien que mal de me vendre, j'avais réussi à conserver un peu plus de deux dollars de la somme allouée par Pei-Shan. L'avantage de ne plus avoir que la peau et les os, c'était que personne n'achetait de pantalon de si petite taille, dans le prêt-à-porter, et j'avais même eu le luxe de choisir la couleur et le tissu de mon nouveau complet. Marron foncé, et l'œil averti qui s'approchait assez de l'étoffe pouvait admirer le subtil carreauté du tissu, parcouru de minces fils de soie bordeaux. Veston et pantalon assortis. La chemise était crème, une teinte nettement plus riche que le traditionnel blanc, comme le disait si bien la demoiselle de chez Morgan's. Le premier faux col, celui que je portais, était bourgogne et rappelait la trame de soie. Le deuxième, classique et de la même couleur que la chemise, serait plus salissant. Avec ma fidèle Mignonne à la main, et si on ignorait les souliers usés, j'avais l'air étrangement respectable, et j'espérais qu'on ne me ferait pas trop de misères quand viendrait l'heure de passer à la fumerie de Candy Man – comme de raison, j'avais déjà dans l'idée de me pointer là dès que j'en aurais fini chez Rose.

Avec cette prestance royale, je me sentais tout à coup plus confiant en mettant le pied dans mon ancien quartier général, le Red Light. Le district était évidemment bourré de gens que je n'avais aucunement envie de revoir et qui se feraient assurément une joie de me rappeler pourquoi. Malgré tout, je ressentais une sorte d'euphorie : après des années de fuite, voilà que je rentrais au bercail.

À première vue, le Red Light était un charmant quadrilatère résidentiel. Cinq heures à peine et, dans la ruelle, une poignée d'enfants préparaient des mauvais coups. Plus loin, des femmes se racontaient leur vie en buvant un café. Des hommes aussi, qui revenaient de la shop ou du chantier. Calme, banal. Presque invitant.

Ils attendaient tous le coucher du soleil pour qu'enfin tombent les masques.

En vérité, ces enfants-là n'en étaient plus depuis quelques années. Les propriétaires de bordel les payaient en cigarettes pour qu'ils aillent passer des cartes de visite aux marins et aux militaires qui débarquaient quotidiennement dans le port. C'étaient aussi eux qui avertissaient les filles et leurs clients quand des policiers venaient jusqu'ici faire semblant d'accomplir ce pour quoi les contribuables les payaient. Dix, onze ans, et ça s'était déjà rincé l'œil sur plus de parties de jambes en l'air que certains hommes d'âge mûr en avaient eu.

En y regardant de plus près, on se rendait vite compte que les commères portaient une robe un brin trop courte, avaient les lèvres un brin trop rouges. S'il y avait véritablement du café dans leur tasse, ce qui s'avérait assez peu probable, il devait être généreusement arrosé de whisky à bibitte.

Quant aux hommes, ils étaient pour la plupart des visiteurs, appartenaient en vérité à d'autres quartiers. Ils venaient jusqu'ici pour parier leur paye sur un combat ou une course. Dans le coin, les gageurs trouvaient sans chercher un bookmaker : le plus gros bureau se trouvait rue Ontario, au coin de Saint-Laurent, mais il y avait une foule d'officines qui déménageaient d'un local à un autre, au gré des rafles. Sans compter les barbottes, où on jouait aux cartes et aux dés en buvant de l'alcool de contrebande. Des trous sans fenêtres qui ne fermaient jamais. Un homme pouvait rentrer là-dedans et en ressortir facilement plus léger de trois payes. Et s'il avait eu la chance de son côté à la table, la traîtresse allait vite changer son fusil d'épaule au détour d'un passage sombre, où des hommes mal intentionnés attendraient patiemment le moment de le raser. La seule façon de finir gagnant, dans le Red Light, c'était de tricher. Tout le monde était à l'argent. Les mousses, les prostituées, les bookies. Même les policiers. Une âme pure n'avait pas la moindre chance de survie dans ces rues.

J'ai marché vers l'est de la ville en passant par la Catherine jusqu'à la rue Cadieux, où Rose tenait la maison. Je connaissais déjà bien cette adresse. Avant que Rose ne rende la place un tant soit peu respectable, la maison de trois étages avait abrité un des pires bordels du voisinage, où la majorité des femmes n'étaient ni plus ni moins que des esclaves. Comme ces autres villes où le vice était roi, Montréal était nourri par un certain trafic en corps neufs de tous les âges, de toutes les couleurs. J'avais participé à un nombre assez important de descentes dans ce trou de la rue Cadieux ; j'avais même contribué à sa fermeture, en 1917, un peu avant mon départ. Mais pour chaque maison de passe qu'on fermait, deux autres voyaient le jour. Par chance, il y avait aussi de bonnes piaules, gérées par des femmes de cœur, comme la belle Rose, qui avait repris l'affaire.

Même brique, même porche, même porte : de l'extérieur, la place n'avait presque pas changé. De nouveaux volets avaient tout de même été installés, permettant aux filles de voir passer les clients potentiels tout en se faisant discrètes : depuis quelques années, il était en effet interdit de solliciter dans les rues ou aux fenêtres. Les prostituées avaient dû développer de nouvelles techniques d'approche, et l'une d'entre elles consistait à faire glisser des bobby pins sur les lattes des jalousies, chaque fois qu'un beau luron passait, de façon à lui faire savoir qu'elles étaient libres. En plus de mégots et de déchets, les rues étaient donc jonchées d'épingles à cheveux.

Assise dans l'escalier, une des filles de Rose tirait sur sa cigarette. Dès qu'elle m'a aperçu, un sourire gorgé d'intentions lubriques s'est dessiné sur son visage creux. Je me suis adossé au mur en sortant mon étui de cuir. Elle a lancé son mégot au loin.

— Je peux-tu en avoir une ? a-t-elle ronronné en s'approchant de moi.

Le dos cambré, elle se mouvait comme guidée par sa poitrine, en ondulant grossièrement des hanches. Jeune, elle arborait un regard déjà trop vieux. Pas laide, loin de là, mais certainement pas du calibre des putains à vingt piasses qu'on offrait rue Sherbrooke. N'y avait pas que les hommes qui lui étaient passés dessus : le temps, la misère aussi. Usée. Vulgaire. Trop maquillée. C'était une femme qui avait manqué de tout et qui remplissait le vide comme elle le pouvait, ignorant que ça ne faisait que le creuser davantage chaque fois.

— Tu peux pas, non, lui ai-je répondu en plaçant ma rouleuse entre mes lèvres.

Ça ne l'a pas déstabilisée. Remarquant l'état de mes mains, elle s'est même mise à ricaner.

— C'est toi, son détective ! a-t-elle lancé avant de se placer à côté de moi.

Elle a remonté son pied droit le long du mur. Sa robe, collée contre ses bas, ne camouflait plus son genou dénudé. Elle a suivi le mouvement de mes yeux et, au lieu de se couvrir, a légèrement écarté la jambe vers moi.

— Je suis pas détective, ai-je fini par souffler, ma cigarette au bec.

Ma réplique a fait tomber la cendre sur sa cuisse, qui se trouvait beaucoup trop près de moi.

— S'cuse-moi, mon cœur.

J'ai légèrement glissé la tête de Mignonne sous le tissu de sa robe grenat et tiré l'étoffe afin de rendre la demoiselle plus convenable. La cendre a roulé par terre. La fille a gloussé, puis s'est déplacée, cette fois pour me faire face.

— Seigneur, j'voulais pas t'offusquer, détective.

J'ai souri. Elle a avancé la main dans l'espoir de me voler ma cigarette. J'ai secoué la tête.

— Je veux pas de ton rouge, dessus.

— Oh! préfères-tu en avoir ailleurs? Elle a agrippé ma ceinture en approchant son visage du mien. J'ai pris une autre bouffée.

— Tu perds ton temps, mon ange. Je donne pas dans ce vice-là, moi.

Comme si elle tentait de récupérer la fumée que j'expulsais, la rouquine a pris une profonde inspiration.

— Ouin. Je sens ça, a-t-elle dit en m'adressant un clin d'œil. Mais tu peux pas empêcher une fille de s'essayer, hein?

— Ça serait ben mal élevé de ma part.

Elle a rigolé, puis s'est résolue à allumer une de ses propres cigarettes.

— La petite est en dedans?

Elle a acquiescé.

— Hé, tu sais-tu qu'a nous a ben averties de rien te dire?

Elle mourait d'envie de parler. J'ai mordu.

— À propos de quoi, au juste?

— J'suis pas censée... Si Jeanne venait à l'apprendre...

— Ben voyons, mon cœur. Tu vas pas me faire accroire qu'un beau grand bout de femme comme toi, avec du caractère pis du front tout le tour de la tête, a peur d'une fifille comme Jeanne?

— Tu sais ben, détective, que c'est pas tellement Jeanne que son protecteur qui m'énerve...

— Son protecteur?

Sur ses lèvres carmin, un «oh!» silencieux. Vilaine,

vilaine fille. Le temps d'un battement de cils, et voilà que son faux malaise était passé.

— C'est-tu des idées que je me fais, ou ben c'est comme si elle voulait pas le retrouver plus qu'y faut, son bébé? Me semble, faudrait qu'elle te dise toute, mette les chances de son bord. Mais bon, je sais pas trop pourquoi j'suis surprise: t'sais, une fille qui sort en pleine nuite, en laissant son bébé tout seul...

— Tu dois être Marcelle. C'est ça, hein?

Une lueur de crainte a traversé son regard, mais un simple coup de tête, question de replacer une mèche orange tombée en travers de son visage, a réussi à la faire disparaître. Marcelle a aussitôt retrouvé son air confiant, imperturbable.

— Pas pire, détective. Quessé qu'est allée bavasser sur moi, la p'tite crisse de menteuse?

— Elle a pratiquement rien raconté, en fait. Que t'avais un... Attends. Comment elle a dit ça, déjà? Ah! Oui. Un bon fond. En revanche, sur son protecteur, *nada*!

Mais Marcelle avait fini de me parler.

— Tu trouveras ben, détective. J'ai pas trop peur pour toi. C'est pour ça qu'on te paye, finalement, pour fourrer ton nez dans les affaires des autres?

Elle a balancé son mégot d'une chiquenaude, replacé sa robe et du même coup ses seins, prisonniers de l'étoffe. Avant de disparaître à l'intérieur, elle s'est retournée vers moi une dernière fois. Elle a embrassé son index puis l'a posé sur ma bouche.

— Si jamais tu files pour une ride de manège...

5

Comme une gamine, Rose s'est pendue à mon cou. Elle devait avoir fêté ses trente-deux ans, mais elle était belle comme la première fois que je l'avais vue. Devant une telle démonstration d'affection de leur patronne, les filles derrière ont gloussé, et Rose s'est ressaisie. Elle s'est détachée de moi pour mieux me passer en revue ; ça me donnait, par la même occasion, la chance de l'admirer.

— Non mais, regarde-toi, Gène ! T'es beau ! Tu shines comme un calice !

Est-ce qu'elle m'avait manqué, toutes ces années ? Non. Je n'y avais pour ainsi dire plus repensé après l'embarquement. Quand j'avais mis le pied sur le bateau, son souvenir était resté sur la terre ferme. Mais elle était émue ; je crois que je l'étais aussi.

— Si j'suis contente de te voir !

Elle est retombée dans mes bras : au diable les ricanements de son harem ! Je ne mentirai pas : cette démonstration d'amour avait quelque chose d'euphorisant, qui contrastait agréablement avec le caractère froid et méthodique de Pei-Shan. Malgré son parfum enivrant, j'ai doucement éloigné le visage de Rose de mon épaule, de peur de me retrouver avec du rouge ou du fard sur ma chemise flambant neuve. Pour camoufler les véritables raisons de mon geste, j'ai embrassé la belle sur les lèvres, ce qui a provoqué une nouvelle vague de caquètements.

— P'tit Jésus, Gène ! J'en reviens pas, si t'es swell ! On pourrait faire quelque chose pour les cheveux, par exemple. Attends, j'ai un chapeau pour toi…

— Nah. Il fait trop chaud pour un chapeau.

— À ce compte-là, a fait une voix féminine en provenance du poulailler derrière, y fait trop chaud pour le reste du linge avec !

Ç'a recommencé à rire et à jacasser. Rose a mis fin à tout ça en se retournant vers ses troupes. Pas un mot, pas besoin : sitôt que les filles ont vu le regard de leur patronne, leur hilarité est tombée au point mort. Rose s'est emparée de ma main.

— On va aller dans mes appartements, on va être plus tranquilles pour jaser. Sylvie, apporte-nous deux whiskys, veux-tu ?

Je me suis laissé conduire. Tout le long, les yeux de ses poules nous ont suivis. Et la Rose en était pas peu fière.

— Sylvie ! Finalement, sais-tu quoi ? a-t-elle dit avant de nous faire disparaître derrière une porte. Apporte-nous donc la bouteille au complet !

« Ses appartements » : elle en avait fait, du chemin, ma Rose ! C'était une grande chambre double du rez-de-chaussée, bordée de moulures dorées au plafond et sur les murs, eux-mêmes vêtus d'un papier peint fleuri et texturé. D'un côté : une baignoire, des chandeliers, un foyer, un canapé. De l'autre, évidemment, un lit. Une commode aussi. Et un tas de babioles féminines. Malgré un soleil aveuglant à l'extérieur et une large fenêtre, la pièce était agréablement tamisée, grâce aux jalousies qu'on avait inclinées vers le haut. La lumière jaune et chaude se reflétait ainsi au-dessus de nos têtes et jusqu'au fond de la chambre, en formant des lignes bien droites. La pièce baignait dans le doux parfum de Rose. La fleur avait maintenant le privilège de choisir qui entrait dans son univers ; j'étais heureux pour elle.

Bien à mon aise sur le sofa, j'ai sorti ma blague à tabac. Le temps que la bouteille de whisky canadien arrive, ma cigarette crépitait et son odeur particulière infestait déjà l'espace. Rose a rempli les deux verres et s'est avancée vers moi en m'en tendant un. Je lui ai fait signe de le déposer sur la table. Elle s'est tiré une chaise et a pris une longue gorgée, tout à coup timide à l'idée de s'installer à mes côtés. On s'est souri. J'entendais, de l'autre côté de la porte, les commères bavarder.

Rose, une femme d'une rare beauté, avait toujours eu de la classe. Elle était beaucoup plus vive d'esprit que la majorité des filles de joie que j'avais côtoyées et, triste à dire, n'aurait jamais dû finir dans un bordel. Rose, c'était une femme à marier. Elle aurait dû rencontrer un homme bien, faire des enfants. Au lieu de ça, on l'avait forcée à abandonner l'école à l'âge de treize ans pour aider sa famille à joindre les deux bouts. Elle s'était trouvé une place de vendeuse, au centre-ville et, trente secondes plus tard, les garçons lui tournaient autour. Elle avait beau être brillante, Rose était aussi jeune et, comme les autres, elle a vite pris goût à ces douces avances. Elle rentrait de plus en plus tard, sortait avec ses copines, négligeait les couvre-feux. Il s'est mis à manquer des sous sur la paye qu'elle devait donner en entier à sa mère. Jusqu'au jour où il n'y en a plus eu du tout, de sous, parce que Rose a décidé de quitter le nid familial pour s'installer dans une chambre, avec deux collègues. À trois, elles réussissaient tout juste à payer le loyer minable de la Saint-Laurent, mais elles étaient libres : des « filles modernes ».

Le rêve a été de courte durée. Peu de temps après, leur logeuse, déjà dans le trouble avec la loi, a vendu les petites à la justice. Rose s'est retrouvée devant la Cour des jeunes délinquants, accusée d'immoralité. Comme de fait, sa mère a confirmé ces allégations au tribunal, en braillant que sa fille avait déserté la famille, que c'était une sorteuse et une débauchée qui fréquentait des endroits de mauvaise réputation. Bref, hors de question qu'on la reprenne à la maison. On l'a placée chez les Sœurs du Bon-Pasteur, mais Rose n'avait pas l'intention d'y rester. Avec une autre de ces filles dites modernes, elle s'est enfuie et s'est réfugiée chez un garçon qui l'avait déjà courtisée, un soir, au Jardin de danse. Elle est restée avec lui un certain moment, s'est même trouvé une jobine dans une usine de cigarettes. Sans surprise, son homme a rapidement fait tomber son costume de bon samaritain. L'argent gagné durement à l'usine n'était pas suffisant, et il a finalement obligé Rose à faire des passes. Avec son salaire de 4,25 $

par semaine, impossible d'aller en chambre. Elle a abdiqué
– adieu le bel idéal de liberté ! – et a enduré son calvaire
un temps, en se faisant accroire que c'était mieux que la
prison ou les Sœurs. Puis un soir, elle est retombée sur
une connaissance qui lui a raconté qu'elle vivait dans un
lupanar de la rue Saint-Hubert : une chambre à elle toute
seule, pour deux piasses par jour. Elle faisait cinquante
cents par client, le reste allant à la Madame. Malgré ça,
elle finissait ses journées avec trois, des fois quatre beaux
dollars dans ses poches. Comparativement à ce que Rose
vivait, c'était le paradis ; aussi, le soir même, elle l'a accompagnée jusqu'à la fameuse maison...

Rose s'est resservi à boire. Je n'avais pas encore touché
à mon verre, mais elle n'a pas pris de risque et y a reversé du
whisky. On s'est regardés encore. En grimaçant, je me suis
calé dans le divan pour mieux allonger ma jambe raide
sur la table.

— Les années sont bonnes avec toi, ma belle Rose.

Elle a levé son verre en m'adressant un clin d'œil.

— J'ai pas à me plaindre, c'est vrai. On est bien icitte.
C'est une bonne maison, Gène. Drette. Mes filles sont
clean.

— J'en doute pas. Pas une seconde.

La marche m'était rentrée dans le corps et ma jambe
m'élançait de plus en plus. J'ai ouvert de nouveau ma tabatière et me suis mis à la recherche d'une des boulettes de
dross que Pei-Shan me montait de la fumerie tous les soirs
et que je gardais à portée de main afin d'arriver à passer à
travers les journées. Un résidu d'opium qu'on obtenait en
grattant l'intérieur des pipes : ça goûtait le diable, tachait
les dents, mais ça faisait son effet.

— Je peux te demander comment tu m'as retrouvé, au juste ?

Ma question l'a amusée.

— C'est-tu vraiment important ?

— Disons qu'il y a des gens que je tiens pas particulièrement à revoir...

Rose a finalement déposé son verre sur la table en secouant la tête.

— Mon beau Gène, s'ils sont pas encore allés te rendre visite, dis-toi que c'est parce que tu les intéresses pas plus que ça. Les choses se savent, icitte, ç'a pas changé.

— Tu me dis pas...

— C'est de qui que tu te caches, au juste, déguisé en Chinetoque ? Peut-être que je pourrais tirer une corde pour t'aider ?

— T'es ben fine, mais je veux pas te mêler à mes affaires. Pis, comme tu le dis si bien, y'a des chances que je m'en fasse pour rien, hein ?

J'ai forcé un sourire en pensant à mon rendez-vous imposé chez Delisle. La boule de dross encore dans la joue, un goût horrible dans la bouche, j'ai zyeuté le whisky qui dormait sur la table en rêvant de me rincer le gau. J'ai avalé le lac de salive infect dans lequel baignaient mes dents. En comparaison, les eaux du Styx devaient goûter le poiré.

— Si je peux faire quoi que ce soit..., a dit Rose en tentant un premier rapprochement vers moi.

— La p'tite Jeanne, là...

Rose a changé de trajectoire, repris son verre et s'est durcie : elle devait espérer qu'on ne parle pas business si rapidement.

— J'ai ouï dire qu'elle avait un protecteur.

Rose a haussé les sourcils.

— C'est certainement pas elle qui a lâché le morceau. Ça serait que t'as déjà rencontré Marcelle, dans ce cas-là, a-t-elle présumé, l'air débiné.

— On peut rien te cacher.

— Rien.

— Fait que je peux en déduire que tu dois ben connaître l'identité de l'âme charitable qui avait acheté la petite ?

— Tu sais ben.

Elle s'est penchée sur la bouteille pour se resservir, en omettant cette fois d'en verser dans mon verre, où je n'avais même pas trempé les lèvres, ce qui semblait aussi la contrarier. J'ai massé brièvement ma cuisse, puis me suis roulé une autre cigarette.

— Tu me le diras pas, c'est ça ?

— Voyons, Gène : les femmes comme moi gagnent pas leur vie en étant indiscrètes.

— Ben ça, c'est relatif...

Son regard s'est adouci.

— Tu sais ce que je veux dire, s'est-elle excusée. J'ai trop à perdre.

— Je le sais, Rose, je le sais. M'essayais, rien que ça. Pour ça que tu me payes, dans le fond. Je pense à ça : fait changement, hein ? Les rôles inversés : c'est toi qui tiens le portefeuille...

— Franchement, Gène ! Quand est-ce que je t'ai fait payer, encore ?

Elle avait retrouvé sa bonne humeur. J'en ai profité pour en finir avec nos discussions obligées.

— Jeanne m'a dit qu'elle était avec un client quand son bébé est disparu... C'est bien avec son protecteur qu'elle était?

— J'pensais que j'avais été claire, Gène, a soupiré Rose. Je peux pas...

— Pas son nom, je veux juste savoir où c'est qu'elle était...

— Je... je l'sais pas. C'était le soir des arrestations, Gène. Tout le monde était barouetté d'un bord pis de l'autre. Tu sais comment c'que c'est.

Le soir des arrestations: le gros Bélanger devait être fier de son coup. Cent vingt-deux personnes à écrouer, dont les trois quarts étaient des prostituées et des tenancières de bordel. Toutes des femmes, qui devaient passer devant le recorder à la première heure le lendemain matin. Pas de prison, pour les belles-de-nuit, mais des amendes, ah! ça oui! Et c'est comme ça qu'on renflouait les coffres de la Ville!

Rose avait décidé de se taire. Elle comprenait que j'avais des questions à poser, mais préférait que je garde ses filles en dehors de l'affaire. De toute façon, elle aurait été surprise qu'une d'entre elles ait quelque chose de plus à m'apprendre.

— Sans compter que les filles ont tendance à se jalouser, quand il y en a une de la gang qui met la main sur une vache à lait. T'aurais pas besoin de les travailler longtemps pour qu'elles te le vendent... Mais j'aimerais mieux que tu trouves une autre manière. La business va bien, Gène.

— Pis tu penses pas que ça serait une d'elles qui aurait eu l'envie...

Elle ne m'a pas laissé finir ma phrase.

— Non. On est drettes, icitte, je te dis. On se tient, a-t-elle répondu d'un ton exagérément sévère.

— Quand même... Je jasais avec la Marcelle, dehors... Drôle d'oiseau, la rouquine.

— Non.

— J'explore juste les possibi...

— Non, Gène. C'est les filles, *toutes* les filles, qui sont venues me voir pour qu'on aide Jeanne. Pas juste moi qui te paye : c'est elles surtout, tes boss. Gagnent peut-être pas leur vie de la manière la plus respectable, mais c'est pas des menteuses. Pis c'est certainement pas des voleuses d'enfants !

— OK, OK. Seigneur...

Il y avait huit mégots dans le cendrier quand on s'est enfin levés pour qu'elle me présente l'ensemble de mon patronat.

◆ ◆ ◆

Elles se tenaient toutes au grand salon. Toutes sauf Jeanne, qui était restée dans sa chambre, au troisième. Onze femmes âgées de quinze à vingt-cinq ans : de la viande pour tous les chiens, aurait dit sa mère. Certaines étaient jolies. Les plus vieilles affichaient une moue vulgaire, les lèvres dédaigneuses, souhaitant ainsi masquer une vulnérabilité que, malgré les apparences, elles n'avaient jamais totalement perdue, alors que les plus jeunes se courbaient à s'en casser le dos, se déhanchaient maladroitement, perpétuellement sur le mode de la séduction.

Il y avait aussi deux enfants avec nous, sans doute ceux dont Jeanne m'avait parlé. La fillette devait avoir près de dix ans et le garçon, quelques années de moins. Ils étaient assis en sauvages dans un coin, l'air de ne pas vouloir être là.

Rose m'a présenté à ses filles, qui se donnaient des coups de coude en riant. Marcelle, assise au fond, seule sur un sofa, était sans doute celle qui me portait le moins d'attention, occupée qu'elle était à se limer les ongles, une cigarette au bec. Rose leur a expliqué qui j'étais, ce que je venais faire dans leur repaire : tout ce qui avait à voir avec Jeanne. Mais ce que les filles voulaient vraiment savoir, c'était qui était cet homme tout déglingué que leur logeuse semblait connaître si intimement. Rose, à l'aise dans son rôle de Madame, esquivait les questions personnelles avec un froid dont je ne l'aurait pas crue capable.

— En gros, il faut pas hésiter si vous vous rappelez quelque chose de substantiel – de *substantiel* – pour aider le détective Duchamp...

Avant que j'aie eu le temps de protester contre ce statut de détective qu'on m'octroyait à tort depuis le matin, une grande blonde aux sourcils noirs, le nez comme un tranchant de hache, a pris la parole :

— Certain que j'ai quelque chose de substantiel, moi !

Et, disant cela, elle s'est agrippé la poitrine à deux mains. Les autres ont ri. Marcelle, sans même lever les yeux, a applaudi bêtement, tenant toujours sa cigarette serrée entre ses lèvres. Rose a soupiré.

— Faites-lui pas perdre son temps, c'est compris ?

La grande blonde m'a envoyé un clin d'œil.

— Marcelle, a cru bon d'ajouter Rose, ça te concerne aussi, t'sais...

— Compris, Madame Rose.

Puis le temps est venu pour les filles de se préparer : une marée d'hommes en mal de chair allait envahir leur temple féminin, faisant de l'endroit un terrain de jeu cent pour cent masculin. Pendant que s'activaient les poupées, j'ai attendu au salon qu'elles viennent se confesser, mais aucune ne s'est mouillée, sinon la mère des deux gamins qui, pendant que ceux-ci montaient à l'étage avec les autres, m'a soufflé à l'oreille :

— C'est bête, hein ? Moé, j'aurais payé pour qu'on me la prenne, la mienne...

Je me suis tourné vers elle, mais la brunette s'éloignait déjà.

J'ai fait un dernier tour du salon en attendant le retour de Rose. Lorsqu'elle m'y a enfin rejoint, je me tenais à côté du piano.

— T'sais que tu nous manques, pendant les descentes. Y'a pas mal moins d'ambiance. Tu peux jouer si...

— J'joue plus depuis longtemps.

J'ai écrasé ma cigarette. Puis j'ai enserré la taille de Rose, qui s'est laissé faire, non sans s'assurer que toutes ses recrues étaient occupées ailleurs.

— Tu peux revenir dormir icitte à soir. Ça t'éviterait d'aller salir tes beaux habits chez les Jaunes...

Comme elle disait ça, ma jambe a eu une faiblesse soudaine et j'ai été forcé de m'appuyer sur ma Mignonne, relâchant du même coup mon étreinte. De ma main libre, j'ai épongé la sueur sur mon front.

— Je pourrais te préparer un bain...

— T'es ben swell, ma Rose. Je vais y penser, pour sûr.

Elle est revenue à la charge en plaquant son corps contre le mien. Malgré les vêtements, je pouvais sentir ses seins, ses hanches saillantes, sa cuisse qui m'accostait comme un navire rentre au port.

◆ ◆ ◆

La pièce était plongée dans le noir. Je m'y suis introduit sans permission, lassé d'attendre une réponse en provenance de l'intérieur. Par chance, la lumière du corridor me permettait de voir le contour des meubles, et j'ai pu me rendre jusqu'à la table de chevet, où j'ai allumé une lampe d'appoint. Jeanne, étendue sur le lit, n'a pas bronché.

J'ai refermé la porte de la minuscule chambre. Installé directement à côté du lit simple, un berceau bouffait le peu d'espace entre la couche et la commode, sur laquelle étaient empilées un nombre impressionnant de boîtes de lait Eagle Brand. Je me suis assis sur le lit avant de me pencher sur Jeanne. J'avais déjà reconnu l'odeur de laudanum en entrant, et je n'ai pas été surpris de découvrir la bouteille de teinture à côté de la lampe. Elle avait accompagné sa dose de gros gin: le vin St-Michel que je lui avais si généreusement offert ce matin n'avait pas suffi. S'il restait encore un peu de fort dans la bouteille verte, celle de laudanum, pour sa part, était malheureusement à sec. Je me suis donc rabattu sur les quelques gorgées de poison qu'elle avait laissées dans son verre tout en me roulant une cigarette.

Elle dormait à poings fermés. La souris étourdie et désespérée de ce matin semblait en paix. Je l'ai enviée. Au troisième, la chaleur était encore plus suffocante qu'en bas, et mes doigts ont glissé sur sa joue perlée de sueur: rien. Je le connaissais, ce bien-être qui accompagnait le péché amer : une félicité de passage, une satisfaction cannibale. Ce miel, aussi doux que corrosif, offrait au dormeur un sommeil dont il se réveillait toujours un peu plus souffrant, un peu moins vivant.

Ah! Jeanne... Veux-tu bien me dire ce que tu fichais quand on est venu prendre ton Emmanuel ?

J'ai fini son cocktail d'un trait avant de laisser tomber mon mégot dans le verre. Alors que je me donnais l'élan nécessaire pour me remettre debout, j'ai aperçu une peluche inerte, en dessous de mon pied : un ourson blanc avec les ailes d'un ange. Je me suis emparé du jouet de chiffon, grand comme ma paume. Ses deux ailes pendaient de chaque côté, vers le sol. La semelle poussiéreuse de mon soulier en avait terni le blanc, et je l'ai frotté sur mon pantalon, sans grand succès, avant de le déposer sur l'oreiller. J'ai éteint la lumière en soupirant.

Au moment où je sortais, Marcelle est passée avec un affreux qu'elle tirait par la ceinture. En me voyant, elle a souri, puis elle a poussé son client dans sa chambre, qui était adjacente à celle de Jeanne. En plein milieu du couloir, elle a commencé à déboutonner sa robe pour libérer enfin cette poitrine qui ne demandait qu'à s'émanciper. Le spectacle s'adressait autant à moi qu'à son cochon. Mais je n'étais pas d'humeur.

6

Au North coin de Clark et Sainte-Catherine, je me suis
arrêté au Northeastern Lunch. Je n'avais rien mangé de
solide depuis le saut du lit, à part le dross. M'offrir un
repas substantiel, maintenant que le soleil était enfin
couché, m'apparaissait conséquemment comme la chose
à faire, même si je n'étais pas particulièrement en appétit.

En m'enfonçant dans la banquette, j'ai repensé à toute
cette affaire. Mauvaise idée : plus je retournais cette histoire dans ma tête, moins j'avais faim. Un goût infect
s'était installé dans ma bouche, et les grands verres d'eau
tiède que je buvais en attendant mon steak n'arrivaient
pas à le chasser. Mon corps tentait probablement de me
mettre en garde contre ces conneries de détective privé et
d'enfant disparu. Ou alors c'était simplement l'angoisse,
de plus en plus poignante à mesure qu'approchait mon
rendez-vous avec Bélanger chez Delisle.

C'était un jeudi soir, passé neuf heures et demie, dans un resto qui ne possédait pas de permis d'alcool, et pourtant tous les clients de l'établissement, leur tasse de café en main, s'y amusaient beaucoup. Une tablée de jeunes garçonnes hilares se tapaient sur les cuisses; des Ricains, au fond, hurlaient à la lune comme si la place leur appartenait. L'un d'entre eux avait malencontreusement renversé sur son beau costume estival quelques gouttes de ce café... qui était d'un rouge violacé. «Drôle de couleur pour du café, non?» ai-je fait remarquer au serveur qui passait près de moi. Convaincu que je faisais partie de la Police des liqueurs, il a baragouiné quelques mots inquiets en s'éloignant vers les cuisines. À quoi bon le rassurer: à présent, on voudrait se débarrasser de moi et, dès lors, les chances que mon repas me soit rapidement servi étaient meilleures.

Les Américains faisaient ouvertement de l'œil aux gamines, qui ne demandaient pas mieux. Mais ça semblait agacer une bande de dockers qui se tenaient au comptoir. On venait jouer dans leurs plates-bandes. Ils scrutaient les étranges, l'air mauvais. À voir leur allure bancale et rustre, j'en ai déduit qu'ils avaient eux aussi abusé de la caféine.

On a bientôt placé un steak et deux œufs devant moi, mais une ombre à mes côtés m'en a détourné.

— Officier Duchamp. Pour une surprise...

— Salut, Kid, ai-je soupiré. T'es pas en train de me dire que je suis tombé sur ton repaire, toujours?

Kid Baker a grimacé et s'est assis devant moi sans en demander la permission. On s'est regardés un moment en silence. Si elle n'avait pas grandi depuis la dernière fois, la petite brute avait quand même pris de la masse: ses bras étaient bien serrés dans sa blouse blanche aux manches roulées. Il portait une casquette de chauffeur en laine grise qui camouflait sa crinière rousse et dont la visière faisait de l'ombre à ce nez tacheté qu'on avait trop souvent cassé.

Kid Baker avait grandi dans le quartier et, comme la plupart des enfants ici, commencé à baigner dans toutes sortes de magouilles avant d'avoir du poil au menton. D'origine juive, Eddie Baker avait gagné son surnom sur le ring d'un gymnase de l'avenue du Mont-Royal. Cinq pieds six, cent quarante livres, il fondait sur ses adversaires comme un train de marchandises. J'avais eu la chance de jouer du poing avec lui à quelques reprises, et si à l'époque j'arrivais au moins à le faire souffler un peu, aujourd'hui il aurait pu m'envoyer au tapis d'une seule main, en roulant une cigarette de l'autre. Officiellement, il était devenu entraîneur et s'occupait d'une dizaine de boxeurs qui s'affrontaient au Monument. Mais sa vraie business, c'était la drogue. Il avait aussi des actifs dans quelques tripots, un marché qu'il gérait pour le compte de Harry Davis, le cerveau de toute l'affaire, de qui il était le bras droit. Le Northeastern Lunch devait leur servir de quartier général. Sans doute l'utilisaient-ils pour blanchir leur argent.

— T'as pas l'air content de me voir, Kid.

J'ai souri en prenant mes ustensiles. Kid n'a pas répondu. Autour de nous, les débardeurs et les Sammys montaient le ton d'un cran. Un des hommes du port, un molosse, avait pris les devants et s'était invité à la table des demoiselles. Calé dans la banquette, accoudé au dossier, Kid observait la scène en faisant tourner un cure-dent entre ses lèvres. J'ai pris deux bouchées de ma semelle de botte puis me suis rabattu sur les œufs, sans conviction. Le serveur faisait le tour de la salle, son cruchon à bout de bras, peinant à remplir les tasses de tout le monde : le docker avait décidé de payer une tournée générale. Il n'en fallait pas plus pour qu'une minette bondisse de sa banquette capitonnée pour aller se pendre à son large cou. Après avoir abreuvé tous ces clowns, le garçon s'est approché de notre table, ne sachant pas trop s'il devait m'offrir un verre. Kid a secoué la tête et le jeunot s'est éloigné. Le boxeur a ensuite déposé son cure-dent dans mon assiette, mettant ainsi mon appétit K.-O.

Du coin de l'œil, je voyais le docker qui faisait des pieds et des mains pour obtenir son whisky. Il était prêt à payer le gros prix : pas de trouble, il venait de faire une affaire en or. Les bidous qu'on pouvait se faire, dans le port, ma 'tite mère, avec les bons contacts ! Pas croyable ! Longue vie à la prohibition ! Cheers ! Juste l'autre soir, pendant que la police était occupée à coffrer la racaille du Red Light...

Kid a sifflé. Bien dressé, le gros s'est immédiatement tu.

— Hé, Gussie ! a fait Kid en s'adressant au débardeur, qui lui a offert un sourire contrit. Ta gueule.

Gussie a ravalé sa salive en fixant ses pieds. Il y a eu quelques secondes de silence, et Baker s'est mis à rire. Comme s'il envoyait alors un signal au reste de la foule, l'hilarité a rapidement gagné la salle au complet. Kid a tiré un autre cure-dent de la poche de sa chemise et s'est tourné vers moi, extrêmement fier. Voyant que je ne partageais pas son sens de l'humour, il a fait un signe au serveur qui, dans le temps de le dire, est débarqué avec l'addition. Au même moment, une femme est entrée dans le casse-croûte. Une blondinette amaigrie, l'air fatigué et perdu. Cette détresse mêlée d'espoir qu'il y avait dans son regard m'était familière : c'était la même que j'allais afficher dans une quinzaine de minutes, en entrant chez Candy Man. En la voyant, Baker lui a indiqué d'aller l'attendre au comptoir.

— Ouin, ben, c'était ben le fun de te jaser, officier, a dit Kid. Sens-toi pas obligé de revenir. On est pas ennuyeux.

— Hé, Kid. Toi, là, une petite pute blonde, grassouillette, quatorze-quinze ans, Jeanne, de son nom… Travaille pour Madame Rose…

— Les putes, non. J'aime mieux les show girls. Moins de bébittes.

J'ai souri poliment.

— Mais tu l'aurais pas vue traîner par ici, par hasard ?

— Ça se peut. J'sais pas. Ça devient difficile de les différencier. Oublie pas de tiper, hein.

Il a donné deux petits coups de poing sur la table avant de s'éloigner. Il avait les jointures de celui qui passe à travers sa vie en cognant sur les obstacles.

— C'est ça, c'est ça…, ai-je murmuré à voix haute, sans plus personne pour m'écouter.

Après avoir laissé une poignée de monnaie sur la table, pourboire compris, j'ai vérifié l'état de mes finances : un dollar et des poussières. Juste assez pour une pipée d'opium chez Candy Man. Ça, ou un membership de la Ligue des bonnes mœurs. Fallait choisir.

◆ ◆ ◆

La jeune Chinoise m'a personnellement conduit de l'autre côté des lourdes portes en bois serties de fer forgé qui séparaient le restaurant de la fumerie. Même si la musique restait la même, l'ambiance changeait sitôt passé le corridor et le rideau de billes, tout au bout. Nous avons traversé l'espace sombre, éclairé par la lumière rougeâtre des lampes à l'huile, où des dizaines de personnes fumaient ou somnolaient. Deux ou trois coolies se relayaient pour approvisionner les fumeurs, et un frisson discret m'a parcouru le corps : bientôt, ç'allait être à mon tour. La jeune *congaï* m'a ouvert une autre porte, au fond, derrière laquelle son patron avait installé ses quartiers. Ce bureau devait en réalité être sa maison : il dormait sur le divan défoncé et pissait dans le pot par terre. La pièce offrait un amalgame de puanteurs diverses, confinées entre les quatre murs aveugles.

Avant de le rencontrer, j'avais cru que Lee Chong, qu'on appelait Candy Man, avait hérité de son sobriquet vu la nature de sa profession : c'était en réalité un marchand de bonbons pour adultes avertis. Mais il fallait le voir sourire – ce qu'il faisait constamment – pour comprendre la véritable raison de ce second baptême. Le peu de dents plantées, éparses, dans ses gencives gangrenées étaient toutes gâtées et brunes, comme s'il s'était, depuis des lustres, nourri exclusivement de sucreries.

Lorsque Lee Chong m'a vu, le croissant de ses lèvres s'est élargi, séparant son visage en deux parties égales : son sourire et le reste. En cantonais, il a crié quelques directives à la jeune Chinoise, et celle-ci nous a quittés en faisant des courbettes. Chong s'est approché de moi et m'a serré la main en gloussant. Un léger rire accompagnait chacune de ses actions, même les plus banales, et lorsqu'une situation s'avérait particulièrement drôle, il expulsait un éclat fort et saccadé, qui dérangeait même le lourd sommeil des opiomanes.

— Pas de madame? m'a-t-il demandé, avec un fort accent.

— Ben non. C'est juste moi à soir.

— Elle a mis toi à la polte enfin? Gnahahahaha!

Il avait les yeux pleins d'espoir. Le pauvre aurait donné la lune à Pei-Shan, ne serait-ce que pour un baiser et la chance de caresser ses petits pieds.

— Désolé de te décevoir, ai-je dit en libérant ma main et en m'asseyant. J'suis encore dans le portrait. Hé, les affaires vont bien, ai-je ajouté pour changer de sujet.

— Gnaaaa... Clients, OK. Mais la malchandise... Gna..., a-t-il résumé en balayant l'air de sa main, à court de mots.

Je suis devenu inquiet pour mon dollar.

— Qu'est-ce que tu veux dire? Mauvaise qualité?

Il a dodeliné de la tête.

— Nah, qualité collecte. Le plix... Houlala! Le... Le... Le gars qui vend l'opium à Candy Man, un vlai voleul!

— C'est pas un de tes chums de la Fédération qui te shippe ça de Hong Kong? Deux-trois matelots, un docker qui veut se faire une couple de piasses on the side, pis t'as ton stock. On fait difficilement plus direct que ça...

Il a levé les yeux au ciel. Je ne comprenais rien. Sincèrement, je ne tenais pas trop à comprendre non plus. Les histoires de la Fédération Wo, le moins j'en savais, le mieux je me portais. Candy Man a tout de même senti le besoin de m'expliquer que, depuis la disparition de Hueug

Chin le mois dernier, les choses avaient changé. Le China-town était à sec : les bons revendeurs de rêves devaient donc s'approvisionner ailleurs et payer le gros prix pour la marchandise.

Hueug Chin, l'oncle de Pei-Shan, occupait le rang de « Sandale de paille » au sein de la Fédération. Il était responsable des communications et des liaisons entre l'organisation mère et sa colonie. Aussi, quand Pei-Shan avait formulé le désir de venir rejoindre cet oncle à Montréal et de travailler pour lui, j'avais obtempéré. Je n'ai rencontré Hueug Chin qu'une seule fois, et je n'ai pas pleuré sa disparition ; j'espérais de tout mon cœur ne jamais avoir à recroiser cet être antipathique.

Après les politesses d'usage, j'ai quitté Candy Man pour le confort de la paillasse en prenant soin de demander au boy de me réveiller à onze heures trente, au plus tard. Sa montre affichait déjà onze heures dix. Sous la lueur diffuse des lampes à rôtissage, allongé sur la natte, je voyais la journée passée s'envoler dans ces volutes de fumée qui s'évadaient de mon corps. Tout ce qui avait été à vif, tout ce qui faisait mal quelques minutes plus tôt se fondait dans l'air. Ce confort libérateur me donnait l'envie de ne plus bouger – ne plus jamais bouger. Rien n'avait plus d'importance. C'était merveilleux.

Puis on est venu m'arracher à mon extase. Anesthésié convenablement, je n'étais plus effrayé, même par le pire ; je me suis relevé péniblement et j'ai pris la route du Cabaret Delisle.

7 ·

Le fond de l'air était encore chaud, et les femmes en profitaient pour exhiber leurs mollets et leurs bras nus, comme
en plein mois de juillet. Près de minuit, le boulevard Saint-
Laurent était noir de monde ; le français et l'anglais se
côtoyaient, les rires et les cris d'une population sous influence
se mêlaient. Je me suis laissé guider jusqu'à mon bûcher par
les points rouges des cigarettes, ces drôles de petits esprits.
Mon parcours était semé de jazz, de ragtime et de blues,
lesquels s'échappaient des clubs devant lesquels je passais en
claudiquant. Des cuivres chauds, des cordes rythmées, des
cadences endiablées, des voix qui s'élevaient, jusqu'à l'agonie.

Des femmes, « artistes » de la scène, descendaient sur
le trottoir pour prendre l'air. En réalité, on leur demandait
de sortir afin de titiller les passants, de leur donner une
envie pressante de perdre à l'intérieur ce qui leur restait
d'âme, d'honneur et de moyens.

Avant d'entrer chez Delisle, j'ai scruté l'affiche qui annonçait les stars du musical pour la soirée. Le Cabaret était entre autres reconnu pour la qualité de sa boisson, de son orchestre noir et de sa chair. J'ai dévoré des yeux la plus belle des filles en jambes exposées dans la vitrine. Bâti comme un pan de mur, le videur me reluquait d'un œil mauvais. J'ai tenté de lui expliquer que Pierre Bélanger, le chef de la police de Montréal, excusez-moi-pardon, m'attendait à l'intérieur.

— Moi, ça me dérange pas, mon homme. Même que tu me fais une fleur. Pas comme si j'avais vraiment envie de rentrer dans ce trou-là de toute façon. C'est que c'est un peu pour toi que je m'inquiète. Parce que moi, moi, je vais être obligé de lui dire, au gros moustachu, que je suis passé, que j'étais là, pis que c'est à cause de toi qu'il a poireauté pour rien.

— J'travaille pas pour Bélanger, a baragouiné le géant en haussant les épaules. Pis j'suis pas ton homme.

— C'est vrai. C'est correct, mon vieux.

J'ai posé ma main sur son bras, et il m'a repoussé en émettant un grognement sourd.

— Bouge pas, l'comique.

De son poing gros comme ma tête, il a cogné à la porte noire, et un visage que malheureusement je connaissais bien est aussitôt apparu dans l'embrasure.

Un rictus assassin s'est peint sur les lèvres de Fatty Gambino, le lieutenant et bras droit de Tony Frank, alias le King du Red Light. Et comme un malheur ne vient jamais seul, son acolyte, Giuseppe Serafini, l'a suivi à l'extérieur.

— *Porca miseria*, a murmuré Fatty en s'approchant de moi.

Instinctivement, j'avais commencé à reculer.

— T'as du nerf, toé, de r'venir mettre les pattes par icitte, a-t-il ajouté.

— Ah! *La polizia! Gli faccio sapere di che panni mi vesto...*, a à son tour lancé Serafini en se faisant craquer les jointures.

Je me suis arrêté en levant les mains dans les airs.

— Je cherche pas le trouble, les gars. Je suis juste venu voir Bélanger...

Serafini s'est jeté sur moi; je me suis bien entendu laissé faire. En moins de deux, il m'avait immobilisé avec une clé de bras, et son complice s'est mis à me fouiller tout en continuant son discours.

— *Figlio di puttana...*

— Content de te revoir aussi, Fatty.

J'ai vu le coup partir au ralenti, ressenti la douleur à retardement. Époumoné, je me suis plié en deux et, n'eût été mon grand ami derrière qui me serrait fort comme s'il craignait qu'on soit de nouveau séparés, je me serais affalé sur la moquette rouge qui tapissait l'entrée du très chic Cabaret Delisle. Fatty s'est emparé de mon sac à fumée, et par le temps que je réussisse à me redresser, il en avait vidé le contenu par terre.

— Enfant de chienne..., ai-je soufflé, abattu.

Les mots sont sortis tout seuls. Cette grande gueule que ma mère m'avait léguée, impossible à contrôler...

— What did he just call me?

La poigne de Serafini s'est serrée d'un cran. Son rire cruel se glissait dans mon oreille comme un venin chaud, et mon corps entier s'est cambré vers l'arrière. Résigné, j'ai attendu les coups, laissant ma tête prendre appui sur l'épaule du bel Italien. Il sentait l'eau de Cologne et le tabac sucré.

— À ce que je peux voir, vous vous étiez ennuyés de lui, les gars.

Tout le monde a reconnu la voix de l'inspecteur Beaudry; on m'a rapidement lâché et je me suis effondré sur le sol mollement. Aussitôt, Serafini est allé rejoindre Fatty Gambino aux côtés du videur.

— Vous êtes de même vous autres, hein, s'est moqué Beaudry, qui se tenait derrière moi. Ç'a le sang chaud, c'te monde-là, hein Duchamp!

Imperturbable, Gambino massait tranquillement la main de laquelle il m'avait frappé. Serafini, lui, a pincé les lèvres pour s'empêcher de répliquer. Peut-être qu'il croyait ainsi cultiver le mystère. Personnellement, j'ai toujours été convaincu que c'est parce que les fils se touchaient, à l'étage du haut, et que le patron lui imposait le silence. Hey! Serafini! *Chiudi il becco!*

— Enweille, on schnaille, les spaghettis.

Gambino gloussait. Ses épaules sont allées toucher ses grosses joues tombantes, et il s'est dirigé à reculons vers l'entrée du Cabaret. Serafini l'a suivi en me fixant et, juste avant de disparaître, m'a gratifié d'un clin d'œil, promesse de retour.

— Ostie d'Italiens à' marde! a dit Beaudry, assez fort pour que les deux truands l'entendent. On devrait toute sacrer ça sur un bateau. Un bateau avec des trous.

— Watche ta grande gueule, Beaudry, lui ai-je conseillé, à quatre pattes, en train de récupérer mon tabac et mon haschich.

— Veux-tu ben me dire quessé que tu fous encore à terre?

Je ne lui ai pas répondu. Il me manquait une boulette de dross ; je me suis penché un peu plus, les yeux au sol, pour la repérer. Bingo ! La boule se trouvait tout près de l'immense pied du videur.

— Calvaire, a soupiré Beaudry. T'as aucune fierté...

— Tu dis ça comme si t'étais étonné, ai-je répondu à mon ancien collègue en m'étirant de tout mon long.

J'ai réussi à atteindre ma drogue et j'ai levé les yeux vers le géant qui me dévisageait. Il devait se retenir pour ne pas me cracher dessus. Exaspéré, Beaudry m'a aidé à me relever. Pendant que je balayais la poussière et la saleté de mon pantalon, il s'est allumé une cigarette et m'a fièrement annoncé :

— Ça fait deux fois, aujourd'hui, que je te sauve la peau.

— Quoi ? Tu m'aimes encore, c'est ça que t'es en train de me dire ? Donne-m'en une.

— Fume donc tes dopes : tu viens de faire le grand écart pour ramasser ta cochonnerie à terre...

— Trop fatigué pour rouler. Enweille.

Il m'a tendu une Buckingham, a feint le découragement à outrance quand je lui ai quêté du feu, puis s'est adressé au videur :

— Tu le laisses rentrer, c'est clair ? Il est attendu.

— Tu m'accompagnes pas ? T'as des intérêts là-dedans, non...

— J'travaille.

— Tu fais des longs shifts, mon Beaudry.

— Le crime, ça dort pas.

— Ah ! si c'est beau, ça ! Je te savais pas poète.

— Va chier, m'a-t-il lancé en s'éloignant.

— Qu'est-ce que je fais, Beaudry, si on essaye encore de me tuer ? Je crie ton nom ? J'invoque le dieu de la Loi ?

— Tu peux ben crever. Ça va nous faire gagner du temps.

◆ ◆ ◆

Ne souhaitant pas me voir déranger les bons clients, le videur m'a personnellement escorté jusqu'à Bélanger. Il était là, le nouveau chef, avec sur les genoux une demoiselle qui aurait pu être la fille de sa fille. On lui avait réservé la table d'honneur, devant la scène, sur laquelle une Américaine mal engueulée faisait rire grassement l'assistance, entre deux numéros musicaux. *Hello, suckers!*

Bélanger n'avait pas trop changé : un peu plus gris, un peu plus bedonnant, un peu plus moustachu qu'avant. Un peu plus insignifiant ? Sans doute. C'était pour ça qu'on l'avait promu, au fond : il était facilement manipulable. Pas une mauvaise personne, non : Pierre Bélanger n'aurait pas fait de mal à une mouche. Le problème, c'était que la machine derrière lui, celle qui lui dictait chacun de ses faits et gestes, n'était pas aussi bien intentionnée. Est-ce que le gros Bélanger pouvait être niais au point de ne pas se rendre compte de ce qui se passait véritablement dans sa ville, du mal qui en pourrissait le cœur ? Oui, assurément. N'empêche que son silence le rendait complice d'une belle orchestration de crimes, et il était coupable au même titre que les autres. Peut-être bien plus.

Après les politesses d'usage, où j'ai pris soin de m'informer de la santé de madame Bélanger, on est passés aux choses sérieuses.

— Qu'est-ce tu bois ?

— Rien, ça va. Disons que j'ai le vin triste depuis la guerre.

Il m'a dévisagé, comme si je venais de parler chinois.

— Prends-toi un verre, m'a-t-il ordonné pendant que sa fille empoignait la bouteille de champagne.

Il a dit ça en coinçant au creux de son bras la taille dénudée de la demoiselle, qui s'est mise à rire et à renverser du vin mousseux partout sur la nappe blanche. Cette ambiance de luxure et d'abondance régnait à toutes les tables. C'était une grande salle, pourvue d'un balcon du haut duquel deux clowns observaient attentivement chacun de mes mouvements. Gambino et Serafini m'ont envoyé la main.

— Tiens. Ça va être tout doux, pour ta p'tite déprime, a ajouté le chef en poussant le verre trop plein vers moi.

— T'es ben swell, Pierre.

Bélanger ne devait plus se faire appeler par son prénom souvent. Déstabilisé, il ne savait pas trop si je tentais de le provoquer. Il a finalement décidé que je faisais preuve de camaraderie et a éclaté de rire, avant d'ajouter de sa grosse voix :

— Il faut ben porter un toast à ton retour, saint chrême ! Eugène Duchamp ! Hé, si y'en a ben un qu'on pensait pas revoir vivant...

— On est au moins d'accord là-dessus.

Il a gloussé en levant son verre haut dans les airs. Je l'ai accompagné. Le champagne coulait le long de mon bras, mouillant ma belle chemise neuve.

— À notre bonne entente, mon Eugène.

Il a bu goulûment. J'ai déposé mon verre sur la table, puis secoué la main. J'ai aussi épongé les quelques gouttes de champagne qui étaient tombées sur la tête de Mignonne. Lorsque j'ai relevé les yeux, le chef embrassait voracement sa catin, la bouche grande ouverte, comme s'il s'apprêtait à l'avaler. Sur scène, l'Américaine venait de terminer son monologue avec une blague bien salée, et les hommes dans l'assistance riaient de bon cœur en se tapant les cuisses. Les femmes aussi, parce que chacune des créatures qui rentraient chez Delisle y travaillait. Je me suis roulé une cigarette en attendant que le chef en ait fini avec les amygdales de sa conquête. Finalement, il lui a donné deux petites tapes sur le postérieur et a dit d'une voix infantilisante :

— Va faire un tour, ma beauté. Papa a besoin d'avoir une discussion avec le monsieur.

Elle s'est levée en faisant la moue. Avec la musique de l'orchestre, je n'entendais pas, mais j'imagine qu'elle chignait aussi comme un chiot. J'ai fermé les yeux deux secondes : j'étais encore confortablement engourdi, quoique de moins en moins, et les musiciens nous offraient un morceau particulièrement doux. J'aurais tué pour être seul avec la musique. J'ai inspiré et rouvert les yeux : Bélanger me toisait, amusé comme dix.

— Ça va, Eugène ?

J'ai allumé ma cigarette en acquiesçant. Le gros a bu encore une gorgée avant de reprendre son visage sérieux de surintendant de la police de Montréal.

— Entendu dire que tu t'étais parti à ton compte ?

J'ai failli m'étouffer.

— N'importe quoi.

— Ah... Pas ce qu'on dit...

— Qu'est-ce qu'on dit, Pierre ? Si on commençait par ça ?

— On dit que t'es détective privé.

J'ai grimacé en me penchant sur le cendrier rempli de champagne.

— Je suis pas détective privé.

— Pas ce qu'on raconte...

— Dis-moi donc ce que tu veux savoir tout suite, qu'on en finisse.

Il s'est lissé la moustache, léché les lèvres, puis allumé un cigare. Je devinais la présence d'un danseur de claquettes, derrière, sur la scène : un homme, sûrement, parce que les clients ne prêtaient plus guère attention au spectacle.

— La pute qui est allée te voir, à matin..., a enfin lâché Bélanger.

J'ai secoué la tête candidement.

— Fais pas ton smatte, Duchamp.

— Ah! tu parles de Jeanne?

— Elle t'a rien dit?

Bélanger avait l'air surpris. Il a voulu se resservir, mais, malheureusement, la bouteille était vide.

— Jeanne, a-t-il soufflé, c'est... la mienne.

Il a pris une grande inspiration : se confier à moi lui coûtait. Il aurait voulu que je le guide, que je lui pose des questions... Pauvre Pierre. Je me suis contenté de le fixer en fumant. J'avais bien eu l'impression qu'il savait quelque chose sur toute cette histoire quand Beaudry était venu me cueillir en plein milieu de la rue. Et ce pressentiment s'était affermi quand on avait fait des cachotteries sur l'identité du protecteur de Jeanne.

Évidemment, il n'y avait rien de romantique dans leur histoire. En général, il y a assez peu de romance dans la vie de ces filles-là. Bélanger demandait l'exclusivité pour la simple et bonne raison qu'il n'aimait pas partager. Il ne lui avait sans doute jamais fait de promesses : il la payait assez bien pour qu'elle n'ait pas à se donner à d'autres hommes, voilà. Tout ça, sous le couvert d'une discrétion irréprochable. Mais il avait fallu que l'imprudente attrape du ventre.

— Qu'on se le dise, Eugène, j'aurais pu la laisser tomber drette là. J'aurais sûrement dû. Entre toi pis moi, y'a des choses plus subtiles qu'une putain qui boulange, saint chrême!

Il s'est arrêté de parler. Une nouvelle bouteille avait été déposée sur la table ; il a calé un verre d'un trait avant de rallumer son cigare. Il s'est ensuite enfoncé dans sa chaise pour reluquer les danseuses qui faisaient valser leur avenir sur la scène. Je m'en suis roulé une autre. Il m'a jeté un coup d'œil suspicieux avant de s'emparer de ma blague à tabac pour l'inspecter. Il l'a reniflée puis, en me la rendant, l'air déçu, m'a sermonné :

— Pour de vrai, Eugène? T'as pas honte?

J'ai souri en coinçant ma dope entre mes lèvres. Le gros Bélanger qui me jugeait! J'aurais difficilement pu m'en foutre davantage. Bien casé, grosse job, la femme, les enfants, la bedaine, la maîtresse... Hé, il avait travaillé fort pour se rendre là, c'est certain. La bonne vie, grasse et juteuse, comme ces femmes-récompenses dans lesquelles il croquait à pleines dents pour mieux en extraire le suc jusqu'à ce qu'elles soient complètement vidées. C'était ça, le véritable salaire des hommes probes, ces braves qui marchent en regardant bien droit en avant. Ah! pour regarder en avant, ça, ils étaient bons. Mais s'ils s'étaient risqués à jeter un coup d'œil derrière eux de temps en temps, ils auraient vu la traînée de cadavres qu'ils avaient eux-mêmes semés sur leur chemin.

Moi, je n'avançais dans aucune direction et, en fin de compte, ça m'était bien égal de tourner en rond. Je savais pertinemment que tout ça, ça ne valait pas la peine. Sa vie, à Bélanger, c'était une belle prison d'apparences. Une étincelle tombait dans cette toile-là, et c'est la baraque au complet qui passait au feu. Moi, j'étais peut-être un va-nu-pieds, mais je ne m'en faisais plus accroire.

— Fait que tu m'as fait venir jusqu'ici pour me conter tes histoires de cœur, Pierre?

— Retrouves-y son bébé.

Je ne m'attendais pas à ça: en fait, je croyais plutôt qu'il allait m'en empêcher. Il a remarqué ma surprise et s'est expliqué:

— C'est sûr que ça m'arrangeait, qu'il disparaisse, c't'enfant-là. Mais la p'tite gueuse va me rendre fou. Est rendue qu'a m'appelle à maison, à n'importe quelle heure en plus. Elle est débarquée v'là deux jours dans mon entrée en braillant comme un veau! Ma femme commence à me poser des questions...

— Pauvre Pierre.

— C'est ça, fais ton smatte, Duchamp!

— Non, non. Je te comprends, juré. Maudites femmes!

— Trouves-y son flo, Eugène, m'a-t-il coupé énergiquement.

— *Ton* flo.

— Saint chrême, veux-tu rire de moi? Checke-moi ben, Duchamp: la mère de mes enfants, c'est pas une pute, c'est-tu clair?

— Mais pourquoi tu le retrouves pas, toi, le bébé ? Je veux dire, t'as pas mal plus d'effectifs que moi. Je comprends que tu veuilles pas que l'affaire s'ébruite, mais Jeanne, c'est une citoyenne, elle a des droits…

Il secouait la tête en faisant la moue, sa moustache ridicule retombant sur sa lèvre supérieure.

— Des effectifs, hein ? Clisse. On manque de policiers, Eugène. Mes gars font déjà des doubles pis des triples, travaillent vingt-cinq heures sur vingt-quatre, pis c'est pas assez. Pas vrai qu'ils vont commencer à faire du zèle pour une catin. Ça fait que je te le demande à toi : trouve le bébé de la Jeanne. C'est le mieux que je peux faire.

Il a fait glisser une enveloppe sur la table. Plus épaisse que celle que Jeanne m'avait donnée le matin même. Je l'ai prise sans l'ouvrir.

— Vingt-cinq piasses par jour. Plus tes dépenses. C'est le prix d'une belle guidoune de luxe de la rue Sherbrooke. Un fou dans une poche !

Il s'est étouffé en riant. J'ai caché l'argent dans le revers de mon veston en espérant que les Italiens n'avaient rien remarqué.

— Tu sais ben qu'on m'a déjà payé…

— Ouais. Mais à te regarder l'air, j'ai l'impression qu'y doit plus te rester grand-chose. Pis ça va te permettre d'aller t'acheter un lunch. Viarge, un peu de chair sur l'os, ça te ferait pas de tort. Pis on va dire que c'est un extra pour la discrétion. Ça fait pas de bruit, c't'histoire-là. On se comprend ? Pis si Jeanne, elle revient cogner chez nous, je te tiens personnellement responsable.

— Clair comme de l'eau de roche, mon Pierre.

Satisfait, le chef s'est resservi à boire. Il a regardé autour de lui, sans doute dans l'espoir d'attraper une demoiselle par la hanche au passage. Derrière, le pianiste a entonné un nouvel air, les premières notes d'une chanson d'Irving Berlin. Bélanger fixait à présent un point droit devant lui. La gorge nouée, je lui ai demandé :

— Toi, Pierre, mine de rien, tu penses-tu qu'on a des chances de le retrouver, le flo ?

Il n'a pas répondu.

8

J'aurais reconnu sa voix dans n'importe quelles circonstances. Même sous l'eau. Même sourd. Ce n'était pas
une grande voix de chanteuse populaire : c'était une voix
d'avant-guerre. Une voix qui s'accompagnait d'un parfum
de caramel et d'un goût de barbe à papa sur la langue ; l'été
au bord de l'eau, au parc Sohmer. Il fallait que je sorte de là.
J'ai essayé de clore la conversation, mais Bélanger
n'était plus d'humeur.

— Assis, Duchamp. Y'a une demoiselle qui demande
notre attention en avant. Sois pas mal élevé.

J'ai continué à tourner le dos à la scène. Elle avait terminé son premier refrain. *But when you get what you want
/ You don't want what you get / And though I sit upon your
knees / You grow tired of me, because...* Mais à force de
contempler le spectacle de tous ces crétins libidineux qui
bavaient en la regardant, j'ai flanché.

Elle ne devait pas être habituée à ce qu'un homme lui tourne le dos; j'imagine que c'est pour ça qu'elle me fixait déjà quand je me suis enfin décidé à l'affronter. Une chance pour elle, c'était l'intermède musical. Autrement, je pense bien qu'elle en aurait oublié les paroles de sa chanson. Son malaise a duré une demi-seconde, ce qui était beaucoup, pour une professionnelle comme elle. Je lui ai souri. J'avais envie de pleurer. Ce qui était beaucoup, pour un sans-cœur comme moi.

L'orchestre occupait tout le fond de la scène sur deux paliers. Mignonne, la Mignonne initiale, se produisait sur celui de devant, accompagnée de six danseuses, toutes vêtues à peu près comme elle, avec moins de plumes et de paillettes: avec moins de tout, quant à moi. Elles imitaient les mouvements de la chanteuse, ses hanches qui bougeaient en formant des cercles. À droite, à gauche... L'infini, dans un mouvement de bassin. La dernière fois que j'avais vu Mignonne porter si peu de vêtements, c'était la veille de l'embarquement. Et on était seuls, dans sa chambre.

Mignonne s'est remise à chanter en me fixant: *Don't you say that I'm unkind / Think it over and you'll find...* Comme si j'étais seul. *You've got a changeable nature / You're always changing your mind!* Comme si j'étais dans cette chambre, encore, notre dernière fois, encore. *There's a longing in your eye / That is hard to satisfy.* Tout ce qu'elle faisait, sur cette scène, c'était pour moi. Une vraie de vraie pro, la Mignonne. Je veux dire, les hommes dans l'assistance devaient tous se sentir également privilégiés. *You're unhappy most of the time / Here's the reason why...*

Nerveusement, j'ai détourné le regard et fouillé mon étui à la recherche de cette dernière boulette de dross, pensant à regret qu'il y a des choses que même l'opium ne réussit pas à engourdir. Puis je me suis levé avant la fin de son numéro. Absorbé, Bélanger n'a pas tenté de me retenir. Sur la scène, Mignonne répétait qu'*after I get what I want, I don't want what I wanted at all.* Dieu que j'aurais aimé qu'elle ait raison.

◆ ◆ ◆

Je me suis accroché les pieds au bar en attendant que Fatty et l'autre gigolo, dont je sentais constamment le regard vil sur ma nuque, me laissent sortir du tripot en paix – je ne me leurrais pas. La suite des choses allait faire mal : aussi bien m'engourdir un peu. J'ai commandé un double whisky avec de l'eau, comme dans le bon vieux temps. Le fort est descendu comme du miel chaud dans ma gorge. La légende veut qu'une lampée de whisky ait déjà rendu la vie à des hommes dont le cœur avait cessé de battre... L'absence de flamme a confirmé ce que je savais déjà : c'était sans espoir pour moi. J'ai vidé mon verre d'un trait et fait signe au barman de remettre ça. Tout pour ne pas penser à elle. Seigneur, dire que ç'avait existé...

Il y avait Tony Frank et sa bande qui voulaient me faire la peau. Certains de mes anciens collègues rêvaient de me voir finir mes jours en prison, à me faire tabasser quotidiennement par les malfrats que j'avais moi-même mis à l'ombre. Mais si j'avais pris la décision de quitter Montréal, c'était surtout pour ne jamais la revoir. Mignonne. Rien n'arriverait jamais à me meurtrir autant qu'elle.

Je sirotais mon troisième verre – on les plaçait devant moi sans que j'aie plus à les commander – quand j'ai remarqué que toutes les têtes s'étaient tournées dans ma direction. Elle était là. J'ai humé son parfum racé pendant un moment avant de trouver le courage de la contempler.

Mignonne ne portait plus son costume de scène, mais la robe beige ornée de fil doré qu'elle avait enfilée ne laissait pas, elle non plus, beaucoup de place à l'imagination. Elle était plus mince qu'à l'époque et tentait visiblement de ressembler à ces actrices américaines des vues animées, avec ses lèvres carmin, ses cheveux courts et son regard de biche. Elle tenait une cigarette entre ses doigts élancés, et je la lui ai allumée. Elle s'est accoudée au bar en soufflant un nuage de fumée qui semblait sans fin.

— T'es rendu détective, à ce qu'on dit, a-t-elle cru bon de lancer pour briser la glace.

— J'suis pas détective…

Elle a haussé les épaules, essayant d'avoir l'air détachée.

— Ça fait combien de temps que t'es revenu en ville?

— Parce que ça, on te l'a pas dit?

— T'as raison, a-t-elle sèchement rétorqué, ç'a pas d'importance. T'as aimé le spectacle?

— Ciboire. On dirait que c'est toi, le détective privé, au nombre de questions que tu poses…

— Je pensais que t'étais pas détective?

J'ai souri. On a déposé un nouveau verre devant moi. Je me suis senti obligé de finir celui que je tenais.

— Super numéro, si tu veux savoir. Tout était ben ben bon, ben beau. Surtout ton costume de trous cousus ensemble. Encore belle, Mignonne. Sur ton affiche aussi, t'es belle. T'as l'air quasi respectable. Viarge: ben failli pas te reconnaître, pour dire. Mine de rien, j'imagine qu'ils l'auront censurée ? Mais là, je te vois, pis je suis rassuré. Je te reconnais.

Même froid, son rire était doux.

— Pas respectable pour une miette, c'est ça ?

— Exactement. T'as pas changé. Exception faite des cheveux. Drôle d'idée d'ailleurs.

— T'es venu jusqu'ici pour me parler fashion ?

— Nah. C'est juste que je comprends pas pourquoi ton trou de cul t'a laissée les couper. Par quoi y te retient, astheure ? Je vois pas de laisse.

J'ai pris sa main dans la mienne pour contempler de plus près ce doigt nuptial, complètement nu.

— Je te dois pas d'explication, a-t-elle dit en s'échappant de ma poigne.

— Non ? Non, j'imagine que t'as raison.

Son visage était très près du mien et, sans trop comprendre ce que j'étais en train de faire, je lui ai enserré la taille de mon bras. Elle est demeurée raide, mais ne m'a pas repoussé. Seigneur... C'était une mauvaise idée. Comme ces verres de whisky que je m'envoyais sans les compter. Je l'ai serrée un peu plus fort : soit pour l'empêcher de se sauver, soit pour la casser en deux, va savoir. Puis, à son cou, je l'ai repérée : une chaînette en or au bout de laquelle l'anneau dormait confortablement contre sa poitrine. Elle portait bel et bien une laisse, et directement sur son cœur.

J'ai mis fin à mon étreinte, et Mignonne s'est finalement décidée à s'asseoir. Elle a même posé une main dans mon dos. J'ai forcé un sourire.

— Qu'est-ce que t'as fait, tout ce temps-là, de l'autre bord ?

Je me suis contenté de grimacer en m'allumant une des cigarettes qu'elle avait laissées sur le bar.

— Quoi ? Tu veux pas me le dire ?

— C'est ça, j'veux pas te le dire, ai-je murmuré, en feignant la raillerie. Mais écoute, ma belle, si ça te fait faire du sang de cochon, console-toi : j'ai pas couru les chemins.

Elle a éclaté d'un rire gauche et affecté. Ça m'a fait un petit velours.

— Qu'est-ce qu'il ferait, ton chien de garde, à te voir jaser comme ça avec moi ?

— Tu le connais, a-t-elle murmuré en faisant glisser un de ses longs doigts sur le rebord de son verre. Y'est jaloux comme un bec-scie.

Et elle s'est retournée vers moi. J'aurais pu l'embrasser.

— Pis ta Chinoise, elle ? A dirait quoi ?

Elle a susurré ça en s'approchant encore un peu de moi, cambrant le dos, comme si elle désirait que mon bras l'enserre de nouveau. Rose avait raison : les choses se savaient toujours, ici. J'ai soupiré en secouant la tête, posé la main sur ma canne ; elle était frêle et de travers, mais assez solide pour soutenir mon poids. J'ai esquissé un mouvement pour me lever. Mignonne m'a arrêté.

— Qu'est-ce que tu fais, là ?

J'ai dégluti. Même parler devenait tout à coup compliqué. La bouche pâteuse, la langue molle. Néanmoins, j'ai réussi à lui souffler :

— Vous tire ma révérence, gente dame. Hé, j'pense à ça : tu... tu dois savoir ça, toi, où il y aurait une autre sortie...

— Oui. J'sais ça. Mais ils t'attendent de ce côté-là aussi.

— Ah... Mignonne...

Elle souriait. J'ai de nouveau tenté de me lever, mais mon corps vidé de toute force n'arrivait pas à se séparer du banc. Mignonne s'est approchée de moi et :

— Reste tranquille, Gène, a-t-elle dit. Avec ce que le barman a mis dans ton dernier verre, ta bonne jambe est à un cheveu de te laisser tomber.

— Elle avec...

— Doux Jésus, que t'es pathétique ! J'avais presque oublié.

J'ai ri. Il me semble. Ma canne a roulé par terre. Et j'ai pris ce qui me restait d'énergie pour m'agripper à Mignonne, solidement, m'agripper d'une main à son cul, de l'autre à sa nuque. Tant qu'à crever... Ses mains, elles, se sont réfugiées à l'intérieur de ma veste.

— T'avais pas le droit de m'abandonner, a-t-elle murmuré à mon oreille avant de se dégager.

La dernière chose dont je me souvienne, c'est le visage de Mignonne. L'expression qu'elle a eue avant de me lancer son poing sur la gueule.

9

Hydrate de chloral : le poison qui donne la pire des gueules de bois. C'est sans doute ce que le barman avait mis dans les verres qu'il me servait si généreusement. Au dégel, le bathtub gin donne l'impression d'une caresse à côté de ça. Mon esprit s'éveillait lourdement, mes yeux refusaient de s'ouvrir, redoutant la cruauté de la lumière. Leurs voix m'encerclaient, et j'ai cru préférable de feindre l'inconscience. Mais mon petit jeu ne les a pas dupés bien longtemps. J'ai reçu un coup sur le tibia. Celui de ma bonne jambe...

En ouvrant les yeux, j'ai tout de suite su où j'avais été amené : au Savoy, le quartier général de Tony Frank, dit le King. La porte du fond devait mener à une petite chambre où il conduisait des danseuses, après les avoir matées à travers l'impressionnante baie vitrée qui fermait son bureau en mezzanine. On entendait jusqu'ici la musique : tout le mois de septembre, les Melody Kings étaient en vedette au club de la rue Saint-Alexandre. Au moins, mon passage à tabac aurait une trame sonore respectable. Tony Frank se trouvait face à moi. Une bague à chaque doigt et une broche au collet de son veston marine venaient compléter une tenue racée, quoique trop clinquante à mon goût. Sa coiffure était scrupuleusement conçue, et une petite moustache brune aux bouts retroussés parachevait à merveille son allure de dandy. Il riait. Ils riaient tous. Gambino et Serafini aussi. Ça devait être ces deux-là, les fidèles hommes de main du King, qui m'avaient traîné jusqu'ici. À voir l'état misérable de ma Mignonne par terre, je devinais que le bellâtre m'avait frappé avec ma propre canne. Sale brute.

— Duchamp! a lancé Tony en rigolant. Long time no see.

Je courais après mon souffle. Mon esprit vagabondait, refusait de reprendre sa place, et mes yeux se fermaient sans que je puisse les en empêcher. S'ils ne m'avaient pas solidement attaché sur la chaise, je me serais probablement laissé tomber sur le plancher en position fœtale.

— Serafini, wake him up, for Chrissake…

Une, deux, trois… La quatrième gifle, plus forte que les précédentes, m'a permis d'émerger. La tête me tournait et, dans ma bouche, il y avait un goût de sang.

— T'aurais pu demander à me voir, Frank. T'sais, un petit s'il vous plaît à la bonne place, ça peut éviter ben du désagrément.

Serafini s'est avancé vers moi, prêt à sévir de nouveau, mais Frank l'a arrêté d'un signe.

— Oh, come on, Duchamp. Une petite dose gratuite dans ton verre… Un cadeau de bienvenue!

— Je devrais te dire merci, c'est ça ?

— You bet !

J'avais connu Tony Frank à une autre époque, alors que je portais mon beau costume d'agent de police. Poste n° 4, avec Beaudry et le gros Bélanger. Avec Louis Morel aussi : un salaud de la pire espèce. Honnêtement, on était tous des trous de cul à nos heures, mais certains étaient pires que les autres. Morel, qui excellait dans tout, détenait ce record. Morel avait une entente avec Tony Frank, qui lui avait généreusement graissé la patte. Pour Beaudry et moi, ça impliquait de se tenir à distance des maisons closes et tripots du mafioso, en évitant d'y faire des descentes. Comme j'ai toujours eu un minimum de considération pour les prostituées, qui pratiquent un métier beaucoup plus dur que le mien, et aimé tenter la chance de temps à autre à une table à cartes, cette politesse ne m'empêchait pas de dormir. L'homme a besoin de la luxure. Essayer d'éradiquer le vice est une perte de temps, sans compter que ça fait des ravages : plus de maladies, plus de passages à tabac, plus de morts.

Le problème, c'est que Morel était humain, et comme plusieurs de sa race, plus on le nourrissait, plus il avait faim. Passer ses soirées dans les bordels de Tony Frank à profiter au rabais des services des prostituées, pendant qu'il était, bien entendu, sur le payroll de la cité, ça l'a rapidement ennuyé. Il s'est mis à vendre des informations au King. Ce n'était qu'une question de temps avant qu'il commence à participer à des coups avec la bande. On croit entre autres qu'il aurait été le cerveau derrière le vol de plusieurs kilos de cocaïne dans le bureau du grand connétable, un vol estimé à trente-cinq mille dollars. Sans être en mesure de prouver quoi que ce soit, Beaudry et moi étions aussi convaincus qu'il était à blâmer pour le meurtre d'un jeune Noir, qu'on avait retrouvé pieds et mains liés dans la rivière des Prairies. Mais Morel, un homme aimé et admiré, un athlète, un père de famille, un policier modèle, était au-dessus de tout soupçon.

C'est pour un de ces fameux coups véreux qu'il est venu me quérir un jour. Il avait besoin d'un autre policier pour l'aider, quelqu'un d'aussi croche que lui. Devant une belle liasse de billets de banque et sa reconnaissance éternelle, je n'ai pas fait mine de réfléchir longtemps : on s'est serré la main. Il m'a même traîné dans les clubs de Tony, pour fêter comme il se doit notre belle amitié. Toute la semaine avant le coup, j'ai donc bu allègrement sur le bras du King en compagnie de Morel, sans rougir.

Mais c'était de la frime. Non seulement je l'ai vendu, j'ai complètement fait foirer l'affaire. Le King s'en est tiré sans trop d'éclaboussures : le faire tomber, lui, ç'aurait été faire tomber beaucoup de grosses pointures de l'administration de la Ville, en commençant par le maire. C'est donc Morel qui a écopé. Tony Frank a néanmoins perdu pas mal de blé avec cette histoire, et il m'en voulait. Quant à Morel, il devait faire des portraits de moi dans sa cellule de Saint-Vincent-de-Paul, pour mieux les déchiqueter après. Même si c'était lui, le magouilleur, je savais que la plupart de mes anciens collègues ne me pardonneraient jamais d'avoir vendu l'un des nôtres. J'étais fait comme un rat. Aussi, le lendemain de l'arrestation de Morel, j'ai changé d'uniforme et me suis embarqué, direction le Vieux Continent : j'ai pour ainsi dire choisi un nouveau décor où planter mon enfer, en laissant Beaudry, mon ami, mon partenaire, se sortir de ma propre merde tout seul. Je ne me suis pas senti mal très longtemps, puisque l'enfant de chienne a profité de mon absence pour me voler ma femme.

J'ai craché par terre : du sang.

— Argh ! a soupiré Tony Frank, dégoûté. Tu sais combien ce tapis-là m'a coûté ? Serafini !

Serafini, qui était le seul à rire encore, s'est tu.

— Non, mais j'sais que tes chiens m'ont coûté une dent par exemple. Je sais aussi que je fumerais volontiers une cigarette. Si tu pouvais juste me détacher...

— Mais la dernière fois, tu t'es sauvé sans nous dire bye.

— Je cours plus ben vite, crains pas.

— Cut him free, a décidé Tony.

À contrecœur, Serafini est venu couper mes liens, l'air d'un enfant qu'on aurait grondé.

Tony Frank s'est approché de moi, récupérant au passage ma Mignonne avec son pied. Il l'a fait valser jusque dans ses mains, puis, en caressant doucement la tête de chien, il a plongé ses yeux noirs dans les miens.

— Je peux te demander quelque chose, Tony ?

Il s'est arrêté de marcher, prenant appui sur ma Mignonne. La canne était fendue dans le sens de la longueur, et je doutais qu'elle tienne le coup bien longtemps.

— Si tu t'ennuyais tant que ça de moi, pourquoi t'es pas venu cogner à ma porte avant ?

Le King a hoché la tête, comme si je venais de poser une excellente question.

— Le chef Bélanger m'a demandé de pas le faire. « Le flo l'a eu rough enough de même. » Il dit que t'es comme de la famille. Bélanger et moi, on se rend service, you know : j'imagine que ça fait de toi un... parent éloigné. Right ? Just like your uncle, Serafini, you remember, that old bastard ?

Serafini a acquiescé en affichant une mine renfrognée. L'histoire amusait néanmoins Tony Frank, qui s'est fait un devoir de m'en raconter les détails.

Quelques années avant la guerre, sans emploi, sans le sou, Giuseppe Serafini s'était embarqué vers l'Amérique, Montréal, pour rejoindre un oncle à lui, un certain Joseph, à qui la vie souriait. Engagé par le Canadien National, le Joseph en question avait mis au point un racket qui lui rapportait gros. Son travail était de procurer à la compagnie ferroviaire la main-d'œuvre nécessaire à la construction du chemin de fer, et pour chaque homme, il obtenait de ses employeurs une compensation d'un dollar. À cette époque, le sud de l'Italie, en pleine sécheresse, n'en menait pas large, et Joseph a eu la bonne idée de publier des annonces dans ces journaux italo-montréalais qu'on envoyait de l'autre côté de l'océan. Ici, il y en avait, du travail, et si tu payais le bon Joseph une piasse, ben le bon Joseph s'occupait de toi. Sa magouille avait si bien fonctionné que, rapidement, il y avait eu trop d'immigrants pour le nombre de postes à combler. Pas plus fou qu'un autre, au lieu de demander le dollar d'usage, Joseph avait légèrement augmenté son tarif. Plus tu déboursais, plus t'avais de chances de travailler sur les chemins de fer – même que pour un léger supplément, Joseph allait jusqu'à te promettre une job de cadre. La belle affaire !

À son arrivée, Serafini était devenu son assistant, sa principale tâche étant justement « d'assister » son oncle lorsque les pauvres hommes auxquels on n'avait pas encore trouvé d'emploi commençaient à s'impatienter. Et pour faire taire les malheureux, Serafini s'était rapidement développé une technique, peu orthodoxe, mais fort efficace.

Toute bonne chose a une fin. Le Canadien National, qui avait finalement eu vent des pratiques frauduleuses de Joseph, l'a renvoyé à un moment où il n'avait plus beaucoup d'amis. Arcangelo di Vincenzo, dit Tony Frank, gérait alors une grocery ainsi que de petites affaires relativement croches ici et là. Un clan d'expatriés floués avait d'ailleurs trouvé refuge chez lui : la même bande qui a décidé, un beau matin, que le règne de l'oncle Joseph avait assez duré.

Après avoir perdu son emploi, Joseph avait été forcé de mettre son neveu à la rue. Sans le sou, le jeune Giuseppe s'était alors mis à fréquenter un tas de chômeurs italiens avec qui il avait préalablement eu quelques... discussions. Tony Frank avait repêché Serafini avant que les choses ne finissent mal pour lui.

Tony Frank avait toujours fait montre de raffinement, et les menaces, les coups, pour le peu que j'avais eu affaire à lui, n'avaient jamais été son genre. J'imagine qu'il avait flatté Serafini dans le sens du poil, en lui vantant le professionnalisme avec lequel le jeune Italien s'était acquitté du sale travail que lui confiait son oncle. Mais bon, pas fin fin et facilement manipulable, le Giuseppe : trente minutes avec le King, et le voilà qui voyait la lumière. Il était sorti de cet entretien avec sa veste tournée du bon bord. Le soir même, Joseph Serafini avait payé ses dettes au reste de la communauté. Et pas avec de l'argent.

— Sais-tu, ai-je finalement commenté, j'pense que j'aime autant pas être de la famille de personne.

— That's one thing about *la famiglia* : you don't really get to choose it.

Il s'est assis sur son bureau en fixant ma Mignonne dans les yeux. J'ai sorti mon étui à fumée, surpris de le trouver à sa place. En revanche, l'argent, lui, s'était volatilisé. J'ai plongé les doigts dans le tabac humide, où quelque chose de dur et circulaire avait été dissimulé. J'ai reconnu la bague tout de suite. Celle que je lui avais donnée, lors de notre dernière nuit. Je l'ai enterrée dans le tabac en pensant aux mains de Mignonne dans ma veste, un peu avant qu'elle m'embrasse avec son poing. C'était elle, bien sûr, qui avait pris mon argent, mais cette bague, comme une invitation à la revoir, me permettait de croire que je récupérerais ma petite fortune. Tony Frank m'observait, un sourire fier pendu sous sa moustache, puis, en montrant mes mains mutilées à l'aide de ma propre canne :

— Tu t'es fait des nouveaux amis pendant tes voyages, à ce que je vois.

— Si on en venait au fait, hein ? Tu m'as pas traîné ici pour me parler de nos amours, ai-je lancé.

Sur son regard, un nuage, mais le rictus restait en place, imperturbable, comme cousu sur son visage. Il a fait tourner Mignonne dans sa main, puis a tout déballé. On l'avait volé : une grosse cargaison d'héroïne, dans le port, le fameux soir des arrestations. Fatty et Serafini, *il bello cretino*, devaient s'assurer du déroulement de l'opération, mais ils s'étaient fait coincer dans une descente de bordel. Et pendant ce temps-là, la marchandise du King disparaissait. Il soupçonnait que certains des dockers qu'il avait lui-même dû soudoyer avaient reçu une meilleure offre ailleurs, mais il n'allait certainement pas commencer à courir après la vermine. Non. Tony Frank voulait savoir qui avait osé organiser ce coup.

— T'as pas besoin de moi pour faire ça, Frank. T'as juste à mettre tes brutes sur l'affaire...

Il s'est relevé et s'est approché de moi, se penchant, ma canne toujours à la main. La tête de Mignonne est venue caresser ma joue et il a dit, d'une voix feutrée :

— Oh, I know, Duchamp, pas besoin de me le rappeler. L'affaire, c'est que je peux pas me débarrasser de toi non plus. Pas tout de suite en tout cas. En attendant, aussi bien mettre à profit tes... talents.

Son visage avait pris une expression tout à fait sérieuse. Entre nos deux visages, il y avait la tête de chien de Mignonne. Je me suis raclé la gorge avant de lui répondre :

— Pis mettons que j't'envoie chier ?

Le sourire est revenu. Mais pas tout à fait pareil. Un peu plus large et pourtant moins invitant. Non, Tony Frank n'était pas du genre à frapper inutilement, mais on ne devenait pas le King sans châtier de temps à autre. Il a chuchoté :

— Why don't you sleep on it ?

J'ai vu la tête de Mignonne s'éloigner de moi à toute vitesse pour revenir à la charge avec encore plus de vigueur. Pas eu le temps de lui demander de ménager ma chemise neuve...

10

Je me suis réveillé complètement nu, couvert de sueur, entre les draps froids, mouillés de bord en bord ; le fond de l'air était toujours bouillant, pourtant je grelottais à m'en faire tomber les dents. Le sommeil avait été long, profond, mais pas le moins du monde réparateur. J'avais fait des rêves sans queue ni tête, qui s'étaient pourchassés toute la nuit. Des rêves de Mignonne, de Tony Frank et de bébés morts dans le fond d'une ruelle ; des rêves de whisky, de coups sur la tête : des rêves de manque. J'avais sauté ma pipée du soir, celle que Pei-Shan m'offrait toujours avant que je me couche. Mon corps se vengeait, plus férocement encore que les Italiens.

Je me suis redressé : bon Dieu qu'il faisait froid ! Après avoir tenté de m'envelopper dans cette couverture trempe en lavette, je me suis finalement laissé couler sur le sol et j'ai rampé jusqu'à mon *hanfu*. Tout me faisait mal. Il y a des choses pires que la mort.

J'ai pris une profonde inspiration. Évidemment, je connaissais cette sensation, ce goût de trépas interminable : il y avait plus de quatre ans que je vivais avec le « singe cannibale », ce bouffeur de cervelle, en permanence accroché à mon dos. Mais cette fois-ci, comme si ce n'était pas suffisant, il y avait aussi ma pauvre tête, sur laquelle on avait frappé à grands coups de canne. Quant à ma jambe gauche, ma bonne, elle m'élançait presque autant que sa jumelle. J'ai eu une pensée pas très chrétienne pour Serafini.

Mon complet, lavé et repassé, était suspendu près de la fenêtre.

— Shan ?

Rien.

— Shan, es-tu là ?

J'ai réussi de peine et de misère à me tenir droit sur mon banc, en étendant ma jambe raide. Mes effets personnels, dont ma blague à tabac, étaient posés sur la table basse. Pei-Shan, fidèle Pei-Shan, avait refait le plein de dross et de haschich. À défaut de me rouler une dope, ce que le tremblement de mes mains empêchait, j'ai gobé une boulette noire. Il me fallait maintenant attendre que le résidu d'opium fasse son œuvre, en espérant que la dose serait suffisante. J'ai fermé les yeux.

À côté de mon tabac, il y avait la bague de Mignonne. C'était un bijou d'apparence simple, orné d'un saphir taillé en forme de goutte. À l'époque, j'avais payé cette babiole un prix exorbitant. Mais il n'y avait qu'une Mignonne, et il n'y aurait qu'une bague de fiançailles, alors au diable la dépense.

Mignonne avait bien raison : j'étais pitoyable, au fond.

J'ai rouvert les yeux, un peu malgré moi, pour m'assurer que l'anneau d'or était encore là, qu'il était intact, que c'était bel et bien le vrai. Comme s'il était porteur du bacille de Yersin, je l'ai d'abord observé à distance avant de céder et de placer ma main entière sur lui, au risque d'être contaminé.

Pei-Shan a ouvert la porte, et j'ai refermé le poing. Elle portait encore ce jupon trop grand, et de la savoir déambulant à l'extérieur de la chambre dans un tel accoutrement m'a exaspéré. Mais j'étais beaucoup trop soulagé de la revoir pour lui en faire la remarque.

Ma femme ne m'a pas regardé. Elle traînait un cruchon d'eau et, fidèle à notre routine, s'apprêtait à nous préparer une décoction. Pei-Shan prenait soin de moi comme personne. Personne. Et pourtant, rasé, baigné, avec mes beaux atours, j'ai eu l'impression qu'on était dorénavant dépareillés. Même mon *hanfu* ne semblait plus m'aller aussi bien. C'était le retour de Mignonne qui agitait ainsi les aiguilles de ma boussole. Tant que je ne la voyais pas, j'arrivais à ne pas trop y penser. Mais si je me mettais à y penser, je la voyais partout.

— Tu m'as vu rentrer, hier soir ?

Pei-Shan a secoué la tête sans lever les yeux. Elle devait penser que j'avais fait la fête avec les billets qu'elle m'avait refilés.

— J'suis tombé sur de vieux ennemis, lui ai-je expliqué avec un air coupable. Apparence qu'ils étaient ben contents de me voir, eux autres avec. Hé, regarde ça : ils m'ont même cassé une dent !

J'ai écarté ma joue de l'index pour qu'elle puisse voir tout au fond. Mais elle ne disait toujours rien.

— Pis, comment tu le trouves, mon habit? ai-je continué. Pas pire, hein? Je te jure, je t'ai toute une allure, là-dedans. Ah, arrivé pas mal juste avec les sous que tu m'avais donnés, par exemple. J'ai trouvé ça dans les aubaines, autrement… J'te jure, c'est rendu cher en s'il vous plaît, les guenilles. J'en ai même pas eu assez pour un chapeau.

Elle m'a tendu une tasse avant de s'asseoir par terre, sur un coussin, face à moi. J'aurais bu tout de suite, d'une seule grande gorgée, mais je ne contrôlais pas encore parfaitement les mouvements de mes mains et je n'avais certainement pas besoin d'en ajouter à mes souffrances en m'ébouillantant. J'ai regardé par la fenêtre, mais le ciel couvert ne m'a donné aucune indication sur l'heure qu'il pouvait être.

— Ta Mignonne…, a commencé Pei-Shan.

— Qui?

J'étais un brin sur les nerfs. L'anneau se trouvait toujours dans ce poing que je n'avais pas desserré.

— Ta Mignonne, a-t-elle répété, elle s'est fait mal.

Je me suis mis à la fixer en clignant des yeux sans pouvoir m'arrêter, attendant les explications, qui ne venaient pas. Pei-Shan me roulait tranquillement une cigarette.

— Je l'ai réparée, qu'elle a dit enfin en resserrant le rouleau de papier. Mais ça tiendra pas.

La canne, bien sûr! La canne avait elle aussi subi une raclée, la pauvre.

— Ostie d'Italiens…, ai-je soufflé.

Pei-Shan a nonchalamment remonté un genou vers sa poitrine. Ainsi placée, elle dévoilait entièrement son sexe, les lèvres entrouvertes ; ce sexe dont je n'avais jamais vraiment eu envie. Notre relation n'était pas charnelle et, très peu portés sur la chose, nous ne l'avions consommée qu'en de rares occasions, presque toutes avant notre mariage, en France.

C'était en Europe, en effet, que j'avais rencontré ma Shan, par l'entremise de son frère, quelque chose comme un ami à moi. Ayant lui-même vécu l'horreur du front à titre de « travailleur céleste », il partageait ma désillusion : j'avais l'opium ; lui, le Fan-Tan. Le problème, lorsqu'on vit comme s'il n'y avait pas de lendemain, c'est justement qu'il y a toujours un lendemain, et, en témoignent mes mains, il n'est pas des plus indulgents. Des deux, c'est moi qui m'en suis le mieux tiré, et de loin. Le Canada s'est peu à peu remis à me courtiser et, puisqu'elle avait de la famille à Montréal, Pei-Shan a accepté de m'accompagner. Grâce à moi, elle pourrait bien sûr entrer légalement dans ce pays qui rechignait de plus en plus à ouvrir ses portes aux immigrants asiatiques. En retour, et si je respectais ses règles, elle m'offrait la possibilité de vivre dans ma ville natale comme si j'étais moi-même un étranger.

Elle a allumé la cigarette avant de me la tendre. C'est avec ma droite que je l'ai saisie, moi qui suis gaucher, pour ne pas déranger l'anneau qui sommeillait dans ma paume.

Après avoir bu sa tisane, Pei-Shan est devenue plus loquace. Elle m'avait retrouvé allongé devant la porte, dans le corridor, ma Mignonne cassée en deux sur le dos. Malgré ses petits pieds aux orteils brisés, elle avait réussi à me tirer jusqu'au lit, puis avait retiré mes vêtements. Personne ne s'occupait de moi comme Pei-Shan... et j'ai osé lui demander :

— J'ai... J'ai comme qui dirait sauté ma dose, hier soir, avec mes histoires de bagarre. Me sens pas tellement bien. Si... Je le sais que c'est pas ce qui est convenu. Je... Peut-être que, si je descendais avec toi avant de partir faire ma job, peut-être que tu pourrais...

Elle m'a répondu sèchement en cantonais. De ce que j'ai saisi de son envolée, si je voulais ma drogue, je n'avais qu'à respecter notre entente, ce qui signifiait, entre autres, me tenir loin de chez Candy Man. Vieux ratoureux, il m'avait dénoncé!

Je n'ai pas insisté.

◆ ◆ ◆

Le soleil nous honorait de sa présence toutes les quinze, vingt minutes au plus et, quand il le faisait, c'était pour nous rôtir vivants. Cet été maudit ne finirait-il donc jamais?

Le Montreal Founding and Baby Hospital était juché en haut de la côte Saint-Urbain, entre Prince-Arthur et Pine. Mes deux jambes me faisaient souffrir et je suais comme un porc: une autre des joyeuses conséquences de ma consommation quotidienne d'opium, accentuée cette fois par le manque. Ma canne était toujours fragile, et je m'efforçais de ne pas l'écraser sous mon poids. Cette journée serait aussi pénible que la précédente, sans compter qu'il me faudrait repasser chez Delisle le soir venu si je voulais récupérer mon argent auprès de Mignonne. Dans cette chaleur, et dans ma condition, seul un fou n'aurait pas pris le trolley, mais vu le rationnement draconien imposé par Pei-Shan, à qui je n'avais soutiré que deux dollars avant de partir, chaque dix cennes comptait. J'ai marché.

Le Founding était l'endroit où on allait porter les bébés trouvés, les bébés de ruelle, les bébés non désirés. Des créatures en début de vie qu'une fille-mère ou une famille trop pauvre et trop nombreuse avait préféré laisser aux bons soins des religieuses. Le temps passant, ces mal-aimés deviendraient des enfants, des enfants qui écouleraient les journées à cultiver le vain espoir de voir apparaître au détour d'un corridor un sauveur qui les inviterait à le suivre dans le vrai monde. Le plus triste, c'est que, même si ce héros salvateur se manifestait, le vrai monde se ferait une joie de les décevoir à nouveau.

Arrivé à destination, je me suis posté devant les colonnes, de l'autre côté de la rue. Quatre petits anges sculptés dans la pierre m'observaient de leurs grands yeux vides, comme des gargouilles me sommant de ne pas entrer. Ceux du haut, perchés près du toit de l'immeuble de trois étages, avaient les bras en croix et baissaient sur moi un regard atone et résigné, tandis que les deux autres, au-dessus de la porte principale, tournaient leurs visages potelés et inexpressifs vers le ciel. Fatalisme et expectation. Après avoir écrasé ma cigarette, j'ai monté les marches et ouvert la porte du refuge, habité moi-même par ces deux sentiments contradictoires.

C'est sur ma tête sans chapeau que s'est d'abord posé le regard de l'infirmière à l'accueil. J'ai forcé un sourire en tentant d'avoir l'air fiable.

— C'est un vrai fourneau, dehors! ai-je dit en replaçant ma chemise trempée de sueur.

Elle m'a fait signe de parler plus bas. Je n'ai pas dû très bien camoufler mon agacement, parce que, de froide, elle est devenue glaciale. Elle portait une blouse blanche à longues manches bouffantes, au col fermé haut. Ses cheveux, d'un blond de blé, étaient tirés vers l'arrière et montés en chignon. À peine vingt ans, mais l'air aussi sévère que son accoutrement.

— Je serais pas contre un rafraîchissement, lui ai-je roucoulé de ma voix la plus suave en pointant du menton le pichet d'eau qui se trouvait derrière elle.

En soupirant à outrance, elle s'est retournée pour me servir un verre, qu'elle a déposé sur le bureau sans se donner la peine de me le tendre.

— Merci, mon cœur.

J'ai bu d'une traite.

— Seigneur. J'sais ben pas pourquoi on s'entête à porter des accoutrements pareils dans c'te température...

— Vous cherchez quelque chose, monsieur? m'a-t-elle coupé avec un raclement de gorge.

Je perdais mon temps en essayant de l'amadouer avec ma conversation. Elle me trouvait louche. Qui sait : peut-être étais-je un de ces pères lâches, un de plus, qui venaient se délester du poids de ses responsabilités?

— En fait, mon cœur, je cherche à savoir si on serait pas venu te porter un bébé dans les derniers jours. Six mois, environ. Emmanuel.

Elle a secoué la tête en affichant un rictus méprisant.

— Un enfant de six mois est pas en mesure de nous dire son nom, monsieur.

Vache. On s'est dévisagés une fraction de seconde avant qu'elle ne reprenne :

— Et, si vous me permettez, vous êtes qui, vous, dans la vie de cet enfant-là? Pourquoi est-ce que je vous dirais quoi que ce soit?

— Je suis détective privé, me suis-je entendu dire, moi-même surpris que ça me vienne si naturellement. Le petit s'est fait enlever.

Elle n'a pas eu l'air impressionnée. En fait, elle ne me croyait probablement pas. Quoi qu'il en soit, détective ou non, la bigote avait déjà décidé qu'elle ne me dirait rien.

— De toute façon, monsieur, je suis pas autorisée à vous dévoiler de l'information sur nos enfants.

— Dans ce cas-là, es-tu au moins autorisée à me dire qui est-ce qui l'est?

— Il va falloir parler à sœur Marguerite, a-t-elle lancé sèchement.

— Est-ce que je peux parler à sœur Marguerite, mon cœur?

— Non.

J'ai serré fort les poings, pour m'empêcher de l'étriper. J'ai attendu, mais elle n'ajoutait rien. De grosses gouttes tombaient dans mes yeux, et je me suis épongé le front avec mon mouchoir déjà imbibé de sueur.

— Veux-tu rire de moi, viarge?

— Votre langage, monsieur.

Je n'ai pas pu m'empêcher de rire, ce qui l'a courroucée davantage.

— Je vais vous demander de partir, a-t-elle dit, outrée, en s'emparant de mon verre vide.

— M'as t'en prendre un autre, tiens, bonne idée.

— C'est pas un restaurant ici. Je vous ai demandé de partir...

— Pis moi, je t'ai posé une question, hein, une question ben simple. Pis comme on dirait que t'as pas grand-chose d'autre à faire que d'y répondre, j'cré ben que je vais te tenir compagnie jusqu'à ce que tu le fasses...

J'ai posé ma main à plat sur le bureau. Veux, veux pas, la paluche amputée faisait toujours son effet. Tout à coup inquiète, l'infirmière s'est mise à regarder en direction du corridor, derrière nous, dans l'espoir d'y voir apparaître une collègue. Rien. Elle était coincée avec moi.

— Écoute ben, fille : j'ai pas toute la journée. Ça fait que je vais te le demander ben clairement, pis tu vas me donner une réponse tout aussi nette. Peux-tu, s'il te plaît – non mais, regarde ça comme j'suis poli –, peux-tu me dire où je peux trouver ta sœur Mar...

— Elle travaille pas aujourd'hui, a-t-elle rapidement répondu. Va falloir revenir demain.

Je me suis redressé lentement en souriant.

— Tu vois, quand tu veux...

Elle n'aurait pas eu l'air plus offensée si je lui avais vidé son cruchon d'eau sur la tête.

— Tu peux me remplir mon verre astheure.

◆ ◆ ◆

J'ai à peine eu le temps de reprendre mon souffle qu'une autre vipère était déjà prête à s'entortiller autour de moi. Marcelle se tenait en effet de l'autre côté de la rue, là où j'avais, quelques minutes plus tôt, contemplé la façade.

— Encore toi ! ai-je lancé en traversant. Je vais commencer à me faire des idées.

Elle a gloussé :

— Juste commencer ? T'es pas un ben bon détective, détective.

— J'suis pas détective.

Même sur place, elle se déhanchait, incapable de demeurer immobile. Il devait y avoir de la musique qui vibrait continûment à l'intérieur de son corps.

— Pis? s'est-elle informée. Pas de bébé?

La chipie du Founding avait terni mon humeur; il était hors de question que je subisse l'attitude de Marcelle à présent.

— C'est Jeanne qui t'envoie? J'avais pourtant cru comprendre que c'était pas l'amour, entre vous deux...

Elle a exagérément froncé les sourcils.

— Voyons, t'sais comment c'est... Des histoires de filles, c'est tout.

Puis, me voyant rouler une cigarette:

— Oh, c'est bête, j'ai oublié mon paquet dans ma chambre...

J'ai ri. Peut-être même de bon cœur. La démone avait du front tout le tour de la tête.

— Ça adonne ben: t'es à deux coins de rue de Saint-Laurent, fille. Y'a un Cigar Store drette à côté.

Elle a soupiré.

— T'es dur avec moi, détective.

Elle gloussait. Son rire, grave et généreux, semblait germer d'abord dans son bas-ventre et remonter lentement jusque dans sa gorge pleine.

— Pis, tu m'as toujours pas dit ce que t'avais appris à l'hospice...

— Pourquoi tu veux savoir ça, beauté?

Elle a feint le détachement en avançant deux doigts vers moi, pour que je lui donne une bouffée. J'ai abdiqué.

— J'aime ça, moé, les histoires de détectives privés. Souvent, ça m'arrive de trouver le coupable avant la fin du livre.

Elle a voulu me rendre ma cigarette, mais le bout taché de rouge m'a dégoûté.

— Je pourrais même t'aider!

— Si t'es swell...

J'allais me détourner pour de bon mais je me suis ravisé.

— Hé! Tu sais quoi? J'aurais peut-être ben une job pour toi, Watson. C'est d'adon, hein?

Il n'en fallait pas plus pour qu'elle se mette à ron-ronner. J'ai glissé la main dans ma poche à fumée et, quand je l'en ai ressortie, la bague de Mignonne couronnait mon majeur. Exposée à la lumière du jour, la larme de saphir paraissait plus bleue que le ciel. Marcelle n'avait probablement jamais vu d'aussi près un objet bourré de promesses et, avant qu'elle ne se mette à baver, j'ai cru bon de la calmer:

— Va pas te faire d'idées, fille.

Sans même me regarder, envoûtée par le bijou, Marcelle a laissé échapper un «franchement» boudeur.

— Chez Delisle – tu sais c'est où, hein, Delisle? –, tu trouves Mignonne, lui ai-je ordonné en tenant l'anneau devant son regard avide, comme on brandit une bouteille au visage d'un ivrogne. Donne-lui la bague: c'est la sienne. Elle, elle a quelque chose qui m'appartient. Tu me rapportes mon dû. Compris? Tu lui donnes sa bague, tu me rapportes...

Et je lui ai enfin remis l'alliance. D'instinct, elle l'a enfilée à son annulaire et l'a contemplée longuement.

— T'as compris ce que j't'ai dit, ou faut que je répète ?

— Delisle, Mignonne... C'est correct, détective, j'suis pas simple, t'sais. J'vois pas ce que ç'a à voir avec notre enquête, par exemple.

Notre enquête. Seigneur ! Je n'arriverais jamais à me débarrasser d'elle...

Comme elle s'éloignait, j'ai ajouté :

— Hé, ma noire ! Tant qu'à faire : un petit effort de discrétion, ça serait ben apprécié.

— Fais-toi-z'en pas, détective, a-t-elle hurlé en se retournant. Y'a personne qui va me remarquer !

J'ai laissé traîner mon regard sur sa démarche aguicheuse, ses cheveux orange, son allure de poupée, jusqu'à ce qu'elle disparaisse au tournant de Prince-Arthur. Marcelle ne serait passée inaperçue nulle part, même pas dans un cirque.

◆ ◆ ◆

Le petit char est reparti en faisant un boucan pas possible. Mon intention de traverser la cité à pied s'était vite révélée loufoque, surtout que Tony Frank avait envoyé ses chiens après moi. Ma seule chance d'arriver à les semer avait donc été de monter dans un tramway à la toute dernière seconde. En me regardant m'éloigner, Serafini et Gambino affichaient une mine abattue : ma première victoire de la journée.

J'étais vanné. Partout, on m'avait réservé le même accueil glacial. Un chapeau aurait peut-être fait toute la différence, finalement. Pas de chance sur Saint-Denis, au Refuge des petits malades Sainte-Justine, et pas plus au Maternity Hospital ni à la crèche des Sœurs grises, rue

Guy. Une fois devant le Memorial, mes attentes étaient plus basses encore que mon humeur.

Sans être frais, l'air de la montagne s'avérait plus tolérable. Le soleil n'était plus si haut ; l'ombrage offert par les arbres me faisait le plus grand bien. J'avais fini par ôter mon veston et roulé les manches de cette chemise complètement trempée qui me collait au corps comme un maillot. Le bruissement de mes pas sur le chemin de gravelle menant à l'édifice de Cedar Avenue accompagnait le chant des oiseaux, puissant et infatigable. J'ai levé les yeux sur le splendide bâtiment qui, dans cette lumière orangée unique à septembre, paraissait sorti d'un conte. Il n'y avait pas à dire, les Anglos avaient le tour de se construire de beaux châteaux.

À mon grand étonnement, on ne m'a pas accueilli comme un paria. La petite infirmière à cornette ne pouvait pas m'en dire plus que les autres mais, contrairement à ses consœurs, elle s'est tout de même donné la peine de s'informer auprès d'un supérieur. J'ai même eu droit à un sourire. Comme si les mots *private investigator* avaient plus de poids que leur équivalent français, quelques minutes à peine après le départ de la jolie garde-malade le docteur Haywood est venu à ma rencontre dans le hall. En me voyant, l'homme mince aux cheveux gominés a légèrement ralenti la cadence, sans doute rebuté par mon allure défraîchie, mais s'est vite ressaisi et m'a tendu la main. Professionnel. Son français était aussi parfait que ses manières et sa coiffure. On a marché ensemble jusqu'à son bureau, où il nous a servi du whisky et du citron, avec un trait d'eau de Seltz, sur glace. Selon ses propres mots, ça ne me ferait pas de tort.

Je lui ai exposé les raisons de ma visite, tout en taisant, malgré son insistance, l'identité de mes employeurs. Selon lui, personne n'était venu leur porter de bébé le soir du supposé enlèvement.

— Et dans la semaine... Rien?

— Non, a-t-il ajouté en souriant.

Je me suis calé dans ma chaise, impressionné par la mémoire de l'homme qui, apparemment, n'avait nul besoin de regarder dans un registre pour me répondre avec certitude. J'ai pris une autre gorgée de ma limonade.

— Bourbon?

Haywood s'est illuminé.

— En effet, a-t-il acquiescé en levant son verre à ma santé, visiblement surpris par la finesse de mon palais.

— Une denrée rare, de nos jours, non?

— Bah! a fait Haywood en m'adressant un clin d'œil rapide. Suffit de savoir où chercher.

— Pis de mettre le gros prix, ai-je remarqué avant de terminer mon breuvage.

Le docteur a acquiescé en haussant les épaules.

— Mais c'est comme ça pour tout, non? Allez, je vous ressers.

— Je voudrais surtout pas abuser.

— Voyons, a-t-il dit en se levant malgré tout. Puisque je peux pas vous aider pour votre enquête... Au moins, vous aurez pas l'impression d'être venu jusqu'ici pour rien! Si ça vous met à l'aise, je vais me faire un plaisir de vous accompagner.

Haywood était un concentré de tout ce que je détestais, mais son whisky était bon, il fallait au moins lui donner ça. Sans que je le lui aie demandé, il m'a un peu parlé de la mission de son hôpital et de son amour pour les enfants qu'il soignait. Ils étaient l'avenir de notre pays et il fallait en prendre soin. Très noble, très touchant. Si on faisait abstraction de mon allure paumée, on aurait pu croire qu'il tentait de m'arracher un don. Pas de doute, Haywood aimait s'écouter parler.

— Assurément, c'est une question d'éducation. Vous voyez, dans les bonnes familles, on ne rencontre pas ce genre de problèmes. Chez les pauvres gens, c'est autre chose. J'ai fait des visites à domicile, pendant mes années à l'université... Cigarette?

— Merci.

— Il s'agissait surtout de prévention. En partant du principe que l'erreur est non seulement normale, mais essentielle : on apprend d'elle.

— C'est plein de bon sens.

— Vous savez quoi? La médecine telle qu'on la connaît aujourd'hui s'est développée en une suite d'essais et d'erreurs!

— On perd un patient..., ai-je commenté alors qu'il déposait deux nouveaux verres sur son bureau, on boit un whisky de moins avant d'opérer la prochaine fois?

Il a ri de bon cœur et, en me désignant, a ajouté :

— Vous comprenez le principe!

— Jamais eu trop de misère avec le concept d'erreur.

— Ah! mais le hic, c'est lorsque son niveau d'éducation ne permet pas à un individu de tirer des leçons des siennes. Dans certains quartiers, le problème est criant. Les gens d'une même communauté ont souvent les mêmes connaissances, ou plutôt les mêmes lacunes. Les horreurs qu'on pouvait voir, dans plusieurs familles... Je vous jure, détective, c'était souvent horrifiant. Je me souviens d'une femme. Appelons-la... Josette. Josette avait six enfants, tous en bas âge, plus trois dont elle avait hérité du premier mariage de son mari. Sur le lot, la pauvre femme en avait déjà perdu deux. Elle, elle avait le bas du visage vérolé, pas tellement plus de vocabulaire que son aîné, un enfant de dix ans qui ne fréquentait même plus l'école. Je suis allé les visiter au milieu d'un hiver particulièrement rigoureux. Pouvez-vous me croire ? Les enfants étaient à moitié nus, dans un appartement de trois pièces crasseux et criblé de courants d'air. Sur place, j'ai diagnostiqué quatre pneumonies.

— La vie est pas bonne pour tout le monde, docteur.

— Je vous l'accorde, a-t-il dit, l'air grave. N'empêche que, la plupart du temps, nous arrivions trop tard pour faire quoi que ce soit. Les tares étaient déjà bien implantées, les mauvaises habitudes ancrées, les dommages faits. Josette a eu deux enfants de plus, et dans le même temps en a perdu autant. Des enfants qui, hors de la misère, dans un meilleur quartier, auraient pu mener de bonnes vies. Vous n'avez pas idée de l'état dans lequel nous arrivent certains d'entre eux. Des bébés hurlants, affamés, frigorifiés, rongés par la maladie...

— Mais aucun la semaine dernière. C'est ça ?

Il a médité un instant en se passant la langue sur les lèvres avant de se lever. Il était doué ! Ça avait été presque imperceptible mais, une fraction de seconde seulement, son désagrément avait jeté une ombre dans ce regard faussement affable qu'il posait sur moi.

— Mais pourquoi je vous raconte tout ça, encore ?

— Vous deviez vous chercher une excuse pour prendre un p'tit bourbon, ai-je suggéré en me levant à mon tour. D'ailleurs, un grand merci pour le rafraîchissement. Les gens de mon rang n'ont pas souvent l'occasion de déguster de liqueur d'importation par les temps qui courent.

Haywood m'a accompagné jusqu'à la sortie, en forçant rires, sourires et poignées de main amicales. J'avais dans l'idée qu'on allait se revoir bientôt.

11

Le soleil s'était couché. Je me trouvais à quelques coins de rue seulement du bordel de Rose et je traînais de la patte, encore plus qu'à mon habitude. La journée m'avait éreinté, mais je n'avais rien pu apprendre sur l'affaire. Je m'encourageais en me disant que, de toute façon, si elle respectait son horaire comme Pei-Shan m'imposait le mien, la pauvre Jeanne devait déjà être en train de dormir sur son mal, bercée par sa dose quotidienne de laudanum.

Haywood était un insupportable individu, mais il avait tout de même réussi à semer quelque chose dans mon cerveau et, tout le long du trajet, le visage endormi de Jeanne me revenait en tête, juxtaposé aux mots du bon docteur : il n'était pas donné à tous d'apprendre de ses erreurs. Elle avait beau l'aimer, son Manu, elle ne semblait pourtant pas briller par un instinct maternel exemplaire. Le toxicomane est beaucoup trop égoïste pour faire un bon parent.

À quoi bon retourner dans ce bordel, où tout le monde prétendait n'avoir rien vu, rien entendu, pour apprendre à une fille désemparée... rien. Absolument rien. Je serais volontiers rentré directement auprès de Pei-Shan si la possibilité que Marcelle ait rempli sa mission plus efficacement que moi ne m'avait pas traversé l'esprit.

Non seulement Jeanne était pleinement éveillée, mais elle m'attendait au salon, et à voir le mélange de soulagement et d'expectation que couvaient ses yeux de tourterelle, elle m'espérait depuis le petit matin. J'ai posé mes fesses sur une chaise Morris, devant la causeuse qu'elle occupait en compagnie de Marcelle. J'ai gobé une boulette de dross pour soulager mes douleurs aux jambes en parcourant la pièce du regard. Plus loin, deux hommes se laissaient divertir par quelques filles. L'une d'elles mettait tant de cœur à la tâche qu'elle en avait perdu sa blouse, et ses seins libres dansaient le french cancan sur la musique que pianotait gauchement le pauvre gamin que j'avais aperçu la veille. La fillette aussi avait le privilège d'assister à cette prestation de très mauvais goût, et je devinais sur elle le regard indécent d'un client un tantinet plus pervers que les autres. Pas de Rose en vue, dans sa belle maison « drette pis clean ».

Jeanne me fixait. Elle avait pleuré, encore. Elle s'efforçait néanmoins de me sourire pendant que Marcelle lui frottait amicalement le dos. Je me suis roulé une cigarette. Intimidée, Jeanne m'a gentiment laissé finir ma besogne avant de parler.

— Des nouvelles, m'sieur Eugène ?

J'ai allumé ma dope en soupirant : non. Elle a fermé les yeux, et j'ai enchaîné avant qu'elle ouvre de nouveau la bouche :

— Mais j'ai parlé à ta moustache, hier.

Elle m'a dévisagé avant de se tourner vers Marcelle, qui a fait mine de ne pas comprendre. Comme si elle me devait des explications, Jeanne s'est mise à bégayer :

— Mais... Mais... qui c'est qui vous l'a dit ?

— C'est lui qui est venu me voir, fille.

Elle était si désespérée qu'elle était prête à croire n'importe quoi, entre autres que Bélanger faisait désormais partie de ses alliés.

— Ah ! je l'savais qu'il allait pas nous laisser tomber..., a-t-elle prétendu, comme pour se convaincre elle-même. C'est son flo à lui aussi, dans le fond.

J'ai soufflé un nuage de fumée. Marcelle passait ses doigts dans les cheveux beiges de Jeanne.

— Qu'est-ce qu'il vous a dit ? a-t-elle fini par me demander, inquiète.

J'ai déposé ma cigarette dans le grand cendrier sur pied pour mieux étirer mon corps rancunier. Mon cou a craqué comme je faisais aller ma tête d'un côté et de l'autre. J'ai pris une grande inspiration en fermant les yeux ; une fraction de seconde, j'ai eu l'impression que je n'arriverais jamais à les rouvrir. J'ai récupéré ma cigarette.

— Je suis monté te voir, hier.

— Ah...

Elle ne se souvenait pas de notre entretien, elle n'avait pas la moindre idée de ce qu'elle avait pu me divulguer.

— Fait que là, fille, on va se le dire carré : moi, j'en ai ma claque qu'on me raconte n'importe quoi. Tu veux que je te retrouve ton flo, tu vas me dire ce qui s'est passé, pis tu me sacres patience avec ton tricotage. Où c'est que t'étais le soir qu'on te l'a pris?

Jeanne a eu un mouvement pour parler mais, d'un doigt, je lui ai commandé de se taire.

— Je t'avertis : tu me fais pas accroire que tu t'occupais d'un client. Bélanger m'a déjà dit que t'étais pas avec lui. Il m'a aussi dit qu'il te payait cher pour que tu sois fidèle. Y'a quelqu'un qui se fait niaiser quelque part. Soit c'est lui, soit c'est moi.

Elle s'est retournée vers Marcelle, espérant trouver en elle une inspiration, mais la rouquine s'est contentée de grimacer avant de se mettre à l'étude de ses ongles. À son long doigt maigre, j'ai alors remarqué la bague, celle de Mignonne. Une envie de tuer m'a soudainement envahi, suivie d'une profonde lassitude. La gent féminine au grand complet se liguait pour m'achever. Je n'étais vraiment plus d'humeur à jouer.

— Enweille, on va pas passer la nuit icitte.

— J'étais sortie, a-t-elle enfin lâché.

— Vraiment? ai-je murmuré, de mauvaise foi, en m'adressant peut-être bien plus à mes pieds qu'à elle. Tu me dis pas.

— ... allée faire des courses.

Elle a regardé autour d'elle afin de s'assurer que personne d'autre ne nous écoutait. Même Marcelle faisait mine de ne pas entendre.

— Ah! ben ça parle au maudit! Des courses! me suis-je exclamé, exagérément emballé. Peux-tu juste m'expliquer pour quoi faire que tu m'as pas dit ça hier?

Elle était de plus en plus mal.

— Le p'tit avait plus de lait.

Va savoir pourquoi, je m'attendais à mieux.

— Marcelle, mon ange…

L'intéressée s'est aussitôt mise à pousser des ronrons.

— … sois gentille pis va jouer avec tes amies là-bas. Ta chum pis moi, on a deux trois affaires à se dire dans le particulier.

Animale, Marcelle a détaché son postérieur de la causeuse en effectuant une suite de mouvements langoureux et un peu grossiers. Passant près de moi, elle a étiré un bras pour me caresser le menton. J'ai réfréné de justesse l'envie de lui arracher le doigt avec mes dents, d'enfin récupérer l'anneau.

Dorénavant seule de son côté, Jeanne paraissait minuscule. Si je continuais à lui cogner dessus, elle allait disparaître. Quelques bouteilles et des carafes se trouvaient sur un buffet de bois, tout près du piano, et j'ai interpellé la grande blonde aux sourcils noirs, qui y préparait déjà deux verres. Une minute plus tard, elle déposait un gin devant moi, en se dépêchant de retourner à ses affaires. Quatre filles pour deux payeurs : elle ne voulait pas manquer sa chance. J'ai poussé la boisson vers Jeanne, qui a levé sur moi ses yeux de gerboise égarée.

— C'est pas pour nous autres, cet alcool-là, m'sieur Eugène. Madame Rose…

— Madame Rose est pas là. Enweille, bois ta ponce. C'est du gin, j'pensais que t'aimais ça, le gin.

— C'est pas tellement que j'aime ça…

— C'est que ça accompagne bien le laudanum ? On peut monter à ta chambre, si t'aimes mieux.

— Qu'est-ce que vous insinuez, au juste ?

J'ai gloussé.

— Rien. J'insinue rien pantoute. Bois, fille.

Jeanne s'est assurée que les autres ne la voyaient pas et s'est envoyé une santé en grimaçant. J'ai eu envie de croire qu'elle n'avait, en effet, pas l'habitude de l'alcool.

— Bélanger, t'es sûre que c'est le père ?

— Sûre, a-t-elle acquiescé. Pas de doute.

— Pas de doute, hein ? C'est ben commode. Dans le fond, ce bébé-là, c'tait une saprée belle façon de t'arranger une protection à long terme.

— Y'a rien qu'est à long terme, pour les filles comme moi, m'sieur Eugène.

Elle a souri tristement avant d'enchaîner :

— J'suis pas plus folle qu'une autre. C'est sûr que j'y ai pensé. Au début, me suis même fait accroire que, quand il verrait le bébé, il changerait d'idée sur mon compte. Me suis fait des espérances qu'il allait s'occuper de nous autres. Mais y'a même jamais voulu le voir. Je serais pas arrivée à le faire chanter ben longtemps…

J'ai haussé les épaules.

— C'est mon bébé. Je veux juste que vous me retrouviez mon bébé.

Puis elle m'a promis qu'elle n'irait plus déranger le chef chez lui. Je ne sais pas si c'était la faute du dross et du haschich qui commençaient à m'abrutir, mais, à la fin de notre entretien, j'étais plus enclin à la croire. Quelque chose clochait, c'est sûr, mais ça irait au lendemain. Le temps était maintenant venu de récupérer ma bague.

Je me suis levé en grimaçant de douleur. Grand Dieu… Avant que je m'éloigne trop, Jeanne a attrapé mon bras.

— Marcelle m'a dit qu'elle vous aidait.

— Elle t'a conté ça, hein ?

— Je vous l'avais dit, m'sieur Eugène, que c'était une soie au fond.

Une soie... Même au désespoir, personne ne pouvait être aussi naïf.

Un des hommes était disparu aux bras de la grande blonde et de l'exhibitionniste. Marcelle s'est bien sûr fait un devoir de me souligner qu'elle avait refusé de les accompagner, pour moi.

— Tu me fais perdre de l'argent, détective, a-t-elle bougonné.

— Ouin, ben toi, tu me fais perdre mon temps. On est quittes.

J'ai tendu ma paume ouverte pour qu'elle y dépose l'anneau, en ajoutant :

— J'en déduis que tu l'as pas vue...

Un grand sourire s'est alors formé sur son visage fardé.

— Ta femme ? Certain que je l'ai vue ! Hé, t'étais en voiture pas à peu près, avec une créature de même. J'comprends pourquoi tu fais la fine bouche avec moi, astheure...

J'ai voulu lui demander nonchalamment si elle avait mon argent, mais au lieu de ça je me suis entendu dire, pas nonchalant pour une cenne :

— Qu'est-ce qu'elle t'a dit au juste ?

Ses lèvres ont formé un « oh ! » muet, et je parie que l'envie d'étirer mon calvaire lui est passée par la tête. Elle a tout de même craché :

— Que si tu voulais quelque chose, t'avais rien qu'à aller le chercher toi-même. J'ai pas insisté : elle avait pas l'air de m'aimer la fraise. Même qu'elle avait l'air pas mal jalouse, ta femme, a-t-elle ajouté, en confidence.

— C'est ça, oui...

Marcelle a soupiré en admirant sa main une dernière fois avant de tirer sur la bague. En vain. Avant que j'aie le temps de la lui arracher moi-même, elle a fait disparaître son doigt tout entier dans sa bouche. Lorsqu'il en est ressorti, l'anneau n'y était plus. J'ai fermé les yeux, découragé, et placé ma paume contre son menton. Très doucement, elle est venue y déposer le saphir de Mignonne avec sa langue.

— S'il te plaît, jure-moi qu'il y en a pas d'autres, des comme toi.

— Ça m'étonnerait, a-t-elle roucoulé en faisant aller ses paupières.

J'essuyais la bague sur ma chemise quand Rose est entrée dans le salon. Elle s'est d'abord illuminée en me voyant, mais cet état de grâce n'a duré qu'un moment. Derrière Marcelle et moi, le spectacle avait pris une autre tournure.

Le gros verrat, les deux yeux dans la graisse de bines, glissait son pied sous la jupe de la fillette en tentant de la lever un peu plus haut chaque fois qu'elle passait devant lui. Le pire, c'est que la petite semblait prendre un malin plaisir à l'aguicher! Un spectacle qu'elle avait vu répéter par ses aînées plusieurs fois par jour...

J'ai voulu m'en mêler, mais Rose m'a doublé et, sans faire ni une ni deux, elle a agrippé l'enfant, la forçant à refermer sa blouse. La gamine s'est mise à se démener comme une sauvage, mais Rose ne l'a pas lâchée. Une mornifle derrière la tête, et hop! la petite était tirée hors de la pièce, sommée de monter à sa chambre. Elle a rouspété en pleurnichant : sa mère, qui s'y trouvait déjà avec un client, avait fermé la porte à clé.

❖ ❖ ❖

C'est en laissant tomber le feutre noir sur ma tête que j'ai réalisé que c'était le mien. Je me suis tourné vers Rose, interdit.

— Ben voyons donc, voire que t'as gardé ça tout ce temps-là !

Elle a ri en s'approchant de moi pour ajuster le chapeau puis a remonté le col de ma veste.

— Y te va encore.

J'ai fait glisser mes doigts sur sa joue. Ses cheveux gominés formaient des vagues sur sa tête. Ils étaient attachés de manière à ce qu'on les croie courts, mais ils me donnaient une irrésistible envie de les libérer. C'est sans doute à Rose que j'aurais dû donner cette bague, des années plus tôt. En fait, c'est exactement ce que je lui avais dit, ce soir-là. J'avais demandé sa main à Mignonne quelques minutes à peine avant de lui annoncer, bien maladroitement, que je devais quitter le pays, que je m'étais enrôlé. Furieuse, elle avait aussitôt repris ses promesses et m'avait rejeté. J'étais venu me faire consoler dans les bras de Rose.

— T'à toi que j'aurais dû la donner, ma bague, avais-je baragouiné.

— Dis donc pas de niaiseries, Gène. T'es plein comme une huître. Viens là...

Ça me revenait : on avait passé la nuit ensemble dans sa chambre, et elle avait tout fait en son pouvoir pour que j'oublie ma peine. Le lendemain matin, je m'étais glissé dans mon nouveau costume de militaire et j'étais sorti de la maison de passe, en laissant le reste derrière, mon chapeau y compris.

Je me suis regardé dans le miroir. Mon complet avait besoin d'être lavé, mais j'avais une saprée belle allure, avec mon borsalino. Rose est apparue à mes côtés dans la glace. Elle a repris le feutre en me sermonnant:

— Je l'ai fait nettoyer. Pis avant de le porter, toi aussi, t'as besoin d'un shampoing.

— Je suis allé au bain hier, ai-je commencé à bourrasser sans grande conviction.

Elle n'a rien voulu entendre. Quand elle a appelé son assistante pour qu'on me prépare un bain, j'étais déjà en sous-vêtements.

— Ah! pis, Sylvie, va porter ça au Chinois sur Sainte-Catherine, a-t-elle dit en lui tendant mon complet. Tu dis à la fille qu'on en a besoin pour demain matin. Première heure.

— Non, non, non. C'est ridicule, Rose, je vis au-dessus d'une blanchisserie…

— Merci, Sylvie, a-t-elle lancé, intraitable, en fermant rapidement la porte.

Je voyais clair dans son jeu. Elle voulait me forcer à rester, mais ce n'était pas possible…

— Maudite affaire, Rose. Veux-tu ben me dire qu'est-ce que je vais me mettre sur le dos pour retourner chez nous?

— C'est quoi le problème, Gène?

Je me suis calé dans ma chaise sans répondre. Mon pied bougeait nerveusement et mes doigts pianotaient sur mes lèvres. Je m'imaginais déjà passer par les ruelles sombres en caleçon, jusqu'à Pei-Shan, jusqu'à la fumerie. Il était hors de question que je reste. De toute façon, mon corps me trahirait bien assez vite. Sans ma pipée, je n'arriverais pas à fermer l'œil de la nuit, et juste à y penser, je sentais ma jambe de guerre m'élancer davantage. J'étais là à appréhender mon mal-être lorsque Rose a déposé devant moi une toufiane et un joli pot de porcelaine.

— *Chandoo*, ai-je murmuré. Et moi qui croyais que tu tenais une maison respectable.

— Mes filles le sont. Mais on peut pas demander aux hommes qui passent la porte de l'être.

— J'ai vu ça tantôt, oui.

Elle n'avait pas envie de parler de ce qui était arrivé avec la fillette. Ça tombait bien : je n'avais pas envie de parler tout court. La pipe semblait neuve et je n'ai pas pu m'empêcher de penser qu'elle avait acheté tout ça spécialement pour moi. Par le temps que j'inspecte le fourneau et le contenu du pot, elle avait ajouté à mon butin une lampe à rôtissage et une longue aiguille. Rose a tiré les rideaux pour me donner un peu d'intimité pendant que, de l'autre côté de la pièce double, Sylvie préparait mon bain.

J'ai trempé une première fois l'aiguille dans l'opium.

◆ ◆ ◆

— Est-ce que ça te fait mal ? m'a-t-elle demandé en passant un doigt délicat sur la cicatrice.

L'eau était encore chaude et j'étais bien comme jamais. Rose m'avait déjà savonné tout le corps, mais repassait avec le gant de toilette négligemment.

— Tout le temps. Sauf là. Là, ça va bien.

J'entendais les bruits de la rue qui entraient par la fenêtre entrouverte. Une autre soirée commençait dans le Red Light de Montréal. Des centaines de gens sortiraient de chez eux, en quête de plaisirs faciles, délicieusement illicites.

— Qu'est-ce qui t'est arrivé ?

Rose s'attardait toujours sur ma jambe. Elle semblait croire qu'en lui prodiguant assez de caresses, elle arriverait à tout faire disparaître.

— T'en as peut-être pas entendu parler, ma Rose, mais notre beau pays était en guerre y'a pas si longtemps. Y'a un gros paquet de monde qui est mort. Pis y'en a eu aussi des moins chanceux, comme moi.

Et je me suis laissé couler dans le bain, la tête sous l'eau. Un état primitif où, je l'espérais, on retournait lorsque tout était fini. Quand j'ai dû me résoudre à remonter à la surface, j'ai eu droit à une claque sur l'épaule.

— Dis pas des affaires de même, Gène.

J'ai caressé le visage outré de Rose. Mes doigts mouillés étiraient son maquillage le long de ses pommettes.

— Excuse-moi, ma belle. Mais on parle pas de la guerre. C'est comme varger sur un cheval mort : ça sert à rien.

Rose m'a embrassé. Mes lèvres, bien dressées, lui ont répondu sans se faire prier. Elle s'est ensuite relevée et a laissé glisser sa robe par terre avant de plonger avec moi dans la baignoire. L'eau coulait sur le plancher. Elle s'est lovée contre moi et j'ai enfin défait ses cheveux. Ses longues mèches noires serpentaient à la surface alors que sa tête disparaissait à son tour sous l'eau, à la recherche de mon désir.

Pendant ce temps-là, moi, beau sans-cœur, je pensais à la toufiane sur la table à côté. À ça, et aussi à Mignonne. Mignonne et sa supposée jalousie...

◆ ◆ ◆

— Le sage indien, le Rishi, vivait dans une hutte sur les rives du Gange. Avec une souris, ai-je dit, très doucement.

Du bain, nous avions migré à la chambre, où elle m'avait coupé les cheveux. Elle avait ensuite éteint, ne laissant que quelques bougies éclairer la pièce sombre et calme. Entre nous deux brillait la lueur d'une petite lampe à l'huile, alors que sur le gramophone un record que je connaissais par cœur, *Original Dixieland Jazz Band*, tournait. J'ai plongé l'aiguille dans le *chandoo*, cueillant une goutte de ce poison que j'aimais tant. J'ai alors entrepris de chauffer la larme d'opium au-dessus de la flamme en continuant mon histoire. Rose buvait chacune de mes paroles, épiait chacun de mes gestes.

— La souris avait peur des chats. Pas plus bête qu'une autre, elle a demandé au Rishi de la transformer en chat.

L'opium se gonflait et bouillait, en dégageant un mince filet de fumée. Avant que la bille ne soit trop cuite, je l'ai façonnée contre la surface plane du fourneau de la toufiane puis l'ai plongée dans le *chandoo* une deuxième fois, en recommençant le rituel.

— Son souhait a été exaucé. L'affaire qu'elle avait pas prévue, par exemple, c'est qu'une fois qu'elle serait transformée en chat, les mautadits chiens commenceraient à lui courir après. La gueuse est vite retournée se frotter sur son Rishi en le suppliant de la transformer en chienne.

C'était la quatrième fois que je trempais la gouttelette, augmentant ainsi sa taille. Lorsqu'elle a été de la grosseur d'un petit pois, j'ai placé de nouveau l'opium au-dessus de la lampe à rôtissage : il devait être assez chaud pour être malléable, et assez cuit pour ne plus être visqueux, à présent.

— Au fil du temps, elle est passée à singe ; de singe à sanglier ; de sanglier à éléphant et, à la fin, l'éléphant s'est transformé en une belle jeune fille, et la belle jeune fille portait le nom de Postomoni.

Mon pois avait maintenant la forme d'un petit cône. Sans laisser l'aiguille, j'ai placé à son tour le fourneau au-dessus de la lampe pour le réchauffer.

— Postomoni a épousé le roi. Malheureusement, pas trop longtemps après, elle est tombée malade pis elle est morte. Le roi était ben triste. Cette fois-là, c'est lui qui est allé voir le Rishi, pour lui demander de ramener sa reine à la vie. Fait que le sage a fait un deal avec l'endeuillé : il était d'accord pour rendre Postomoni éternelle, mais elle pourrait pas avoir la même forme qu'avant. Et là, pour une dernière fois, il a transformé le corps de la reine : en pavot.

En disant ça, j'ai inséré la pointe de l'aiguille dans le minuscule trou du fourneau et l'ai retirée doucement. La larme d'opium, elle, est restée au chaud dans le réceptacle. Je me suis alors allongé, en tenant la pipe à l'horizontale, la flamme vibrante de la lampe à la hauteur de mes yeux. Devant moi, Rose, complètement nue, était tout ouïe.

— Pis le Rishi a dit au roi que la plante produirait une substance appelée opium, et que les hommes en vireraient fous. Il a aussi prédit que tous ceux qui en consommeraient allaient être habités par les différentes formes qu'avait eues Postomoni. En gros, ça voulait dire que l'opiomane deviendrait, tour à tour, aussi espiègle qu'une souris, aussi assoiffé de lait qu'un chat, aussi chicanier qu'un chien, aussi sale qu'un singe pis aussi sauvage qu'un sanglier. Il allait aussi avoir la force d'un éléphant. Pour finir, le fumeur d'opium serait aussi souverain qu'une reine.

J'ai placé mes lèvres autour de l'embouchure du bambou. Dans le fourneau, l'opium grésillait. J'ai aspiré rapidement à quelques reprises avant de prendre une lente et profonde inspiration, et j'ai fermé les yeux. J'ai laissé la fumée m'envahir, ne la recrachant que lorsque mon besoin d'air m'y eut forcé. Les trompettes et les percussions se sont faites plus fortes dans mes oreilles, alors qu'un air familier accompagnait la danse vaporeuse du dragon. *Sweet Mama, Papa's getting mad...*

Quand j'ai rouvert les yeux, j'ai croisé le regard de Rose, fébrile. Elle a pris la pipe d'entre mes mains et l'a déposée sur la table. Les lueurs rougeâtres du feu donnaient à sa peau d'albâtre une teinte sauvage en mouvance. Avec sa longue chevelure noire et son regard de biche, elle ressemblait à l'idée que je me faisais de cette reine indienne. Elle se mordillait les lèvres d'envie, et, avant qu'elle n'ose me le demander, j'ai soufflé :

— Oh... non, ma Rose. Checke-toi, comme t'es belle. Pis regarde-moi. Fais-toi pas ça. Comment tu ferais pour payer ton loyer, hein ? Viens. Maintenant, on arrête de parler.

12

— Veux-tu ben me dire c'que tu fais là? Pis gréée comme une princesse, par-dessus le marché?

Marcelle attendait devant le Founding, de l'autre côté de la rue. Elle était vêtue d'une jupe étroite, coupant un peu avant la cheville, et d'une blouse de soie beige, sertie d'une boucle au cou. Une étole en poils de chien sur les épaules, malgré la chaleur, et une cloche de la même couleur que ses souliers couvrant ses cheveux. Ses lèvres rouges, d'un ton plus discret que d'habitude, m'ont souri.

— J't'accompagne, détective. Donne-moi une cigarette.

— Non.

— Non quoi?

— Non toute: je suis pas détective; tu m'accompagnes pas; je te donne pas de cigarette, ai-je tranché en allumant la mienne.

Marcelle, qui ne se laissait pas ébranler pour si peu, s'est avancée vers moi.

— Tu penses-tu que ton beau chapeau, ça va être assez pour charmer tes p'tites femmes du Founding?

Marcelle avait réussi à tirer les vers du nez à Jeanne, qui apparemment avait cru bon de partager mon programme avec sa nouvelle confidente : retourner au Founding et aller discuter avec la bonne sœur Marguerite. Honnêtement, je cultivais un espoir très mince d'apprendre quoi que ce soit d'utile auprès d'elle. En outre, même si elle avait détenu certaines informations, la nonne n'aurait pas envie de se confier à moi. Sa vipère de collègue ne s'était certainement pas privée de médire à mon sujet, et on devait m'attendre avec une brique et un fanal.

— Qu'est-ce tu proposes, beauté ?

Elle s'est remise à faire des ronrons.

— Ça te prend une femme pour rentrer dans un univers de femmes, détective, a-t-elle dit en souriant de toutes ses dents et en bombant la poitrine. Pis y'a pas plus femme que moé.

J'ai failli m'étouffer.

— M'en vas les poser, tes questions, moé. Dix minutes, détective. Tu me donnes dix minutes dans le Founding, pis je te reviens avec tous les renseignements que tu veux, a-t-elle ajouté en claquant des doigts.

L'idée me plaisait presque autant qu'un rendez-vous galant avec Tony Frank; je lui ai commandé de retourner au bordel. Elle a bien sûr refusé.

— Tu peux pas m'empêcher d'y aller.

— Fille, arrête tes maudites niaiseries tout de suite !

Elle a haussé les sourcils, pas le moins du monde impressionnée, et comme elle s'apprêtait à traverser la rue, je lui ai attrapé le bras.

— Ayoye! a-t-elle crié, beaucoup trop fort.

— Tais-toi! Tu vas alerter tout le quartier.

Comme de fait, j'ai remarqué qu'on nous observait, par la fenêtre de l'hôpital. J'ai donc abdiqué, même si Marcelle ne me serait d'aucun secours. Un monde de femmes, d'accord; mais chaque femme est aussi son pire ennemi, comme aurait dit sa mère. Jeter Marcelle dans ce gynécée ruinerait le peu de crédibilité que m'allouait mon chapeau.

— OK, tu peux venir. Mais tu te la fermes, pis tu me laisses poser les questions. C'est clair?

Et, à contrecœur, j'ai encore une fois glissé l'anneau de Mignonne à son doigt; aussi bien m'assurer qu'elle avait l'air respectable.

— Excite-toi pas le gros nerf, fille...

— Fait que c'est quoi? Me v'là-tu rendue madame Détective?

Elle a voulu m'embrasser, mais je l'ai tenue à distance en plaçant la tête de ma canne contre son sternum.

— Saint-simonaque, fille. Calme-toi deux secondes, on nous regarde, lui ai-je annoncé en faisant un mouvement discret de la tête vers le Founding.

— Ben quoi? a-t-elle répliqué en plaçant sa main entre mes deux jambes, trop rapidement pour que je n'arrête son élan. Aussi ben leur en donner pour leur argent!

Elle a ri encore plus fort. Mari et femme, nous avons donc monté l'escalier de pierre de l'hospice et, en y entrant, je me suis exclamé:

— Regarde, mon ange : me suis mis beau rien que pour toi.

L'infirmière à l'accueil a grimacé et a jeté un coup d'œil incertain en direction de Marcelle.

— Fallait pas. Vous êtes venus voir sœur Marguerite, j'imagine, a-t-elle dit, en faisant semblant de mettre de l'ordre dans ses dossiers.

— On peut rien te cacher.

Des pleurs de nourrissons provenaient des étages supérieurs. Comme la veille, l'air de l'hôpital était plus frais que celui de l'extérieur, et on avait judicieusement gardé les volets de bois fermés, pour empêcher la chaleur d'entrer. L'infirmière a contourné son comptoir et est allée chercher sa supérieure.

Sœur Marguerite était jeune et devait être belle, sans la cornette. Un type comme Beaudry aurait probablement été tenté de la faire défroquer. Malheureusement, la rigidité de son caractère était déjà en train de transformer ses jolis traits. Il y avait fort à parier que, d'ici une dizaine d'années au plus, elle aurait l'air aussi dure et sèche que les autres corneilles. Elle avançait d'un pas rapide et décidé. Le bruit de ses talons résonnait dans toute la bâtisse, décharges tournantes de coups de feu avant la bataille.

— Monsieur Duchamp, a-t-elle dit d'un ton morne avant de couvrir Marcelle d'un regard méprisant. Madame...

— Duchamp. Madame Duchamp, a lancé Marcelle, en s'accrochant à mon bras et en faisant aller les doigts de sa main gauche sous le nez de la sœur.

Je me suis dégagé le plus doucement possible de la poigne de cette femme que j'allais répudier sitôt sorti d'ici.

Sœur Marguerite avait déjà été mise au courant de l'affaire et, en sortant un registre de derrière le comptoir, elle nous a confié ce qu'elle savait :

— On l'avait laissé devant la porte. C'est une femme du quartier qui est venue nous en avertir : le petit pleurait, comme ça, tout seul dans le noir, allez savoir depuis combien de temps. C'était aux alentours de vingt-deux heures.

— Fait que vous savez pas qui c'est qui est venu le porter ? a subitement demandé Marcelle.

La femme a souri tristement en répondant :

— C'est la mère, ma chère dame, qui est venue le porter. C'est presque toujours le cas.

— Mais vous avez dit que vous aviez pas vu…, a objecté Marcelle, incapable d'obéir à mes commandements.

— C'est vrai. Mais c'est elle, c'est la mère qui est revenue le chercher. De ça je suis certaine.

Silence. J'ai bien observé l'air stupéfait de Marcelle, qui pour une fois ne semblait pas trouver quoi répondre, avant de glisser moi-même :

— La mère, hein ? Quand ça ?

— Presque tout de suite, en fait. À peine le temps de calmer l'enfant avec une bouteille… Elle avait changé d'idée, a-t-elle dit en fermant son cahier, un sourire méchant sur les lèvres.

— Changer d'idée, ai-je répété. Ça aussi, ça arrive souvent ?

— Disons que ça arrive.

— Pis des enfants sur le perron…

— C'est pas commun, Dieu merci. La plupart des gens ont au moins le courage d'entrer. Ou d'aller porter le bébé à la crèche, au pis aller, d'autoriser l'adoption. Mais abandonner un petit être comme ça... c'est cruel, si vous voulez mon avis.

— Ben là, c'est du pareil au même !

Marcelle revenait à la charge, piquée au vif.

— Oh ! non, non, non, madame Duchamp, a corrigé la nonne. L'adoption s'applique aux enfants illégitimes ou sans famille. Les enfants négligés ou abandonnés, on peut pas les faire adopter. On les envoie à la crèche et, quand ils sont en âge, on les transfère dans un orphelinat surchargé. Non, c'est pas du pareil au même. Pas du tout.

Sœur Marguerite dévisageait Marcelle. On aurait pu croire que la bonne sœur avait vu clair dans le jeu de la prostituée.

— Pis la mère en question, est-ce qu'on a son nom ? ai-je demandé.

— Oui, a approuvé la nonne en ouvrant de nouveau son registre. Une certaine Jeanne Sainte-Croix.

Ça l'a fait sourire.

— Quatorze, quinze ans ? Cheveux blond terne ?

Elle a secoué la tête.

— Je dirais plutôt la mi-vingtaine. Belle. Élégante. Cheveux foncés. Un peu trop... moderne, si vous voulez mon avis. Mais elle m'a pourtant pas donné l'impression d'être le genre de femme qui abandonne son enfant comme ça.

— Savez ce qu'on dit, ma sœur : l'habit fait pas le moine.

— En effet, monsieur Duchamp, en effet, a-t-elle murmuré en nous toisant froidement.

◆ ◆ ◆

Madame Duchamp et moi avons traversé la rue et, une fois de l'autre côté, je me suis arrêté pour rouler une cigarette. Marcelle se dandinait sur place; sa vraie nature devait se trouver à l'étroit, enserrée dans son costume de femme honnête. J'ai patiemment attendu qu'elle parle. Une partie d'elle semblait soulagée, même s'il était assez évident que quelque chose la tourmentait toujours.

— Te l'avais ben dit, hein, que je pourrais t'aider? Tu vois : ça te prenait rien qu'une femme.

— Mais pas n'importe quelle...

Elle a affiché une moue satisfaite.

— Finalement, je suis peut-être un meilleur détective que toi!

J'ai coincé ma cigarette entre mes lèvres sans rien dire. Marcelle a ri nerveusement.

— Donne-m'en donc une, pour me remercier.

La flamme a fait grésiller le mélange de tabac et de haschich. J'ai aspiré profondément. C'était une journée moins humide et plus ensoleillée que la veille. Les oiseaux gazouillaient et, au loin, on entendait la rumeur des klaxons et des moteurs. Quelques piétons passaient sur la rue Prince-Arthur, en bas, sans doute en direction du square Saint-Louis, où ils allaient se rafraîchir à l'ombre des arbres, les pieds dans la fontaine.

— Toi, détective, tu penses que c'est qui, c'te Jeanne-là? Pis pour quoi faire qu'elle est revenue chercher le bébé après, hein?

— Parce que tu présumes que c'est la même qui est venue le porter, c'est ça?

Elle est virée blême.

— Ben... On a pas de raison de croire que ça serait quelqu'un d'autre. Hein ?

J'ai haussé les épaules sans rien dire.

— Mais y'a rien qui nous prouve le contraire non plus...

Je restais muet, la laissant à ses déductions.

— ... Fait que, dans un sens, ça sert à rien de courir après c'te personne-là, celle qui est allée porter le bébé, j'veux dire. On a rien sur elle.

— On a rien sur elle, ai-je répété.

— Pis même si on met le grappin dessus, on sera pas plus avancés. Ça nous aidera pas à retrouver le bébé.

— Ça non, ai-je acquiescé.

— Fait qu'on est ben mieux de se concentrer sur l'autre femme, celle qui est revenue le chercher. Comme ça, au moins...

Marcelle attendait mon approbation, mais comme je demeurais silencieux :

— ... comme ça, au moins, on se donne une chance de trouver le flo. Pis j'vas t'aider, détective, crains pas.

La prostituée s'est une fois de plus avancée vers moi en roulant des hanches. Cette fois, je ne l'ai pas repoussée. Marcelle a approché son corps du mien, deux squelettes en friction à travers les vêtements, et j'ai resserré l'étreinte, ma canne collée à son dos. Ainsi placée, la tête de Mignonne, ma fidèle, me fixait, coincée dans le repli du cou de la fille de joie. Tout près de son oreille, j'ai murmuré :

— T'aimes ça, jouer ? On va jouer, mon cœur.

J'ai entraîné Madame Duchamp dans une ruelle. Elle jubilait. Une fois à l'abri des regards, je l'ai plaquée contre un mur et me suis penché sur elle, en appuyant ma main droite au-dessus de sa tête. Fébrile, elle a entrouvert les lèvres. Le museau de Mignonne est allé caresser sa joue.

— Je voulais te dire... t'as raison, mon agneau. On a pas besoin de chercher la femme qui a apporté le bébé. Parce qu'on le sait tous les deux, c'est qui qui lui a pris son flo, à Jeanne.

Marcelle a écarquillé les yeux. Toute son excitation s'est dissipée d'un coup. J'ai saisi son menton entre mes doigts. Elle a tenté de se déprendre. Ses petits poings me frappaient les épaules, et je me suis vu dans l'obligation de laisser tomber ma canne par terre, pour mieux les immobiliser dans mes paumes.

— Tss, tss, tss... On se calme.

Marcelle a cessé de se débattre. À certains, le désespoir donne de la force et du cran. Il y en a d'autres, comme Marcelle, que ça asservit. Elle se tenait debout, les mains tremblotantes ; elle était démolie. Je me suis assis sur une caisse de lait en bois, ce qui m'a permis enfin d'étirer ma jambe de guerre. On a fumé en silence, chacun de notre côté du mince corridor jonché de déchets, infesté de rats et de pigeons. Finalement elle a ouvert la bouche.

— Je lui avais déjà demandé d'aller se promener avec quand j'avais des clients. De le sortir, de le calmer, n'importe quoi. Je le lui ai demandé des dizaines de fois. On s'entend, la plupart des gars ont tellement la pipe chaude que ça les dérange pas, un bébé qui braille dans la chambre d'à côté. Mais j'ai des clients qui sont partis avant que j'aie le temps d'enlever mes culottes. J'ai perdu des réguliers...

Marcelle a levé les yeux vers moi.

— J'suis dure à' misère, faut me croire, détective. Mais pendant ce temps-là, la belle Jeanne, ben a se faisait payer par son gros cochon. Elle avait juste ça à faire, s'occuper de son fils !

Elle a écrasé sa cigarette.

— Sauf qu'elle s'en occupait pas ! Tous les soirs passé huit heures, a flyait, le diable sait où, pis a le laissait tout seul, sous prétexte qu'il dormait. Mais ça se réveille, des bébés... J'ai pogné les nerfs. J'ai ramassé le p'tit pis je suis sortie par en arrière. J'ai pas vraiment pensé à ce qui arriverait après. J'ai marché jusqu'icitte, pis j'ai laissé le bébé dans les marches. Il faisait pas froid... Je... Je voulais pas qu'a le perde pour de bon, je voulais juste y faire peur...

— Pour y faire peur, ça...

— J'ai voulu revenir le chercher, a-t-elle marmonné, hésitante. J'suis revenue presque tout de suite pour le tremblant...

Sa voix s'est brisée.

— Mais y'était plus là, ai-je complété.

Elle a secoué la tête, les lèvres serrées, le menton tremblant.

— Me suis dit qu'il devait être en dedans. Il allait être correct pour une couple d'heures. Quelque part, il était ben mieux là, hein ? Je pouvais pas vraiment entrer, de toute façon : j'étais pas habillée pour, pis elles me l'auraient jamais redonné. Pis si ça se savait, ce que j'avais faite, ben je perdais ma place chez Rose, c'est sûr. Certain que j'allais perdre ma place... Si ça se sait, je...

Jeanne était rentrée au petit matin. C'est Marcelle, la première, qu'elle était allée réveiller.

— Façon de parler, parce que je dormais pas pantoute. J'ai dit que j'avais rien vu, rien entendu. Jeanne a fait le tour de toutes les filles. Tout le monde lui a dit la même affaire. J'ai jamais vu quelqu'un pleurer autant..., a-t-elle soufflé, la gorge nouée, faisant un mouvement vers la rue.

13

La paille de son verre montait et descendait comme elle s'amusait à mélanger la mixture rouge et sirupeuse entre chaque gorgée. Singapore Sling : c'est ce qu'elle avait commandé, et devant mon air dubitatif, elle s'était empressée d'expliquer :

— Ris de moi tant que tu voudras, détective, mais c'est pas tous les jours que je me fais sortir. J'ai même une bague au doigt, seigneur ! J'vais en profiter, le temps que ça dure !

— Va pas te chanter de romances, ma femme. T'emmènerai pas aux vues après.

La bonne humeur revenait tranquillement animer ses traits, mais la honte était toujours visible. Marcelle avait peut-être bien la couenne dure, mais la dernière semaine y avait percé des trous.

Elle n'avait pas pleuré, dans la ruelle : ce n'était pas son genre. Cette femme qu'on avait piétinée toute sa vie avait sans doute compris bien jeune que les larmes, ça ne sert à rien, sinon à vous rendre plus vulnérable. Le bonheur et la tristesse, c'était bon pour les chansons. Pas résignée, la fille : simplement réaliste. Mais il y avait une vacherie qu'on appelait « remords ». Et ça, depuis l'affaire du petit Emmanuel, ça lui gangrenait l'intérieur, pareil à cette guerre qui continuait de me bouffer la jambe.

Marcelle avait eu l'air surprise quand je lui avais conseillé de ne rien dire : ça ne ramènerait pas le bébé, avais-je justifié. Rose la mettrait à la rue, et les chances qu'elle se retrouve quelque chose dans une maison un tant soit peu respectable étaient pour ainsi dire nulles. Aussi bien la crucifier sur la place publique et la donner en pâture aux défenseurs de la vertu.

Marcelle a bu encore un peu de son cocktail, les yeux fermés. Selon ce qu'elle m'avait révélé en route, Emmanuel n'était pas le premier bébé à disparaître subitement sans explication.

— Ruth, qui travaille chez la Herscovitch, rue Saint-Urbain... V'là un mois, son bébé tombe malade. Il fait de la grosse fièvre. Fait qu'elle va le porter à l'hospice. Là, ils décident qu'y vont le garder pour la nuite, pour être sûrs. Ben, quand Ruth y retourne le lendemain, ils lui disent rien que de même que le bébé est mort.

Sa voix avait chuté d'un ton, comme si elle avait peur qu'on nous épie.

J'ai allumé ma roulée en fronçant les sourcils. Il était encore tôt, le café-bar était à moitié vide. Marcelle et moi étions installés à la table la plus en retrait, tout au fond. J'avais une vue privilégiée sur le personnel blasé et les musiciens blancs qui installaient leurs instruments sur la scène avant d'aller s'endimancher en se peinturant la face tout en noir, en coulisse. À part les hommes de Tony Frank, qui s'étaient postés de l'autre côté de la rue, je ne voyais personne qui s'intéressait à nous, surtout pas la serveuse, qui préférait de loin faire des yeux de velours au percussionniste plutôt que de m'apporter un deuxième verre.

— Tragique. Mais ça arrive tous les jours, ça, mon cœur.

— Ils ont jamais voulu lui montrer le corps, détective. Des histoires bizarres d'infections pis de propagions...

— Je vois pas le rapport avec Emmanuel. Son bébé, elle était-tu allée le porter au Founding, au moins?

— J'sais pas.

— Qu'est-ce tu veux que je fasse avec ça, fille? C'est pas assez. Mais je peux ben aller jaser avec ta chum...

Marcelle s'est mordu les lèvres.

— Je... J'suis pas mal certaine qu'il y a un rapport. Y'a eu d'autres histoires du genre, dans le quartier...

— Quelles histoires?

Elle a soupiré, ouvert la bouche pour parler, mais elle s'est ravisée, puis a enfin demandé :

— Y'est quelle heure?

Il était tout près de cinq heures. Marcelle s'est mise à remuer les lèvres rapidement, en silence, comme si elle était en train d'élaborer un plan dans sa petite tête. C'était à la fois intrigant et insolite de la voir aller. Elle avait de l'atout, la gueuse.

— J'ai une heure avant mon shift..., a-t-elle dit en vidant son verre d'un trait.

Je me suis levé en même temps qu'elle.

— Tu peux pas venir avec moi, détective, a-t-elle dit en secouant la tête. Surtout pas avec tes deux ombres qui te suivent partout depuis à matin.

J'ai jeté un coup d'œil par la fenêtre. Les brutes étaient toujours là, imperturbables.

— Eh viarge... Va pas faire de conneries, OK ?

— Voyons, pour qui tu me prends ?

Justement.

Marcelle a voulu s'assurer que j'avais assez d'argent pour payer l'addition et, puisque je ne répondais pas, elle a sorti un billet de cinq de sa bourse. Elle s'est ensuite penchée, attendant que je l'embrasse ; elle prenait son rôle de fausse femme beaucoup trop au sérieux et, avant qu'elle ne décide d'emménager avec Pei-Shan et moi :

— Hé, pendant que j'y pense, ma noire : j'vais te reprendre ma bague.

◆ ◆ ◆

Mes deux chiens de garde pouvaient se faire aller la queue : on rentrait pour ainsi dire au bercail. Le bordel de la Herscovitch était en effet un repaire d'escrocs et de truands. De passage en ville, les grosses pointures de la mafia américaine passaient immanquablement à la maison close de la rue Saint-Urbain pour y marchander leur alcool. C'était un lieu d'envergure, fort bien connu des policiers, mais qui ne recevait que rarement leur visite. Le royaume de la Herscovitch, reine de la débauche, était en effet protégé par nul autre que Tony Frank, et si le King s'accommodait d'une descente ici et là pour faire taire les soupçons, chacune de ces opérations était évidemment prévue et annoncée. Le plus beau, dans cette histoire, c'est que le King et la reine du Red Light formaient un couple en affaires comme dans la vie. Leur influence n'avait pas de limites.

Ayant découché la veille, je n'avais pas pu récupérer mes provisions vitales de dross et de haschich ; je descendais la rue menant au célèbre lupanar à reculons. J'étirais ma ration de la veille depuis le début de la journée, mais mon état physique et mental commençait vraiment à s'en ressentir. Il me restait bien sûr la monnaie des cinq dollars de Marcelle, mais je ne pouvais pas retourner chez Candy Man, qui me dénoncerait assurément. Et Pei-Shan, voyant que je ne respectais pas mon couvre-feu, avait déjà dû faire le tour des fumeries du Chinatown pour s'assurer qu'on ne m'y laisserait pas entrer.

Je ne pensais rien découvrir de nouveau chez la Herscovitch, mais je n'avais rien à perdre, sinon mon temps, qui ne valait pas grand-chose. J'étais à court d'options.

Une fois devant le bordel, le cœur gros, j'ai gobé l'avant-dernière boulette de dross. Du revers de la manche, j'ai essuyé la sueur sur mon front, relevant légèrement mon chapeau. Les deux bulldogs s'étaient arrêtés dans l'embouchure d'une ruelle. Partout où j'allais, l'œil du King était braqué sur moi et, même à distance, il faisait en sorte que je sente bien la pression de son regard.

C'est Anna Herscovitch en personne qui a ouvert. Son regard hostile m'a détaillé sévèrement. Puis, un sourire imperceptible s'est peu à peu dessiné sur son visage pâle lorsqu'elle m'a reconnu. Plus grande, plus froide et plus dure que Rose, Anna Herscovitch dirigeait ses filles d'une main de fer. Elle devait faire peur à pas mal d'hommes aussi, peut-être même à son époux.

Je l'ai suivie au grand salon, où quelques filles discutaient en écoutant la radio. Il était encore tôt, et la plupart n'avaient toujours pas pris le soin de camoufler leur misère sous des couches de fard et de poudre. Elles m'ont tout de même souri en se cambrant, comme des bêtes bien dressées, alors que leur patronne me traînait jusqu'au fond de la pièce, là où trônait un bar généreusement garni. Après s'être servi à boire, Anna Herscovitch s'est accoudée au comptoir et a attendu que je lui expose les raisons de ma visite. Lorsque j'ai mentionné le nom de Ruth, elle a tendu la main.

— Cinq piasses.

— Pardon ?

— Tu veux voir Ruth ? C'est cinq piasses. Tu pourrais lui coûter un client...

— Ta place est vide pis j'veux juste lui parler.

— Tu montes en haut, tu vas dans la chambre d'une fille, c'est cinq piasses. Après ça, que tu décides de la tripoter ou d'y jaser, ça te regarde. Compte-toi chanceux : Ruth est cheap.

Ça ne servait à rien de m'obstiner. Dès qu'elle en aurait assez de moi, elle me ferait mettre dehors, et sans doute pas de la façon la plus douce. En jurant, j'ai vidé le contenu de mes poches sur le comptoir. Il y avait un billet d'un dollar et un peu plus de deux dollars en monnaie. Elle m'a fait signe de monter en poussant un long soupir.

Comme je m'exécutais, du coin de l'œil j'ai vu la tenancière sortir un téléphone de derrière le bar.

La chambre de Ruth se trouvait au fond d'un long et sombre corridor. Les murs étaient habillés de tapisserie et, sous mes pieds, le tapis foncé accentuait une angoissante impression d'enfermement. La musique de la radio, dont on avait considérablement monté le volume, se hissait jusqu'au deuxième, et la voix triste et grave de Sophie Tucker était partiellement couverte par les hurlements disgracieux des filles en bas qui vomissaient les paroles du refrain. J'ai cogné doucement ; la porte s'est presque aussitôt ouverte.

J'ai d'abord eu l'impression que je connaissais cette blondinette à l'air triste. Si dans le regard de Jeanne on discernait toujours une parcelle d'espoir fou, celui de Ruth apparaissait aussi vide que mes poches ; des regards comme le sien, me suis-je rappelé douloureusement, il en pleuvait à l'hôpital militaire.

Les volets étaient tirés, et la chambre baignait dans une obscurité feutrée et humide. Ça sentait le sexe. Pas l'odeur chaude et âcre d'après une nuit de passion, mais quelque chose de sale et d'animal, d'obligé. Le lit était défait, des vêtements jonchaient le sol. Sur la table de chevet, au-dessus de l'assiette d'un repas qu'elle n'avait pas touché, quelques mouches allaient et venaient. Leur bourdonnement gras remplissait le silence. La maigreur de Ruth trahissait une privation qui durait depuis trop longtemps. Sur ce même meuble, j'ai reconnu l'attirail de l'héroïnomane, même si la drogue, elle, avait été dissimulée ailleurs. Probablement dans le petit tiroir, juste en dessous.

L'image de la blonde déglinguée qui avait fait irruption dans le trou de Kid Baker m'est revenue d'un coup, et je me suis retourné de nouveau vers Ruth pour confirmer mes soupçons. Elle avait déjà retiré son peignoir et se tenait complètement nue devant moi, résignée. Sa posture molle trahissait un écœurement infini. Ses épaules, repliées vers l'avant, se fermaient sur son corps usé, alors que son ventre marqué par la maternité et ses seins tombants ajoutaient à cette impression d'écrasement : une force invisible la tirait vers le bas. J'ai ramassé son vêtement pour le glisser sur son dos en l'invitant à s'asseoir sur son lit. J'ai pris la chaise en face. Ma blague à tabac en équilibre sur ma cuisse, j'ai commencé à me rouler une cigarette.

— Je suis juste là pour te parler. Deux, trois petites questions pour toi, mon ange.

Elle a blanchi.

— Oh ! Je... I don't know about that. Did you... Vous avez-tu parlé à madame Herscovitch ?

— C'est correct, j'ai payé.

Elle a acquiescé, méfiante. Nerveuse, fébrile, Ruth promenait son regard de la porte à moi, à ses mains, à la porte, à sa commode. J'ai allumé ma dope et me suis lancé :

— On m'a parlé de toi. De ton bébé.

— Who the hell are you ? a-t-elle lancé, plus apeurée qu'en colère.

Et, en faisant un mouvement pour se relever, elle a ajouté :

— I wanna talk to madame Herscovitch... Let me out.

— Hé..., ai-je dit le plus calmement possible, en posant une main sur son genou. Take it easy. On recommence, veux-tu ?

Je me suis alors empressé de lui expliquer qui j'étais, ce que je faisais. On a aussi parlé de Jeanne. Le récit la touchait visiblement, même si elle répétait sans cesse, à mi-voix, qu'elle ne savait pas de quoi je parlais et qu'elle ne pouvait rien pour moi. Le temps me filait entre les doigts. C'était à son tour de s'ouvrir.

— What about it ? There's nothing more to say. Mon bébé est mort. Life goes on.

J'ai gentiment insisté ; tout ce que j'ai obtenu de plus, c'est l'affirmation que c'était mieux ainsi.

— Look at me. Penses-tu vraiment que je peux m'occuper d'un bébé ? J'aurais dû l'apporter à l'orphelinat moi-même. It's... C'est mieux comme ça : elle aurait eu le même vie que moi, same sorry life.

Je n'étais pas prêt à dire, comme Marcelle, que les deux histoires étaient liées, mais c'était clair que Ruth s'empêchait de me livrer le fond de sa pensée. J'allais lui poser une autre question quand on s'est mis à cogner à la porte avec insistance.

— J'arrive ! ai-je crié.

Puis, à Ruth :

— Quel hôpital ?

— I don't know. Me souviens pas.

— Un p'tit effort, beauté... Come on...

Ruth a détourné la tête. En se grattant le bras, elle a relevé la manche de son peignoir en crêpe, exposant des cicatrices noirâtres. J'ai cru qu'elle ne dirait plus rien, alors je me suis dirigé vers la porte. Comme j'allais sortir, d'une voix à peine audible, elle a murmuré :

— The Memorial. But there's nothing more to it... I swear. Tu trouveras rien.

Une brute m'attendait de l'autre côté, sa grosse patte d'ours posée sur le cadre de la porte, prête à frapper de nouveau. Docile, je me suis abstenu de passer un commentaire désobligeant.

La porte d'entrée était entrouverte, j'allais enfin sortir du bordel lorsque la voix nasillarde de la Herscovitch s'est glissée jusqu'à mon oreille :

— Tony fait dire de pas l'oublier. Pis de pas trop passer de temps à chercher des bébés morts. Pis aussi qu'il s'excuse, pour la canne. Pas pour ta tête, mais pour la canne, oui.

Je me suis retourné. Elle était derrière moi, dans le couloir, son verre de nouveau plein à la main.

— Il veut aussi que tu passes le voir. Il va être au Savoy toute la soirée.

— Ouin, ben tu lui diras qu'il peut renvoyer ses gars. J'ai le sentiment qu'y doivent avoir des choses plus lucratives à faire que de passer leurs journées à me watcher. Faites-vous-en pas : m'en vas pas nulle part.

Et, sur ces belles paroles, je lui ai tiré ma révérence. La rue, tranquille, baignait dans une lumière de fin d'après-midi. Devant, à peine camouflés en dessous d'un balcon, un groupe de garçons d'une dizaine d'années fumaient des clopes, et je me suis permis d'aller les leur confisquer.

Memorial Hospital. Ça ne tombait pas si mal : je n'aurais pas dit non à un whisky d'avant-guerre. Alors que je m'apprêtais à mettre la machine en mouvement et à m'éloigner vers Sherbrooke pour y attraper le tramway, une bobby pin est tombée à mes pieds. J'ai ôté mon chapeau, levé les yeux au ciel. L'invitation ne provenait pas de la chambre de Ruth, qui se trouvait de l'autre côté de la maison, mais je me suis tout de même avancé en retournant mes poches pour exposer l'étendue infinie de ma pauvreté. La jeune fille à la fenêtre m'a néanmoins fait signe d'approcher davantage et, lorsque je me suis retrouvé sous elle, collé à la brique que le soleil avait réchauffée, elle m'a murmuré :

— Il faut parler à Maimie.

Puis elle est disparue derrière les volets.

◆ ◆ ◆

— Vous m'excuserez, mais j'ai plus de glaçons. De toute façon, je crois bien qu'une fois le soleil couché, je le préfère comme ça.

— Je suis pas regardant, docteur.

Je l'avais croisé au bas des marches du somptueux édifice et, affichant mon plus beau sourire, je lui avais tendu la main. Haywood avait froncé les sourcils, répondant malgré tout à ma salutation, puis, quand il avait enfin replacé ma Mignonne, son visage s'était éclairé :

— Monsieur Duchamp ! Good Lord, je vous avais pas reconnu !

— C'est le chapeau, que je lui avais répondu en levant un peu le rebord de mon couvre-chef à l'aide de ma canne. Dites-moi pas que je vous attrape sur votre départ, toujours ?

— On peut rien vous cacher, monsieur le détective, a-t-il acquiescé en riant.

Il avait ensuite levé sa trousse de cuir dans les airs, comme un fugitif qui se rend.

— Si c'est bête, avais-je renchéri, j'aurais aimé vous poser encore deux ou trois questions…

Il avait sorti sa montre de sa poche en secouant la tête, l'air désolé.

— C'est bête en effet, mais je suis attendu…

— Ah! Dire que j'avais justement une p'tite envie de bourbon qui me titillait depuis le début de l'après-midi... Vous êtes sûr?

— Deux, trois questions, hein?

— Deux et demie, tiens!

Le docteur s'était esclaffé, tout en consultant sa montre de nouveau.

— Bon, vous me prenez par les sentiments! Ils pourront bien m'attendre un peu!

Et Haywood m'avait entraîné dans son bureau en plaçant une main amicale dans mon dos. Personne de soi-disant honnête n'était aussi cordial.

Le liquide doré occupait près de la moitié du grand verre de cristal. Devant moi, Haywood, assis sur son bureau, humait le nectar, les yeux à demi fermés. Cérémonieusement, il a fait glisser le bourbon sur les rebords du baccarat en l'observant avec appétit et en a pris une gorgée lascive. Avec un claquement de langue, Haywood a rouvert les yeux en soupirant de bonheur. À mon tour, j'ai levé mon verre:

— À la vôtre.

— À la vôtre, j'insiste. C'est toujours un plaisir de partager un verre avec un connaisseur.

J'ai bu. Un subtil goût de maïs et de sirop, rehaussé par un bois puissant et riche. La concentration devait osciller entre les cinquante et soixante pour cent d'alcool, et pourtant cet or liquide coulait sans infliger la moindre brûlure. Un magnifique whisky, ça, c'était certain.

— Old Forester. Élaboré dans le comté de Versailles, Kentucky, m'a annoncé Haywood en souriant. Vieilli six ans en fût de chêne américain. Vous remarquez les pointes d'épices? C'est le seigle.

— Ah! ai-je fait en levant mon verre devant mes yeux. Je m'émeus pas si facilement, à part peut-être pour une belle créature, mais, docteur, j'irais jusqu'à dire que c'est pour ce genre de boisson là seulement qu'on devrait utiliser l'expression « eau-de-vie ».

Il a frappé sur son bureau. Il jubilait.

— Whisky, a-t-il déclamé comme s'il se trouvait sur la scène du Monument aux côtés de Sarah Bernhardt. Le cœur même des conversations, le vin philosophique des grands esprits, qui sème des chansons dans nos cœurs et des rires sur nos lèvres!

— Amen! Écoutez, j'veux pas abuser de votre temps, fait qu'on va passer aux choses sérieuses, si vous le voulez bien.

— Pas trop sérieuses, j'espère.

À l'unisson, nos faux éclats de rire ont empli la pièce. *Symphonia hypocrita*, en lassitude majeure.

— J'ai ouï dire qu'il y a quelque temps, plus ou moins un mois, y'aurait une femme du nom de Ruth qui serait venue de porter son bébé malade ici.

— On en voit passer beaucoup, a soufflé Haywood en perdant son sourire.

— Évidemment. C'est juste que celui-là, vous l'avez gardé pour la nuit. Pis quand la mère est revenue le lendemain, l'enfant était mort.

Il a acquiescé gravement en se réfugiant derrière son bureau et a sorti d'un tiroir un grand livre relié de cuir noir. Satan devait en avoir un pareil.

— Un mois, hein? Votre Ruth, dites-moi, est-ce que c'était une fille de joie, par hasard? m'a-t-il demandé, l'air grave.

— Exactement, docteur. Vous avez une saprée bonne mémoire !

À le complimenter de la sorte, j'aurais peut-être droit à un deuxième verre.

— Je me souviens d'elle, a-t-il commenté en tournant les pages de son registre. Et voi... là : le dix-huit d'août. Voyez vous-même.

Il m'a fait signe d'approcher. Tout était là, noir sur blanc. Dans la nuit du dix-huitième jour d'août 1922, à vingt-trois heures treize minutes, était décédée Anneene Colley à l'âge de onze mois et trois jours. Insuffisance respiratoire. Le tout était signé de la main du bon docteur, qui, pendant ma lecture, avait eu l'élégance de nous resservir.

— La mère m'a dit qu'elle avait pas pu voir le corps de sa fille. Pratique courante ?

— Non. Mais comme vous avez aussi pu le lire, on avait de bonnes raisons de croire à un cas de grippe espagnole. Pas de risque à prendre, le corps a été incinéré le plus rapidement possible.

— La Grande Tueuse, hein ? ai-je déclaré en fronçant les sourcils. Rassurez-moi, là : on a pas affaire à une épidémie, toujours ?

— Non, pas de crainte à avoir. Seulement, mieux vaut prévenir que guérir. Puis vous avez pas à vous en faire pour l'âme de la petite non plus : le prêtre a eu le temps de lui donner les derniers sacrements.

— Ah ! Dieu merci ! ai-je laissé tomber en levant la main au ciel.

Un peu plus et je me signais. J'ai baissé les yeux une seconde fois sur le constat de décès. Même si tout semblait en règle, quelque chose clochait : Haywood avait identifié Anneene Colley trop rapidement. De plus, son certificat, comme ça, à portée de main, suggérait qu'on se préparait à répondre à mes questions. J'ai refermé le registre et fait glisser mes doigts sur sa couverture de cuir : ce qu'il contenait était aussi mensonger que le docteur Haywood et ses manières irréprochables.

— J'abuse de votre temps, ai-je dit avant de finir mon verre d'un trait.

— J'ai bien peur de devoir partir aussi, a-t-il conclu en m'imitant.

Et, en ramassant sa mallette et son pardessus, il a ajouté :

— Allez, mon ami, je vous dépose.

14

Haywood m'a laissé descendre coin Sherbrooke et Saint-Laurent. C'était sur son chemin, puisqu'il se rendait à une réunion du Comité des Seize, dont il faisait bien sûr partie.

Le Comité des Seize : un rassemblement de notables, tous des gens de la haute, l'élite de notre belle société. Pour la grande majorité anglophone, of course. Des empêcheurs de tourner en rond, en vérité. Le regroupement était calqué sur des organisations conservatrices américaines prônant la tempérance et les bonnes valeurs chrétiennes. Depuis la fin de la guerre, les Seize s'attaquaient à la croissance du vice dans la cité, ville gangrenée et pourrie jusque dans son cœur. Crime organisé, contrebande d'alcool, drogue, jeux illégaux : ces citoyens exemplaires s'en prenaient à tout ce qui était à même de transformer la métropole en une seconde Gomorrhe, mais leur principal cheval de bataille restait la prostitution.

Je suis descendu de sa belle voiture automobile en remerciant le ciel d'être toujours en vie et, en guise de salutation, j'ai lancé à la blague :

— À demain, docteur !

On a ri jaune en s'adressant mutuellement un grand sourire hypocrite. Ni lui ni moi n'avions véritablement envie d'un troisième tête-à-tête. Son engin s'est éloigné en faisant un boucan d'enfer.

La succursale de la United Auto Service se dressait fièrement, trônant au sommet de la côte, embaumant l'air de doux effluves de gazoline. C'était ce qu'on avait fait du *Belmont Hall*, l'ancienne demeure de John Molson, une maison démesurément grande aussi surnommée la *Folie Torrance*, du nom de son premier propriétaire. Au dernier étage, jadis, on avait dû avoir une saprée belle vue sur le quartier mal famé qui grouillait, tout en bas. Il fallait avoir du front tout le tour de la tête pour bâtir son château si près du pauvre monde.

Physiquement parlant, la coupure sociale commençait ici, à la hauteur de la rue Sherbrooke, mais ces limitations n'étaient que symboliques. Parce que les riches, pareils aux pauvres, profitaient du même genre de plaisirs illicites qu'offrait le Red Light. Au bout du compte, ce n'était que le contenant et son prix qui changeaient. Les filles de luxe travaillaient en effet dans de belles maisons chérantes, sur l'artère ou un peu plus haut. Il n'y avait évidemment jamais de rafle dans ces tripots princiers. Non, monsieur : les hommes qui les fréquentaient faisaient la plupart du temps partie de l'administration de la Ville, parfois même des comités de bonne conduite. Un peu comme mon docteur favori, qui prêchait la tempérance devant ses amis des

Seize, mais trinquait au bourbon dans l'intimité de son bureau avant de retourner auprès de ses petits malades. Il faisait maintenant presque tout à fait noir et un vent frais s'était levé. On allait avoir droit à un bel orage. Les feuilles des arbres se retournaient dans tous les sens, et j'ai pensé avec regret que, bientôt, elles seraient au sol. J'avais beau tempêter contre la chaleur, c'est le froid qui m'affectait le plus, ce froid qui s'accompagnait toujours d'une profonde sensation de vide et intensifiait le mal qui me grugeait les membres. Pour passer au travers, on s'encourageait avec des promesses de printemps. Mais quand on y regardait de plus près, on se rendait compte que le printemps existait rarement passé seize ans.

Les contusions nées des coups reçus deux jours plus tôt m'apparaissaient plus douloureuses encore que la veille. J'avais envie de rentrer à la maison. Mieux encore : d'aller rejoindre Rose, qui me laisserait abuser de sa bonne nature. Mais j'avais un flo à retrouver et des comptes à rendre. Je suis donc parti vers l'est en direction de la dernière demeure connue de Maimie Prinzer.

Son nom était toujours indiqué à l'entrée de l'immeuble, mais j'ai eu beau sonner et cogner à la porte : rien. C'est finalement une voisine, dérangée par le bruit, qui m'a informé que l'Américaine avait mis les voiles. Pour longtemps ?

— J'sais pas. Sans doute pour toujours.

À l'en croire, je l'avais manquée de quelques jours à peine. Sous la pression et les menaces, Maimie avait finalement flanché et fui la ville avec son époux. Mafia ? D'après la voisine, il s'agissait surtout des policiers, qui lui en faisaient voir de toutes les couleurs.

Même dans mon temps, les forces de l'ordre avaient Maimie Prinzer dans le collimateur. La femme ne faisait pourtant rien d'illégal. Ancienne prostituée, elle avait immigré à Montréal un peu avant la guerre pour y exercer enfin une fonction honnête de commis de bureau. Enfant, Maimie l'avait eu dur. Élevée par une mère qui la détestait, elle s'était retrouvée à la rue, à Philadelphie, à l'âge de quinze ans. Elle n'avait pas choisi la prostitution, mais y avait été rapidement forcée. En fait, Maimie dirait que la prostitution n'était jamais un choix, pour une femme. Le mythe de la putain qui aimait son métier et suivait sa vocation était une invention bien masculine, permettant aux hommes de se déculpabiliser.

Oui, s'il y avait une chose que Maimie avait comprise, c'est que le monde est impitoyable pour les femmes seules, qu'on traite souvent moins bien qu'un animal de ferme. Et pour survivre, elles devaient s'allier. Maimie avait donc ouvert sa maison à toutes ces belles-de-nuit sans recours. Oh! elle n'offrait pas grand-chose, n'étant pas particulièrement fortunée, mais fournissait néanmoins un espace où, pour quelques heures, les malheureuses pouvaient discourir librement; le temps d'un café, elles n'étaient plus à vendre. Aigrie, l'ancienne putain, à qui une maladie vénérienne avait pris un œil, tentait de faire rebeller nos propres filles de joie!

On a donc trouvé le tour de l'accuser de faire du recrutement. De ramasser les jeunes filles incertaines pour les convaincre de se prostituer. Ainsi, jour après jour, la police cherchait désespérément des motifs pour fouiller sa maison et, avec un peu de chance, l'embarquer. Qui sait, peut-être même la faire déporter. Maimie dérangeait. J'étais bien placé pour le savoir puisque, comme tous mes collègues du poste n° 4, j'avais pris part à ces rafles.

Dépité, j'ai redescendu la rue Saint-Denis, plongeant dans le cœur du quartier chaud. Je me sentais beaucoup trop coupable pour rentrer chez moi et n'avais pas la force d'inventer des excuses à Pei-Shan. Alors j'ai viraillé à droite et à gauche dans le Red Light, comme guidé par les cris des enfants, espérant bêtement tomber sur un bébé perdu entre deux bécosses, quelque part dans une ruelle. N'importe où, n'importe quel bébé. À la limite, qui allait le reconnaître ? De ce que j'en savais, Jeanne passait ses nuits entières à fêter, et Bélanger n'avait même jamais vu le petit. C'était un plan de nègre. Ce n'était même pas un plan. Mais c'était tout ce que j'avais.

C'est en déambulant de la sorte que je suis tombé sur le beau Beaudry, qui entretenait dans un coin sombre des affaires ni légales ni catholiques avec deux prostituées. Je me suis installé dans l'escalier d'une maison de l'autre côté de la rue, juste en face d'eux, et, sans m'en cacher, j'ai observé le joli spectacle. Peut-être bien qu'en échange de ma discrétion, Beaudry pourrait m'aider avec mes problèmes de ravitaillement.

Une fois sa transaction terminée, mon ancien partenaire est venu me rejoindre en rattachant son pantalon. Il portait un complet visiblement taillé sur mesure, pour enserrer justement sa fière carrure.

— Duchamp, a-t-il dit en s'allumant une cigarette.

— Beaudry, ai-je répondu en essayant de lui en bummer une.

— T'une vraie nuisance, toi. Seigneur.

J'ai fait comme si de rien n'était.

— À ce que je vois, tu commences ton shift?

— Surpris que Tony Frank t'ait laissé la vie sauve.

— Surpris ou déçu? ai-je demandé. Ouin, une sacrée rince pareil. Mais c'est ma Mignonne, surtout, qui a mangé la volée.

— Ta «Mignonne»? J'ai mon maudit voyage...

Il affichait un air véritablement découragé, mais qui le connaissait bien savait qu'il luttait pour encager la colère.

— C'est sûr que celle-là est pas aussi sexy que la tienne, mais je betterais un dix qu'elle est plus fidèle. Mais je veux pas t'énerver avec ça, on va changer de sujet: me suis fait dire que Maimie Prinzer avait quitté la ville. T'aurais pas quelque chose à voir avec ça, toi, par hasard?

Beaudry a lancé son mégot au loin.

— Qu'est-ce que tu y veux, à la borgne, au juste?

— Sincèrement, je le sais pas trop moi-même. Mais ç'aurait rapport avec mon enquête.

— Ton enquête! Ostie, fais-moi rire... Crisse: pas comme si t'étais détective privé.

— M'obstinerai pas avec toi là-dessus, mon Beaudry. Donne-moi donc une cigarette, à la place.

— Maudit fatigant, a-t-il soupiré en me tendant son paquet. Ah, pis garde-le donc, j'en ai un autre.

— Ben là j'te reconnais, mon Beaudry. Le cœur sur la main!

Il ne voulait surtout pas fumer les cigarettes provenant d'un paquet que j'avais touché de mes sales pattes. Il n'avait pas été si regardant à l'époque, quand il était venu me chiper ma femme. On a fumé en silence, en fixant le panneau-réclame de Guinea Gold peint sur le mur du United Cigar Store. Beaudry a sorti une flasque en argent et a bu au goulot, sans m'en offrir. La rue s'animait. Il devait être aux alentours de dix heures, dix heures et demie. Autour, les piétons pressaient le pas en regardant le ciel noir et sans étoiles. N'y avait que Beaudry et moi à rester sur place malgré l'arrivée imminente de l'orage.

— Parler pour parler, là... Comment ça avance au juste, ton «enquête»?

Il a demandé ça en adoptant un ton faussement détaché, et j'ai souri.

— Parler pour parler, hein? Ben, puisque ça t'intéresse...

La pluie s'est mise à tomber comme des billes. Beaudry s'est levé, et je l'ai imité, avec beaucoup moins d'aplomb. Il avait déjà commencé à s'éloigner lorsqu'il m'a lancé, par-dessus son épaule:

— Voyons, embraye, sacrament! T'as pas besoin de sentir le chien mouillé en plus. Donne-toi une chance, bâtard!

◆ ◆ ◆

C'était un whisky à bibitte au goût infect dilué dans la térébenthine ou l'essence à briquet, mais à cheval donné, comme disait sa mère... Je me suis donc rincé le gau à répétition, en grimaçant; à défaut de me rendre plus fort, ce qui ne me tuait pas aurait peut-être raison de la douleur inlassable dans ma jambe. Ça faisait déjà deux bonnes heures qu'on était dans la barbotte, un endroit pourri pourtant plein à craquer. Le videur, qui avait laissé passer Beaudry sans poser de question, avait hésité en me voyant, mais mon ancien collègue se portait garant de moi. Une fois à l'intérieur, j'avais déposé mon chapeau trempé sur la table et accroché ma veste dégoulinante au dossier de ma chaise. Après une longue conversation avec le barman, Beaudry était venu me rejoindre, apportant nos deux premiers verres de tord-boyaux.

Il était connu dans la place qui, bien que je ne l'aie pas aperçu dans le tripot, devait sans doute appartenir à Harry Davis, cerveau et chef de la gang des Juifs, de laquelle Kid Baker faisait partie. Toutes les dix minutes, de nouvelles consommations étaient déposées devant nous, même si on n'avait pas terminé les précédentes. Un acte de générosité forcément calculé, comme je connaissais Beaudry. L'un dans l'autre, je préférais qu'on tente d'acheter mon silence avec de l'alcool, aussi dégueulasse fût-il, qu'avec des claques sur la gueule.

Un ivrogne tétait sa bouteille de bière, accoudé au bar; une prostituée en fin de carrière entraînait les clients aveugles l'un après l'autre derrière le rideau qui séparait la salle de l'arrière-boutique; des dizaines de joueurs gueulaient autour de la table de barbotte; de petits brigands ici et là lançaient des regards durs, de la graine de gangsters qui attendaient le moment propice pour faire leurs preuves. Parmi tous ces affreux, j'avais presque l'air d'un prince et Beaudry, d'un roi: un roi venu, sans doute, percevoir ses impôts.

— Tu me sors dans des saprées belles places, mon Beaudry.

— Tu penses quand même pas que j'vais m'afficher avec toi dans un endroit respectable! J'ai une réputation à maintenir, moi.

— Parlant de réputation : le King est-tu au courant, pour ton petit commerce on the side ?

— Tu prends donc ben ça au sérieux, tes niaiseries de détective.

— J'suis pas détective...

— Ben arrête d'agir comme si.

Je me suis contenté de rire. Un brin nerveux, il m'a imité avant de vider son verre. Le corps mort s'est échoué sur une table vacante derrière lui, et Beaudry s'est aussitôt équipé d'une nouvelle consommation.

— Deux mille quatre cents piasses par année, ostie, a-t-il dit entre deux gorgées. C'est pas à ce salaire-là que je pourrais entretenir ma femme.

— Pourtant, elle m'a donné l'impression de s'en tirer pas trop mal toute seule, l'autre soir...

Son rictus s'est transformé. Une lueur mauvaise a traversé son regard. Jaloux comme un bec-scie, avait dit Mignonne.

— Tu l'as vue ?

Mignonne lui avait donc caché notre conversation. Pauvre homme. Elle devait lui en faire voir de toutes les couleurs.

— Sur la scène, tu sais ben.

— Tu lui as-tu parlé ?

J'ai souri en sortant une cigarette du paquet qu'il m'avait donné. L'alcool m'engourdissait agréablement, et je savourais l'effet de mes paroles sur Beaudry. Un désarroi mêlé de crainte déformait sa physionomie et rendait soudain sa carrure moins imposante. Il a vidé un autre verre en grimaçant, l'air égaré.

Beaudry avait toujours eu un faible pour Mignonne. Bien entendu, c'est moi l'innocent qui avais fait les présentations. Il la trouvait belle – il avait eu des mots bien moins élégants – et elle le croyait puéril. Lorsque la nouvelle de leur mariage avait traversé l'Atlantique, je m'étais rendu malade à force d'imaginer comment l'ordure avait réussi son coup. Ils avaient dû se trouver des atomes crochus en s'amusant à faire mon procès pendant qu'on me tirait dessus. Et tout ce temps-là, je croyais naïvement que c'était les bombes et les balles des shrapnels qui silaient dans mes oreilles.

— Y as-tu parlé, Duchamp?

— Ben voyons, Beaudry. Pourquoi c'qu'une femme comme Mignonne aurait des yeux pour une loque dans mon genre, quand elle a réussi à passer la corde au cou à un bel adonis en uniforme, avec une situation pis un racket juste assez lucratif pour lui payer de la dentelle? Arrête-moi les jalouseries, viarge! Tu vas me faire rougir.

Il bouillait. La colère avait refermé sa main droite; son poing tambourinait sur la table, difficilement contrôlable, prêt à cogner. Il y avait certes quelque chose de jouissif à le voir perdre son sang-froid de la sorte, et ça valait probablement une raclée, mais je ne voulais pas nuire à Mignonne: elle avait toujours mon argent.

— Non, Beaudry, ai-je soufflé. Non, je lui ai pas parlé, à ta femme. Si tu veux tout savoir, j'suis sorti avant la fin de son numéro. Mais même à ça, qu'est-ce que ç'aurait ben pu changer, que je lui parle? Tu l'as mariée, hein, t'en as fait une femme quasi respectable. À moins que le mariage batte de l'aile…

— Lâche mon mariage tranquille.

— Ça expliquerait les guidounes avec qui je t'ai vu brasser des affaires tantôt, en tout cas, hein? Dis-moi ça, Beaudry : la Mignonne te fait-tu des misères ? As-tu besoin d'en jaser avec un ami ?

— «Un ami»… Est bonne, ostie !

J'ai haussé les épaules. Sincèrement, la bagosse aidant, j'avais quelque chose qui ressemblait à du plaisir. Si on oubliait que l'alcool aurait sûrement ma peau, du moins selon Pei-Shan, c'était à se demander pourquoi j'avais arrêté de boire. J'étais nettement plus drôle avec un verre dans le nez. Je me suis recalé dans ma chaise pour mieux observer le spectacle qui nous entourait. À travers un voile opaque de fumée, une plantureuse putain embrassait à pleine bouche un garçon minuscule.

— J'demande ça de même, Beaudry, mais ta générosité soudaine, ç'aurait pas à voir avec la cargaison que le King s'est fait voler l'autre soir ?

Il a tiré sur sa cigarette sans me regarder.

— J'vois pas de quoi tu parles. Si t'es au courant de quelque chose concernant des affaires de la mafia, a-t-il ajouté en prenant un ton formel, j't'invite à venir nous en parler au poste, par exemple. Sinon, on pourrait prendre ça pour un refus de collaborer. Tu pourrais te retrouver pris avec des accusations de complicité. C'est passible de prison, ça, Duchamp. Mais en même temps, t'as déjà des amis à l'ombre, toi. Y'a Morel qui se ferait une joie de te revoir. On m'a même dit qu'il rêvait à toi. Toutes les nuits.

— Le soir des arrestations, ai-je continué comme s'il n'avait rien dit, la semaine passée…

Beaudry s'est enfin retourné vers moi.

— Attends minute, là : toé pis le macaroni, vous êtes rendus chums ?

Les verres étaient tous vides. J'ai fait signe au barman de nous rapporter à boire. Celui-ci s'est alors tourné vers Beaudry, qui a appuyé ma requête.

— Tu sais ben que non, lui ai-je répondu. C'est juste que lui avec, y'avait besoin d'une oreille, l'autre soir. Tu vois, y'a pas de honte, Beaudry. Les hommes aussi ont besoin de parler, des fois.

Il a ri tout en remerciant le barman, qui nous livrait le ravitaillement et, après sa première gorgée, a dit :

— J'travaillais, moi, le soir des arrestations. D'ailleurs, vu qu'on en parle…

Beaudry s'est interrompu d'un coup et m'a fait signe de regarder derrière. Une autre demoiselle de la nuit, qu'on n'avait pas vue arriver, était à l'œuvre. Et celle-là, je la connaissais.

— Ça parle au yable : v'là-tu pas celle qu'on attendait ! Qu'est-ce t'en penses, détective ? Le chef serait-tu content d'apprendre que sa préférée vend son cul à des pas propres ?

Jeanne était bien installée sur les cuisses d'un homme, une petite brute avec une gueule de tueur.

— Le soir des arrestations, c'est icitte qu'était, ta cliente, a continué Beaudry. Je le sais, parce que c'est moi qui lui ai mis la main au collet. Pis j'te jure, était prête à tout pour qu'on oublie cette histoire-là. À tout…

Lorsque je me suis retourné vers lui, il s'était déjà levé.

— Tu m'excuseras, mais moi, faut que j'aille travailler. Fait déjà une heure que mon shift est commencé…

Avant de disparaître, Beaudry m'a tendu la main, tout sourire. Méfiant, j'ai répondu au mouvement.

— J'vas dire à Stan de te servir, si tu veux un autre verre.

— T'es ben swell.

— Bah, entre amis…

— J'pensais qu'on était pas amis.

Il a laissé tomber ma main et a serré mon épaule, un mélange de pitié et de vanité dans l'œil, puis s'est éloigné, en riant.

— Abuse pas des bonnes choses, Duchamp.

Et il est parti en ricanant. J'ai ouvert la main. Dans ma paume, Beaudry avait glissé une petite enveloppe brune remplie de poudre de la même couleur. Héroïne.

◆ ◆ ◆

Le sourire de Jeanne s'est volatilisé quand elle m'a vu et, du même coup, la lassitude des derniers jours est venue reprendre place sur ses traits. Je suis passé devant elle pour ne m'arrêter qu'au bout du comptoir, où il y avait moins de monde. Une minute plus tard, ma cliente réussissait à échapper à la poigne de son truand. Pendant ce bref temps mort, une autre fille a tout de même réussi à m'accoster cavalièrement, en plaçant une main indiscrète entre mes jambes. Avais-je l'air si désespéré? Je l'ai renvoyée avec quelques insultes bien senties. Quand Jeanne m'a rejoint, la pluie, accompagnée d'un coup de tonnerre à l'occasion, martelait les fenêtres calfeutrées. Il manquait cruellement de musique, dans ce trou.

— M'sieur Eugène, mais qu'est-ce… Qu'est-ce que vous faites ici?

J'ai commandé un autre verre à Stan, qui me l'a servi à contrecœur.

— T'as-tu de quoi payer ? m'a-t-il demandé avant de me remettre ma consommation.

— Non, lui ai-je répondu, sans la moindre hésitation. Mais Beaudry m'a dit qu'il s'en occupait.

Le barman s'est éloigné en jurant comme un bûcheron, maudissant le policier. Beaudry avait le don de se faire des amis partout où il passait.

En entendant le nom de l'inspecteur favori du Tout-Montréal, Jeanne est devenue blême. Faussement préoccupé, je me suis informé de son bien-être. La souris se rongeait nerveusement l'intérieur des joues, prise au piège, ne sachant pas quoi répondre.

— Il m'avait juré qu'il dirait rien... Je l'ai...

— J'veux pas savoir ce que tu lui as donné ou ce que tu lui as fait. Garde ça pour toi. Ce que j'aimerais ben gros que tu m'expliques, en revanche, c'est pourquoi – le vrai pourquoi, là – pourquoi tu veux que je te retrouve ce bébé-là. Plus ça va, plus je pense que c'est une affaire d'extorsion. Arrête-moi si j'ai tort, mais tant que le bébé était là, le gros Bélanger payait. Plus de flo, plus de bidous. Surtout qu'on le sait, astheure, que t'étais loin d'y être fidèle, pas vrai ?

Elle secouait la tête. Je ne l'ai pas laissée parler.

— Mais l'affaire qui me chicote le plus depuis le début, c'est pour quessé faire que t'avais besoin d'autant d'argent ? Le gros payait déjà toute...

Une larme naissait dans le coin de son œil droit. J'ai aussi remarqué, camouflée sous plusieurs couches de poudre, une sévère contusion sous le gauche.

— Pis là, je me suis souvenu de notre tête-à-tête, dans ta chambre. Laudanum, hein ?

— C'est mon médecin...

— Ben oui, ben oui. Ça commence tout le temps de même: moi itou, c'tait un médecin. Morphine. Maudite morphine... Fait que, c'était quoi le plan? Faire cracher un dernier gros paquet d'argent au chef avant qu'il voie clair dans ton jeu? Le p'tit, en fin de compte, c'était rien que pour t'acheter un peu de temps sur le payroll? Plus brillante que t'en as l'air, on va te donner ça.

— Je l'aime, mon Manu! Je...

— T'aurais peut-être dû y penser avant de le laisser seul dans ta chambre pendant que tu t'envoyais en l'air avec des tout croches...

— C'est pas vrai, c'est pas ça!

— Qu'est-ce qui est pas vrai au juste, hein, mon cœur, quel boutte? Enweille, dis-moi ça. Mais fais ben attention de pas te mélanger dans tes menteries: je commence à avoir mon mautadit voyage, moi.

Elle a soupiré. J'ai bu. Quand elle a enfin ouvert la bouche, elle paraissait sûre d'elle. Pour la première fois.

— C'est vrai, c'qu'y vous a dit, votre ami la police. C'est vrai que j'travaille icitte. C'est vrai que j'étais icitte le soir où c'est que Manu s'est fait enlever. C'est vrai aussi que je l'ai payé pour qu'y dise rien à Pierre...

— Tu vois, c'est pas si compliqué, d'être franche...

— Mais toute ça, c'est pour lui que j'l'ai faite, pour Manu. Ça fait au-dessus d'un mois que je viens icitte tous les soirs. Ça fait un mois que je ramasse mon argent pour pouvoir partir de chez Madame Rose. Pierre va se tanner ben assez vite de payer pour nous autres, pis... Ah! vous avez raison, c'est pas correct, je lui ai menti. Mais j'ai pas trouvé d'autre moyen…, a-t-elle dit en tentant de reprendre son souffle. J'ai pas trouvé d'autre…

Les larmes coulaient sur ses joues. Comme mon mouchoir était souillé, j'ai tamponné sa joue de mon pouce.

— Mon fils grandira pas dans un bordel, m'sieur Eugène. Je travaille en double depuis qu'y est parti ; comme ça, quand vous allez me le retrouver, on va pouvoir recommencer notre vie ailleurs. Les passes rapportent moins icitte, mais au moins je garde toute mon argent.

Sa voix s'est étranglée, mais Jeanne souriait. Les larmes avaient effacé son maquillage, et l'ecchymose était plus apparente. L'alcool me rendait émotif ; une vague de peine m'a serré le cœur.

— Mais ça, mon ange, ça veut dire : pas de protection. Pis vu qu'on en parle, c'est qui qui t'a fait ça ? ai-je demandé en caressant son visage.

Dans mon champ de vision, le voyou que Jeanne avait quitté pour venir me rejoindre commençait à s'énerver et appelait la prostituée en hurlant son nom à pleins poumons. Il était temps qu'elle y retourne. La brute était sur le point de tout casser, dont moi. Les yeux injectés de sang, la mâchoire serrée, il était tout en nerfs et en haine. Au centre de son visage, son gigantesque nez pointait vers l'avant comme le bec d'un urubu ; fort à parier que pas mal de poudre blanche passait dans ces larges narines. J'ai attrapé le bras de Jeanne avant qu'elle déguerpisse.

— Reste donc avec moi.

— Ça va aller, m'sieur Eugène. Faites-vous-en pas. Retrouvez mon Manu, c'est juste ça que j'vous demande. De toute façon, je vous l'ai déjà dit : j'ai un don, moé, pour reconnaître la vraie nature du monde. Y'est pas aussi pire qu'il en a l'air, celui-là.

Et comme ça, elle s'est jetée entre les griffes de son vautour. Il l'a agrippée par les cheveux en riant, et je me suis aussitôt levé pour intervenir, mais on m'a arrêté. J'ai tourné mon visage pour voir qui me retenait ainsi par l'épaule, surpris de reconnaître la prostituée qui m'avait harponné quelques minutes plus tôt.

— Laisse-la faire. Ça va être ben pire pour elle si tu t'en mêles.

Comme de fait, à force de caresses Jeanne semblait déjà avoir réussi à calmer son affreux.

— C'est qui c'te gars-là, au juste?

— Dachez. Y'est de la gang à Monnast.

La gang à Monnast : des petits voyous qui nous provenaient de l'autre côté de l'océan et qui tentaient désespérément de faire leur place dans ce monde où tout était à prendre ; à prendre de force.

— Y'a l'air ben smatte, le Dachez, ai-je marmonné, avec une envie soudaine de visser du Français dans le mur.

— C'est le pire. Mais la p'tite est ben bonne avec. J'sais pas c'qu'a leu' fait, mais y'en tombent toutes amoureux. Une vraie ensorceleuse.

— Qui a dit que le romantisme était mort?

J'ai commandé un autre verre au barman, qui me l'a servi à condition que ce soit le dernier.

15

Ce que j'ai gueulé aux hommes de Frank en sortant m'aurait d'ordinaire valu une nouvelle boutonnière, à tout le
moins une saprée bonne rincée. Mais, manifestement,
le King avait ordonné à ses cabots de ne pas me toucher.
Deux beaux chiens de garde muselés, eunuques – ça,
ça faisait bien sûr partie du lot d'insultes que je leur ai
gracieusement offertes. J'en ai aussi profité pour laisser
un message à leur patron : s'il voulait me parler, Frank
n'avait qu'à venir me chercher en personne. Je n'avais pas
la moindre intention de me rendre au Savoy pour m'age-
nouiller devant lui. Un excès de confiance qui allait sans
doute me coûter cher lorsque Tony Frank en aurait vent.
Classique Gène : quand je buvais un coup, je prenais toujours plaisir à jouer avec les poignées de mon cercueil...

J'ai marché sur la languette. Mes pieds étaient trempés
et la pluie tambourinait sur mon chapeau. *Pock, pock, pock,*

pock, pock... Le dernier de mes soucis. Embrasser l'ondée et être trempé pour la peine. Avec un peu de chance, lavé du même coup.

La musique s'évadait des clubs devant lesquels je passais sans m'arrêter, malgré les invitations de demoiselles. Complètement fauché, je n'avais même pas de quoi m'acheter un nouveau paquet de cigarettes. Il se faisait tard et j'aurais dû rentrer au bercail. Pei-Shan devait m'attendre. Ou pas. Peut-être qu'elle ne m'attendait plus... Personne ne prenait soin de moi comme elle. Une femme comme Rose, en me donnant tout ce que je voulais, aurait eu ma peau en moins d'un an. Pei-Shan, elle, me gardait en vie.

J'étais ivre et maussade sans bon sens. J'avais dans l'envie de continuer à boire et de me morfondre. Mais pour exécuter mon plan, ça me prenait de l'argent.

Je suis entré au Cabaret Delisle par la porte arrière, atterrissant ainsi dans les loges. Une dizaine de showgirls fumaient entre deux changements de costume. Quand j'ai dit que je cherchais Mignonne, elles se sont mises à sautiller comme des gazelles; leurs seins libres corroboraient cet enthousiasme en bondissant tout aussi allègrement. Rapidement, on m'a encerclé. Les voix et les rires fusaient de partout, et j'ai ri aussi, sans raison. Quelques secondes plus tard, Mignonne est sortie de sa loge et s'est plantée devant moi. Les gazelles se sont tues. J'ai souri. Elle était toujours en costume de scène, outrageusement maquillée, l'air aussi accueillant qu'Élisabeth d'Angleterre : magnifique.

— Je t'attendais hier, a-t-elle lancé sèchement.

— T'étais censée m'attendre v'là cinq ans, ma belle. Tu m'excuseras ben d'être une journée en retard.

Elle m'a fait signe de la suivre dans son antre. Comme un prisonnier de guerre, je lui ai emboîté le pas, espérant de toute mon âme écoper d'une sentence à vie. Et lorsqu'elle a refermé la porte derrière moi, j'ai dû me retenir de la prendre dans mes bras. Tout à coup, le fait qu'elle ne m'appartenait plus m'a irrité comme jamais auparavant.

— Je commençais à croire que j'aurais besoin de te relancer jusque chez vous…

— Tu viens pas chez nous. Jamais.

Mon ton impitoyable m'a étonné moi-même, mais Mignonne a fait comme si je n'avais rien dit. Soudainement las, je me suis avachi sur une chaise en rotin en déposant ma canne contre le mur. À cause de la pluie, ma jambe de guerre recommençait à faire sa garce. J'ai gobé la dernière boulette de dross en pensant à l'héroïne dissimulée dans la poche de ma veste. Je n'aurais pas dû garder ce cadeau, non…

Mignonne m'a offert un verre et je me suis allumé une cigarette.

Elle s'est assise à la commode, tournant le dos à son miroir. C'est là que, tous les soirs, la glace avait le privilège de l'observer pendant qu'elle fardait ses joues.

— Fait que tu voulais me voir, lui ai-je lancé en forçant l'indifférence.

Mignonne, qui, évidemment, jouait le même jeu que moi, m'a répondu, sans sourciller :

— C'est plus le contraire, tu penses pas ? J'ai quelque chose qui t'appartient…

— Arrête de niaiser, Lillian, me suis-je alors entendu dire. T'avais juste à donner l'argent à Marcelle…

Au lieu de riposter, Mignonne a souri tristement.

— Seigneur. Fait longtemps que personne m'a appelée de même…

— … ou à pas le prendre dès le début, me suis-je contenté de poursuivre, refusant d'encourager ses élans nostalgiques.

— Et laisser les Italiens te plumer ? Je me serais attendue à un peu plus de gratitude de ta part. Coudon.

En plus de me renvoyer le reflet de la délicieuse nuque de Mignonne, le miroir m'offrait une vue privilégiée sur ma propre image. J'ai passé une main dans mes cheveux mouillés.

— J'viens de prendre un verre avec ton homme, ma noire.

— Pauvre toi.

Ç'aurait dû me faire sourire. Mais de l'avoir là, juste là, devant moi, sans pouvoir la posséder, était insoutenable. J'avais le cœur dans la gorge, le bas-ventre en feu : j'aurais voulu me sauver. Courir jusqu'au Savoy, et envoyer Beaudry à l'abattoir en jurant que c'était lui qui avait doublé Tony Frank ; lui, le responsable du brigandage dans le port. Je n'avais pas de preuves tangibles, pas encore, mais j'arriverais à survivre avec une mort de plus sur la conscience.

J'ai bu un deuxième verre et m'en suis aussitôt resservi un troisième en faisant signe à Mignonne de ne pas bouger. En levant les yeux sur elle, qui m'observait, les lèvres entrouvertes, j'ai murmuré :

— Fais pas ça.

— Quoi ?

— Ça. Je…

Tout s'embrouillait.

— On parle plus de ton époux, ça vaudra mieux.

— C'est toi qui en as parlé, Eugène.

Sa voix était douce. On entendait la musique du cabaret jusque dans la loge, et j'ai fermé les yeux, tentant de me concentrer sur l'air cadencé. Rapide, rythmé, joyeux, euphorisant. Ça devait danser le shimmy, de l'autre côté, et je me suis senti plus lourd que jamais. Quand j'ai rouvert les yeux, Mignonne avait retiré sa perruque. Ses longs cheveux bouclés cascadaient jusque dans le milieu de son dos. Je ne répondais plus de moi.

— Fait que tu m'as attendu, hier ? ai-je dit, en m'efforçant d'être de meilleure compagnie.

Elle a souri.

— J't'avais même réservé un numéro.

— Arrête donc.

Elle a haussé les sourcils et placé sa bouche en cœur. Ses mains en prière sont allées se positionner sous son menton.

— *C'est moi qui suis sa petite*, a-t-elle entonné. *Son Anana, son Anana, son Annamite / Je suis vive, je suis charmante / C'est comme un z'oiseau qui chan-an-an-te...*

Mignonne a alors déplié sa longue jambe gainée d'un bas couleur peau. Elle a bombé le torse en plaçant ses deux mains sur ses hanches, tout en faisant remuer ses fesses, toujours placées sur le tabouret.

— *Il m'appelle sa p'tite bourgeoise*, a-t-elle poursuivi. *Sa Tonkiki, sa Tonkiki, sa Tonkinoise / D'autres lui font les doux yeux / Mais c'est moi qu'il aime le mieux !*

Et elle m'a offert un battement de cils de calibre mondiale. Amusé, j'ai applaudi en secouant la tête. Ah, Mignonne...

— Bon, faut que tu m'imagines avec le costume pis toute, qu'elle a ajouté en se retournant vers son miroir, pour se démaquiller. Un genre de kimono, une perruque, un éventail. T'aurais aimé ça.

— J'aime déjà ça.

On s'est regardés à travers la glace. Quelques secondes. Pas plus.

— Comment avance ton enquête ?

Je n'avais pas envie d'en parler, mais je l'ai tout de même fait ; occuper ma bouche m'empêchait de boire trop rapidement et, de toute façon, de quoi d'autre allions-nous discuter ? Elle m'a écouté, tout en effaçant son masque de scène. Quand j'ai eu fini mon histoire, elle s'était retournée vers moi. Sans fard. Sans perruque. Lillian.

— Y'aurait d'autres bébés ? a-t-elle demandé, visiblement préoccupée. Mais pourquoi on les enlève à leur mère ? C'est tellement... méchant.

— Tu sautes aux conclusions.

— Mais c'est pas ce que t'a dit... Marcelle... C'est ça, hein ? Marcelle ?

— C'est ça, oui, ai-je approuvé en souriant.

Elle prononçait le nom de la prostituée comme s'il s'accompagnait d'un mauvais goût sur la langue. Sa jalousie enveloppait ma douleur de soie.

— C'est ce qu'elle prétend. Mais pour ce que ça vaut... T'sais, c'est rien qu'une pute..., me suis-je alors entendu dire, comme si je voulais m'assurer que Mignonne ne se faisait pas de fausses idées. Pas comme si on pouvait compter sur sa parole.

Elle a réfléchi un moment, puis a haussé les épaules

en se levant. Quelque chose semblait toujours la tracasser. Elle a fait valser ses chaussures au fond de la pièce et s'est versé à boire. Quand elle s'est retournée, plus l'ombre d'un souci ne paraissait sur ses traits.

Mignonne avait toujours été difficile à lire ; elle s'efforçait de camoufler un grand pan de sa personnalité, et y arrivait sans mal. De fait, peu l'ont véritablement connue. Lillian. Je suis tombé amoureux, j'avais vingt et un ans. Elle en avait seize, et faisait les poches aux pauvres lurons qui la courtisaient. Et pourtant, sa mère dirait que je l'ai corrompue. C'est que Lillian avait toujours eu l'air d'un ange, avec ses longs cheveux bouclés et ses joues roses. Mais c'était pour Mignonne, pour son double, que les hommes vendaient père et mère, et perdaient leur paye à la barbotte, la raison et leur désir pour leur femme. Étonnamment, même si à l'époque j'étais loin d'être un saint, malgré mon bel uniforme de représentant de l'ordre gagné à grands coups de faveurs malhonnêtes, je dirais qu'on s'est mutuellement sauvés.

Oui, j'avais jadis été aussi naïf que tous ces gens que je me plaisais dorénavant à juger. Moi aussi, j'avais passé de longues soirées à danser le shimmy, ignorant que les chansons joyeuses n'existent, en fait, que pour masquer la misère et rendre le réel tolérable.

— Fait que, l'as-tu, mon argent ?

Elle a secoué la tête.

— Pas ici. Je me change pis on y va. Ça va te donner le temps d'en boire un dernier.

◆ ◆ ◆

Mignonne habitait rue Sainte-Élisabeth, à quelques pas du cabaret. La pluie s'était faite bruine. À travers ce nuage humide, je l'ai suivie jusqu'à l'immeuble, dans lequel nous nous sommes engouffrés main dans la main. Elle n'avait pas voulu éclairer l'escalier extérieur : selon ses dires, la propriétaire, qui vivait au rez-de-chaussée, était une vraie harpie et passait son temps à chercher des excuses pour lui chercher querelle.

— Elle m'aime pas, la vieille ivrogne.

— Folle à mener aux loges. J'vois pas d'autre explication.

Mignonne a ri en me donnant un coup du bout des doigts. Chut...

Je devinais sa silhouette devant, la blancheur de sa robe ample brillait dans le noir, comme un fantôme. J'ai coincé ma canne sous mon bras et fait glisser ma main libre sur l'étoffe, afin de m'assurer que ce n'était pas un mirage.

— J'dis ça de même, ai-je chuchoté, mais je pense pas que de traîner des gars louches dans mon genre va améliorer votre relation. Elle pourrait même le rapporter à ton homme.

— Aucune chance. C'est lui qu'elle haït le plus.

On a ri dans l'obscurité, comme deux enfants, excités à l'idée de se faire prendre. Concentré à ne pas tomber, je n'ai pas tout de suite remarqué que Mignonne avait déjà atteint le dernier palier, et je me suis cogné contre son dos. J'ai perdu l'équilibre et, comme elle m'agrippait, mes doigts se sont accrochés à elle. Ma canne a alors glissé et déboulé les marches en faisant un bruit d'enfer. Mignonne s'est mise à glousser, et je l'ai imitée. Pendant qu'elle se chicanait avec la serrure, j'ai fait glisser ses cheveux sur son épaule droite. Elle sentait bon ; un mélange de parfum et de transpiration. Sa peau devait goûter le sel. J'ai entouré son cou délicat de ma main et fait glisser mes doigts jusque sous son menton, senti ses veines palpiter au rythme de sa respiration qui s'emballait. Elle ne portait pas la chaîne au bout de laquelle pendait son alliance.

— On dirait que t'as oublié de remettre ta laisse...

Sa menotte, délicate, a rencontré la mienne.

— Ben oui. C'est bête. J'ai dû la laisser à l'office...

Au même moment, Mignonne a finalement eu raison de la porte d'entrée et m'a tiré avec elle à l'intérieur.

— Ma canne, ai-je protesté en me laissant faire mollement.

— T'en auras pas besoin.

Elle a refermé derrière nous et a tiré le verrou avec empressement, comme si elle avait peur que sa mégère de voisine ne vienne s'en prendre à nous. Peut-être souhaitait-elle se donner un temps de réponse, au cas où Beaudry rentrerait plus tôt que prévu.

Pendant qu'elle reprenait son souffle en souriant, j'ai ouvert la bouche pour parler, mais elle m'a fait signe de me taire. Elle écoutait. Rien.

— T'en as si peur que ça ?

— Je veux juste pas qu'elle vienne ruiner notre soirée.

J'ai pris son menton entre mes doigts. Mignonne a plongé ses yeux dans les miens. Dans le noir, il y avait une minute à peine, je me retenais pour ne pas la renverser dans les marches, pour ne pas plonger, là, tout de suite. Dans le noir, on était encore Mignonne et Gène. Dans le noir, j'avais dix doigts, je marchais à moitié drette. Dans le noir, les fantômes reprenaient vie. Mais il faisait cruellement clair, dans son appartement.

J'ai embrassé son front puis lui ai demandé si elle avait quelque chose à boire. Pendant qu'elle s'affairait, j'ai fait le tour de la pièce. C'était Mignonne partout. Le mobilier, la décoration, les instruments de musique. Des numéros de *La Revue moderne* et de *La Canadienne*, éparpillés aux quatre coins de la pièce. Même le bordel ambiant, l'épous-setage qu'on avait omis de faire depuis un mois ou deux. Tout ça, c'était elle. Le problème, c'est qu'il y avait aussi un peu de lui. En particulier dans ce lit défait, tout au fond de l'appartement. J'ai arrêté mon inspection avant de tomber sur leur photo de mariage et j'ai posé mes fesses sur le banc du piano, bien au centre. Par réflexe, ma main droite cherchait sans cesse le pommeau de ma canne, n'attrapant rien d'autre que de l'air. J'ai serré le poing.

Mignonne est revenue avec un plateau sur lequel il y avait tout le nécessaire pour se concocter des high-balls. En la regardant préparer mon cocktail en silence, j'ai réalisé que ce que j'avais cru avoir semé toutes ces années m'attendait fatalement, juste ici. La peine était plus vive encore que ce fameux jour où elle m'avait dit non. J'étais déchiré entre l'envie de reprendre mon argent et de courir, et celle de rester, au risque de recommencer à y croire.

En me tendant mon verre, Mignonne a murmuré :

— J'espère que c'est parce que t'as l'intention de jouer quelque chose que tu t'es assis au piano.

— Pis ta folle, en bas ?

— Si ta canne l'a pas réveillée en déboulant les marches, c'est qu'elle s'est endormie, assommée par son gros gin. Tu pourrais jouer du ragtime, cher, qu'elle s'en rendrait même pas compte.

— Ouin, ai-je répondu en levant mes deux paluches amputées dans les airs. On repassera pour le ragtime.

Ça ne l'a pas impressionnée. Elle s'est installée sur le divan, s'étendant de tout son long. Elle avait troqué sa robe contre un peignoir du même crème et, autour de son cou, des perles. Rien d'autre. Visiblement, Mignonne attendait quelque chose de moi. J'ai donc posé mon chapeau sur la table qui nous séparait, j'ai bu les trois quarts de mon verre d'une seule gorgée et j'ai placé mes mains sur les touches. Dans mon oreille gauche, j'entendais déjà Jelly Roll Morton se foutre de ma gueule. *Qu'est-ce que tu penses que tu vas faire avec ces pattes-là, blanc-bec?* L'alcool aidant, j'ai envoyé chier l'inventeur du jazz, et je me suis mis à jouer.

J'ai improvisé un temps, enchaîné les airs, tantôt graves, tantôt mélancoliques. Plus ç'allait, plus ça coulait. Je n'étais pas un virtuose, ne serais plus jamais le musicien de jadis, mais ça ne me faisait pas un pli sur la différence. Je me suis retourné vers Mignonne. Elle avait réussi à se tailler une petite place sur le banc. Peut-être par pudeur, elle tournait le dos au piano.

J'ai fait une pause, fini mon verre, puis je me suis mis à chanter :

— *Love... oh love, oh careless love...*

Mignonne a émis un léger ricanement, appuyé par un coup de coude, tout aussi doux, dans mes côtes. Ma voix aussi avait changé : écorchée par des années de fumée et d'alcool. Tout ce qu'il en restait, c'était un filet rauque. Et pourtant, c'était la première fois qu'elle sonnait aussi vraie.

— *In your clutches of desire, you made me break a many true vow...*, ai-je continué. *Then you set my very soul on fire.*

Elle a posé sa tête sur mon épaule.

— J'aime ça quand tu chantes, a-t-elle murmuré.

— Belle fille...

Je me suis levé pour me resservir. Ce faisant, je me suis enfargé dans les fleurs du tapis et me suis retrouvé par terre. Mignonne, malgré mes objections, s'est penchée sur moi. Elle m'a tendu la main pour m'aider à me relever. Je l'ai tirée vers le bas. Sans résistance, elle s'est laissée tomber dans mes bras.

J'ai arraché le peignoir de sur son dos et, ce faisant, j'ai brisé le collier, libérant des dizaines et des dizaines de perles qui roulaient dans toutes les directions.

◆ ◆ ◆

On a donné des coups de pied au soleil, comme jadis. Tant et aussi longtemps qu'on gardait les yeux ouverts, demain n'existait pas. Bien sûr, ça n'allait pas durer. Bientôt, j'allais devoir partir. Beaudry rentrerait chez lui, s'assoupirait dans nos ébats. C'était une vengeance qui en valait une autre. Mignonne n'avait pas passé de commentaire sur mes cicatrices, sur ma maigreur. Peut-être préférait-elle faire comme si on était intacts, le temps que durerait l'illusion. On aurait tout le loisir de se casser en morceaux une fois la nuit finie.

On a parlé de plein de choses sans vraiment arriver à se les expliquer. De pourquoi je n'avais pas écrit, pourquoi elle n'avait pas dit oui. Elle m'a aussi demandé pourquoi je n'étais pas revenu avec les autres. Elle a prétendu m'avoir attendu une mèche, jusqu'à ne plus savoir. J'ai affirmé que, de toute façon, le gars qu'elle avait espéré était mort quelque part sur le champ de bataille. Et elle a voulu que je lui raconte.

J'ai tenté de lui faire voir la peur. Celle qui vous bouffait le ventre, comme un rat coincé dans vos tripes. Celle qui vous gardait en vie durant ces longues nuits à attendre quelque chose d'indéfini. La fin, peut-être? La peur qui vous gueulait dans les oreilles à grands coups de fusil, à coups d'obus, à coups de silence. La peur dans les lamentations de votre frère d'armes estropié et que la gangrène était en train de bouffer tout entier. La peur de dormir. La peur de se réveiller mort. La peur de se réveiller tout court.

À l'hôpital militaire, la peur, tous les jours, d'être ramené au front, même si malade, même si blessé; qu'on vous force à aller vous enterrer vivant, avec la vermine.

Puis, il y avait eu l'armistice, le cessez-le-feu, et avec ça, la peur de revenir. La peur de ne plus comprendre le monde, et la conviction de ne plus en faire partie.

Ça l'a satisfaite à moitié. J'aurais pu extrapoler. Lui raconter les semaines sans se déchausser, les deux semelles dans cette terre qui ne séchait jamais, gorgée d'eau et de sang. Les vêtements qui se soudaient à votre peau. Les poux qui vous dévoraient. Les odeurs. Seigneur! ces odeurs… L'eau devenue impropre à la consommation, à cause de tous ces cadavres en putréfaction que personne ne ramassait. Les chevaux qui, sous ces selles qu'on ne leur enlevait plus, n'étaient que plaies purulentes.

J'aurais pu lui raconter qu'à Passchendaele, j'avais entendu des amis crever. Noyés dans de l'eau de pluie, coincés dans des trous d'obus. Ces mêmes amis du

Famous 22nd qui, quelques jours avant, me décrivaient leur petite femme : leur raison d'être. Ils en avaient tous une, au front. C'en prenait une pour se rattacher au monde des vivants. Une bonne Canayenne qui n'avait pas boudé devant la promesse d'une rente de guerre. Ou une Française rencontrée pendant une permission. Une pas trop regardante qui avait dit oui tout de suite : les hommes se faisaient rares, et c'était maintenant ou jamais.

Moi, on m'avait dit non.

La lumière entrait par les fenêtres, et les rayons qui se glissaient à l'intérieur faisaient briller des tourbillons de poussière qui dansaient devant nos yeux, posant un filtre d'irréel sur une situation qui l'était tout autant. C'était l'heure.

Assis sur le bord du lit, j'ai ramassé mes vêtements. Un peu de sang avait taché le dos de ma chemise, à laquelle il manquait trois boutons.

— Oups…, a murmuré Mignonne en se lovant contre moi.

De sa langue, elle a lavé les plaies qu'elle m'avait infligées avec ses griffes ; j'ai grimacé en me libérant. Elle s'est affalée sur les couvertures, avec une moue d'enfant gâtée.

— Pars pas.

J'ai gloussé. Franchement…

— Quoi ? a-t-elle riposté, insultée.

— Vous êtes mariée, madame Beaudry.

Mignonne a haussé les épaules.

— Pis ? Toi aussi.

La boutonnière de mon pantalon aussi était déchirée. Heureusement, avec la ceinture, on ne s'en rendait pas vraiment compte. Mes beaux habits neufs…

— Reste un peu, a-t-elle supplié encore en étirant son corps dans le lit en désordre.

J'ai récupéré ma veste et me suis assis à ses côtés, vidé. Délicatement, j'ai posé mes lèvres sur son ventre une dernière fois avant de dire, tout bas :

— Qu'est-ce que ça t'aurait coûté, aussi, de dire oui ? T'aurais eu tes vingt piasses tous les mois, pis les chances que je revienne en vie étaient minces. Tu courais pas grand risque.

Elle a souri tristement.

— Ben tu vois, t'es pas mort.

— Encore drôle.

Je me suis redressé pour enfiler mon veston. Dehors, les cloches annonçaient le début de la messe de huit heures.

— Ça me fait penser..., ai-je dit en fouillant dans la poche de ma veste.

La bague était toujours là. Tout comme ce sachet d'héroïne, dont je devais à tout prix me départir.

— Tiens, ai-je fait en lui tendant la bague. C'est à toi.

Elle a secoué la tête en fermant les yeux.

— Garde-la. Au forçail, tu la donneras à ta Chine-toque. Ou bedon à ta pute.

— Franchement, Lillian ! T'sais ben que je pourrai jamais donner ça à personne d'autre.

— Ben, ça te fera un souvenir de moi d'abord.

— C'est ben la dernière affaire dont j'ai besoin, ça..., ai-je raillé.

Elle a rouvert les yeux. Triste. Fâchée. J'ai tenté de me reprendre :

— C'est à toi. Si tu m'la laisses, elle va finir au pawnshop des frères Mendelsohn.

Elle a pris la bague en vitesse puis s'est levée. En s'éloignant, elle a attrapé son peignoir, qui était resté là où il était tombé la veille.

— J'te garantis pas que j'vas la garder, a-t-elle lancé sèchement tout en se couvrant. Moi non plus, j'ai pas besoin de traîner des souvenirs inutiles.

— Comme tu veux, Mignonne. Fais donc comme tu veux, viarge !

J'ai remis mes souliers et me suis allumé une cigarette. Pendant ce temps-là, Mignonne tentait de mettre de l'ordre dans l'appartement. Mine de rien, on avait réussi à foutre tout un bordel. J'ai saisi nos deux verres vides. De cette démarche incertaine qui m'était propre, je me suis avancé vers elle. En furie, elle s'est tournée vers moi et m'a arraché la vaisselle des mains en lâchant, irritée :

— Non mais, regarde-toi : tu vas faire plus de dégâts que d'autre chose. Laisse faire.

Elle a laissé les verres tomber avec fracas sur la table, et ils se sont cassés, tous les deux.

— Qu'est-ce que je disais…, a-t-elle soufflé, la voix mouillée. Va-t'en, s'il te plaît.

Avoir le cœur à moitié à la bonne place, je l'aurais prise dans mes bras et je l'aurais consolée. Elle pensait être en colère, mais on le savait bien, elle et moi, que ce n'était rien d'autre que de la tristesse. À la place, je me suis entendu dire :

— Je peux-tu ravoir mon argent, au moins ?

Elle a levé sur moi un regard assassin.

— Ben oui, ton argent. C'est pour ça que t'es venu, dans le fond.

— Hé, c'est quoi le problème ?

Je lui ai pris l'enveloppe des mains avant qu'elle me la tende et l'ai placée en sûreté, avec la drogue. J'avais chaud. J'avais froid. J'avais de plus en plus envie de sortir d'ici.

— *Pars pas, va-t'en*, ai-je chigné. *Baise-moi, touche-moi pas.* Ostie, ça change d'idée toutes les deux minutes, pis après ça veut avoir le droit de vote.

— Va chier.

— C'était ben l'fun, comme soirée, Lillian. T'embrasseras ton beau merle de ma part.

Elle a sorti la bague de la poche de son peignoir et me l'a lancée. L'alliance m'a frappé à la tempe avant de rouler sur la moquette.

— Tiens, j'ai changé d'idée. Va la vendre, va la donner, va la perdre. Pis va donc te perdre en même temps !

J'ai récupéré la bague d'une main moite et tremblante. Il n'y avait plus rien de doux ici, plus rien qui pouvait me distraire de la douleur et de l'envie. J'ai jeté un dernier regard sur Mignonne, qui se tenait au milieu du salon, les deux pieds entourés des perles de son collier. Des larmes coulaient sur son visage empourpré. Je suis sorti en claquant la porte. Derrière moi, un grand vacarme : sans doute le plateau qui venait de faire un vol plané, frappant exactement là où je me trouvais quelques secondes auparavant.

Il n'y avait pas à dire, Mignonne et moi, on n'était pas doués pour les au revoir.

Ma fidèle ne m'attendait pas au bas des marches. J'ai juré en frappant le mur de mon poing ; des larmes de colère emplissaient mes paupières. La porte de l'appartement du rez-de-chaussée, celui de la propriétaire, s'est alors entrouverte. Un visage vieux, laid à faire décoller la tapisserie, au centre duquel deux yeux rouges osaient me juger.

— Y… Y'avait quelque chose à moi, ici, ai-je dit en tentant de garder mon calme.

— J'appelle la police.

J'ai éclaté de rire. Vieille vache. Je n'étais pas d'humeur.

— Donne-moi ma canne.

Elle a tenté de fermer sa porte, mais j'ai glissé mon pied dans l'embrasure.

— Faut-tu que j'aille la chercher moi-même?

Je voyais rouge et j'ai repoussé violemment l'ivrogne, qui s'est affalée sur le sol. Je suis alors entré dans l'appartement. Heureusement, ma canne était tout près. Au passage, j'ai ramassé une bouteille de gin à moitié vide.

16

Je devais retourner auprès de Pei-Shan, mais mon corps hurlait de douleur et ma volonté a flanché au détour d'une ruelle. Charogne de Beaudry avec sa merde d'héroïne! Je n'avais pas la moindre chance contre elle. Je savais trop bien ce que cette drogue faisait à ses disciples, et je n'y touchais pas. Tout, sauf ça. C'était l'entente, avec Pei-Shan, et ça fonctionnait. En temps normal, j'aurais lancé le sachet à bout de bras dans le fleuve – du moins me le faisais-je accroire –, mais cette fois-là, j'accueillais la promesse de fin du monde les bras grands ouverts.

Lorsque je me suis réveillé affalé dans la ruelle, ç'a allait mieux. Même que je n'étais plus en colère. J'arrivais presque à rire de tout ce drame. Mignonne avait bien fait de me dire non. Notre histoire d'amour aurait probablement fini par faire la une de *La Patrie* ou de *La Presse*.

Crime passionnel : « Un ex-policier de Montréal tue sa femme, à force de malheurs et de déceptions. » En me levant, j'ai fait tomber la bouteille de gin, qui a roulé par terre, et le bruit du verre sur le gravier a accompagné un temps le crissement de mes pas incertains.

C'était une belle journée, quoiqu'un peu chaude, mais finalement, même ça, ça ne me faisait plus un pli sur la différence. J'ai marché sur Vitré, un sourire béat de collé au visage, avant d'emprunter la première rue qui descendait jusqu'à De La Gauchetière.

Leurs voix se faufilaient par la porte entrouverte et résonnaient jusqu'en bas. J'ai monté l'escalier bancal menant à ma chambre en priant : pourvu qu'ils n'aient pas fait de mal à Pei-Shan.

— Hé ! Duchamp ! Is that you, chum ?

La grosse tête de Gambino est apparue devant moi. Il a répondu à Tony Frank :

— Yeah, boss, it's your boy. God, Duchamp ! a-t-il commenté à mon intention. On a cherché, mais t'as rien à boire. T'as même pas de chaises. Tu fais dur...

— Ah ! Duchamp, my man, on t'attendait.

Ils étaient tous là : Tony Frank, assis au bout de notre lit comme sur un trône, les jambes écartées et la main sur sa canne, et Gambino et Serafini, bien droits près de la porte. Le maigre contenu des armoires avait été éparpillé sur le comptoir et par terre. Pei-Shan, debout sur ses petits pieds dénudés, était coincée entre les sbires et Sa Majesté. Elle ne portait que ce maudit jupon transparent, et Serafini ne se gênait pas pour la mater. J'ai eu envie de la couvrir avec ma veste, mais je me suis retenu, en pensant au reste d'héroïne et à l'argent qu'il y avait dedans.

Pei-Shan m'a transpercé de ses yeux noirs. Moi, comme un lâche, j'ai détourné la tête.

— Beau chapeau, m'a complimenté le King avant de reprendre son air menaçant. T'es pas venu me voir. Je t'ai fait dire de venir me voir pis t'es pas venu. Me semble que je mérite pas ça.

— J'ai eu un... contretemps, ai-je baragouiné en passant une main hésitante sur mon front gras.

— On m'a dit ça. A pretty contretemps with legs and boobs to die for, ain't that right ?

Il a dit ça en s'étirant un bras pour saisir la menotte de Pei-Shan, qu'il a caressée doucement. Elle s'est raidie.

— Oh, I'm sorry, sweetheart. J'espère qu'elle parle pas anglais. Does she ? I cannot tell. Anyway. L'affaire, Duchamp, c'est que tu travailles pour moi, maintenant...

Pei-Shan fixait le vide droit devant elle, comme morte.

— J'ai jamais dit que je travaillais pour toi.

— Moi, moi j'ai dit ! a hurlé le King en frappant le plancher de sa canne, faisant sursauter tout le monde dans la pièce.

Le fracas de la théière qui s'écrasait sur le sol a fait stopper mon cœur une seconde. Serafini a levé un regard amusé vers moi.

— C'est smatte, ai-je lâché en secouant la tête.

Gambino rigolait, mais le King demeurait sérieux. Il caressait à présent l'intérieur des cuisses dénudées de Pei-Shan avec le pommeau de sa canne. Que j'aie à payer le gros prix pour mes niaiseries, d'accord, mais elle n'avait rien à voir avec ça. Je me dégoûtais comme jamais.

— Qu'est-ce que tu dirais qu'on laisse la dame sortir, hein, Tony ? C'est moi que tu veux.

Il a grimacé.

— But I kinda like her, here with us. On commençait juste à apprendre à s'aimer.

Puis il a tiré sur la main de Pei-Shan, qui a perdu l'équilibre et est tombée à ses côtés sur le lit. Les deux autres ont ri grassement.

— Je peux m'occuper de toi, moi, si jamais t'es tannée de ton bum, a murmuré le King en glissant la canne sous le jupon. Je pourrais te montrer c'est quoi, un homme.

Les yeux de Pei-Shan se sont levés sur moi. Elle ne me suppliait plus, elle me donnait un ordre.

— Qu'est-ce que tu veux, Tony?

— What have you got for me? As-tu trouvé qui c'est qui m'a volé? I want everything.

La veille, j'aurais volontiers vendu Beaudry, même sans preuve tangible. Mais je n'étais plus convaincu que c'était une si bonne idée. Parce que vendre Beaudry, c'était risquer que Tony Frank et sa bande s'en prennent à Mignonne. Son image s'est alors imposée à mon esprit. Elle me manquait déjà, et j'ai été pris par l'envie soudaine de courir jusque chez elle pour lui demander pardon. Peut-être qu'on pourrait se sauver, tous les deux. C'était peut-être ça que j'aurais dû lui dire, ce matin-là, au lieu de l'engueuler: prépare ta valise, ma belle folle, on s'en va! Au fond, rien ne nous empêchait de mettre les voiles. À cette pensée, un sourire est venu se greffer sur mes lèvres, desquelles un gloussement s'est échappé. Mais qu'est-ce qui se passe entre les deux oreilles de cet abruti, qu'ils devaient se dire.

— Je...

— Veux-tu me dire à quoi tu penses, goddammit?

— J'ai… peut-être une piste.

Je m'enfargeais dans mes idées. Prends ta logique à deux mains, Duchamp! Pense, pour l'amour!

Il y avait somme toute de bonnes chances que Beaudry baigne effectivement dans toute l'affaire. Il était bien connu dans le trou à Harry Davis. Et Harry Davis était le patron de Kid Baker, mon vieux chum de boxe. Baker, que j'avais eu la chance de recroiser au Northeastern Lunch. Où j'avais rencontré Ruth. Et les Amerloques, et les catins et…

— Y'avait un débardeur! Au Northeastern… Un gars du port… Je suis sûr qu'il a quelque chose à voir…

— Son nom!

J'ai fermé les yeux pour mieux me replacer en contexte, me souvenir… Le gars se vantait de faire de l'argent comme de l'eau, et Kid lui avait gueulé de se la fermer. Le gars qui s'appelait…

— Duchamp! a-t-il crié avant de se retourner vers son molosse : I think he's sleeping.

— Gus. Gussie! ai-je enfin dit en rouvrant les yeux.

— And what about him?

— Je… Je vais aller lui parler. Je vais faire ça… aujourd'hui, tiens. Je vais faire ça pour toi, Tony. C'est-tu correct, ça?

Silence. Le King a passé sa langue sur ses dents, lissé sa moustache. Il a ensuite remonté une bretelle qui était tombée sur l'épaule de Pei-Shan.

— It was a real pleasure to meet you, Madame Butterfly, a-t-il murmuré en lui baisant la main. Si t'es tannée de ta coquerelle, tu viendras me voir. *Ciao, bella.*

Avant de partir, Tony Frank m'a fait promettre de venir lui rendre des comptes tous les soirs, au Savoy. Avais-je le choix?

Je suis resté debout devant la porte que j'avais fermée, que j'aurais barricadée si j'en avais eu la force. Pei-Shan s'est relevée et, comme si de rien n'était, elle s'est mise à ramasser la porcelaine cassée.

— On a pas de balai ?

Je me suis raclé la gorge. Il y avait un goût terrible dans ma bouche. Pei-Shan a secoué la tête sans me regarder.

— 'Tention pas te couper, là.

Et je me suis laissé choir sur les coussins. Amorti, vanné, j'ai placé ma veste sous ma tête. J'ai ensuite retiré mon faux col, puis ma chemise afin de mesurer l'étendue des dégâts. Pei-Shan a brisé le silence :

— T'étais avec la fille de la bague ?

Elle avait fini de ranger. Ce n'était pas propre pour autant, mais ça donnait quasiment l'impression que les Italiens n'étaient jamais venus. Il nous faudrait seulement voler une nouvelle théière à la fumerie pour remplacer l'ancienne. J'ai acquiescé : à quoi bon mentir ? Elle avait trouvé la bague dans mon tabac, l'autre jour, et savait pertinemment que j'avais eu une vie avant elle.

— Je lave ta chemise ?

— Tu serais ben fine, Shan.

Elle a récupéré la chemise d'entre mes mains, et je me suis rapidement saisi de son jupon au passage, en disant :

— J'te mérite pas.

— Donne-moi ton pantalon aussi.

J'ai obéi en la laissant s'enfuir. Ce n'était pas notre genre, les démonstrations d'affection, et je me suis tout à coup senti gêné.

— Faudrait aussi arranger la boutonnière. Le veston... Le veston est correct. Touches-y pas.

Je me tenais nu devant elle, et lorsqu'elle s'est relevée avec mes vêtements dans les bras, je suis passé à deux doigts de la serrer contre moi. Heureusement, je me suis ressaisi à temps ; j'avais déjà l'air assez louche.

— Ta jambe ? s'est-elle informée.

C'était peut-être moi qui étais paranoïaque, mais j'ai cru déceler des notes de sarcasme dans sa voix claire.

— Ça... Ça élance sans bon sens, tu comprends ben...

Mon Dieu que je me sentais sale ! J'ai levé un regard fuyant vers elle et, sans me porter plus d'attention qu'il fallait, elle a répliqué :

— Je peux pas te faire d'infusion. Blâme tes amis. Le reste t'attend dans la commode. Depuis hier.

Il y avait en effet mon tabac et ma réserve de dross. En plus du ravitaillement, une note. *Détective, on se rejouin au Capitol. 7 h le soir.* Pas signée. Pas besoin. J'ai fripé le bout de papier et l'ai laissé tomber par terre avant de m'étendre sur le lit. Ma tête n'avait pas encore touché les draps que déjà mon corps fatigué, secoué de spasmes, accueillait le sommeil. J'allais m'endormir quand j'ai entendu la porte d'entrée grincer.

— Shan... Fais-moi plaisir : t'ouvres la porte à personne, quand j'suis pas là.

17

Les débardeurs ont tous pointé dans la même direction : celui qu'on surnommait Gussie, ou plus simplement « le gros », était assurément à la Taverne de la Commune. Il y était en effet, seul à une grande table ronde, une bière à moitié pleine devant lui, entourée de quelques cadavres. C'était un triste endroit aux murs nus et jaunis, sans fenêtre, sans bar, sans musique. D'autres employés du port étaient venus s'y noyer aussi, seuls et silencieux. Peut-être respectaient-ils ainsi le sommeil d'un des leurs, qui s'était affalé sur sa table. Mort au combat, il tenait toujours fermement sa bière vide et, sur cette main noire de saleté, une grosse mouche se régalait. Pas de doute, ces bons chrétiens avaient tous séché la messe, préférant communier ici.

Sans hésitation, j'ai posé mes fesses sur la chaise libre à côté de Gussie et j'ai commandé deux Dow. Il m'a regardé d'un drôle d'air mais n'a pas fait son difficile.

— Gussie, c'est ça, hein? lui ai-je dit en levant mon verre à sa santé. On m'a fait comprendre que t'étais l'homme à voir.

Il a englouti la moitié de sa bière en une seule gorgée. Son gros nez rouge et ses joues couvertes de couperose trahissaient une soif indomptable. Vu ma condition, je me suis bien sûr retenu de le juger.

— C'est à quel sujet? m'a lancé le mastodonte, qui me dépassait d'au moins deux têtes et faisait quatre fois mon poids.

Pour entrer dans les bonnes grâces de Gus, une bière ne suffirait pas.

— Si c'est pour des conseils avec les p'tites femmes, m'as t'en donner rien qu'un: mange, bout de viarge!

Il a éclaté d'un rire qui a envahi la pièce, et son public, bien entraîné, l'a imité. La mouche s'est envolée, mais le docker endormi, lui, n'a pas bronché. J'ai souri en faisant signe au patron de nous remettre ça.

— La sécheresse aux States, si ça pouvait durer toute la vie… Pas vrai?

Il m'a dévisagé, méfiant. Il parlait trop, trop souvent, et il le savait. Maudite boisson qui déliait les langues, comme disait sa mère. On finirait par le zigouiller s'il n'apprenait pas à se la fermer… Il a fini sa bière avant de me répondre:

— J'imagine. C'est bon pour le commerce, c'est certain. Toutes ces Sammys-là, ç'a soif, hein? Ça vient boire che nous. Mais pour moé, ça change pas grand-chose. À part qu'ils nous piquent nos filles. Mais même ça, m'en affranchis pas trop mal, a-t-il lancé en bombant le torse et en rotant bruyamment.

J'ai approuvé en vidant mon verre.

— Sans compter que ça fait du trafic dans le port, ai-je renchéri.

Il a soulevé sa bière vide avant de la repousser violemment. Le verre s'est brisé sur le sol. Le tavernier, qui devait être habitué aux manières rustres de ses réguliers, n'a pas sourcillé. Le message était clair : si je voulais continuer à discuter avec Gussie, j'avais tout intérêt à lui garder le gorgoton humide.

— Qu'est-ce que c'est, ton racket ?

J'ai sorti ma tabatière en affichant un air malin.

— Bah, t'sais ben, ai-je lancé en plaçant le tabac dans le papier, un peu de toute, comme tout le monde. Disons que j'ai un ami pas chanceux qui vit dans un pays assoiffé qui connaît un gars, qui connaît un gars... Au fond, je demande rien que ma part du gâteau.

Il a émis une sorte de grognement sourd. J'ai continué :

— Tu vois, dernièrement, mon bon ami à moi, il m'a parlé d'un sideline un brin plus lucratif. L'affaire, c'est que j'aurais besoin d'un gars de confiance sur le dock. Un gars qui serait pas contre l'idée de se faire une couple de piasses sur la slide...

Il a gloussé.

— Tu veux que je me ferme les yeux.

— J'te vois plus comme un partner. Sans toi, j'ai un problème. Pis avec moi, ben... tu pourrais payer de la booze ben plus fancy que ça à tes créatures.

Gussie s'est raclé la gorge ; j'ai commandé une autre tournée. J'étais deux bières en retard sur lui. Il m'a toisé méchamment quelques secondes puis a ouvert la bouche.

— C'est ben beau, tes histoires, mais ça me dit quand même pas c'est quoi ta gimmick.

Comme il avait l'air de se désintéresser de moi, je me suis empressé de dire, à mi-voix :

— Héroïne. Mon ami a une plogue. Il vide sa cargaison d'héroïne, je lui remplis son bateau d'alcool. Ça peut marcher.

Il a semblé presque amusé par mon histoire. Ça sonnait amateur, c'est vrai. Mais c'était en quelque sorte le but. Gussie s'est affaissé confortablement dans sa chaise, et je lui ai donné une de mes bières, question de tenir le tavernier à distance.

— Rien de trop gros, là, ai-je ajouté.

— Combien ?

J'ai haussé les épaules en écrasant ma cigarette.

— Ben franchement, ai-je soupiré, je mentirais si je te disais que je m'y connais. Une couple de kilos ? Fait quelques fois qu'on se rend des services, moi pis mon chum, mais on a toujours gardé ça... liquide. De l'alcool, that's it. Mais ça, l'héroïne, ç'a l'air que y'a ben de l'argent à se faire avec ça. Facile, rapide. Hein ?

— Saurais pas dire, a grommelé Gussie.

J'avais intérêt à l'accrocher avant qu'il se tanne. J'ai sorti un billet de vingt, qu'il a glissé mine de rien dans son pardessus.

— Y'en a deux autres comme ça pour toi si tout se passe bien.

Sans me regarder, le débardeur a formulé le plan : notre bateau allait être là à deux heures du matin. Gussie nous attendrait au quai Victoria, de l'autre côté de la tour de l'Horloge. Pas avant, pas après, pas ailleurs. Il s'est alors levé en m'ordonnant de commander une autre tournée, et il est sorti de la taverne. Je l'ai attendu. Il s'était sûrement accroché les pieds devant un téléphone, ce qui voulait dire que, jusqu'ici, mon plan fonctionnait.

Dès son retour, il m'a lancé :

— Connais même pas ton nom, partner !

— Martin. Éphrem Martin, ai-je lancé sans trop y réfléchir.

Il a fait la moue : ça ne lui disait rien. Ce qui ne l'a tout de même pas empêché de me serrer la main.

— Dis-moi donc ça, mon Éphrem : qui c'est qui t'a parlé de moé, au juste ?

J'ai souri en levant ma bière.

— Comment qu'a s'appelait, déjà ? Lucille, Lucie… Florence ? Ah ! pis, c'était p't-être ben les trois !

Il a ri, et nos deux verres se sont fait l'accolade.

◆ ◆ ◆

Contrairement à ce que le placier m'avait laissé entendre, je n'avais pas une place de choix dans la rangée T du théâtre Capitol. Les quelques spectateurs s'étaient tous centrés devant l'écran, contrairement à moi, beaucoup trop à gauche, beaucoup trop éloigné. Ainsi placé en retrait, j'avais l'impression de regarder un film mettant en scène des gens regardant eux-mêmes un film. Je me suis d'ailleurs retourné à quelques reprises, afin de m'assurer que je n'étais pas moi-même la vedette d'un quelconque métrage. J'y étais allé fort sur le dross…

Comme tous les dimanches, il était interdit au promoteur de salle de vendre des billets de cinéma. Cette loi, tout aussi ridicule que les hommes qui l'avaient adoptée, n'interdisait cependant pas la projection du film. Ni la vente de bonbons. À l'achat de quarante-cinq cents de friandises, il était donc possible d'assister gratuitement à la projection.

La rue Sainte-Catherine grouillait, malgré les mises en garde du clergé contre la nature hautement corruptrice des plaisirs faciles. Non au cinéma : un divertissement du diable qui pervertit les mœurs ! Non à ces danses lascives : une contagion mortelle que l'infidèle met en honneur ! Non à ces modes indécentes : une femme devrait toujours s'afficher vertueuse et humble ! Non à ces clubs sociaux neutres, qui accueillent en leur antre de perdition le Blanc comme le Nègre : si la bonne entente entre les éléments d'une populace est désirable, le côtoiement de croyances diverses peut aussi dégénérer en relativisme religieux. Et bien sûr, non aux boissons enivrantes et aux drogues, qui constituent le pire fléau d'entre tous, fondations mêmes du palais des enfers ! Surtout le dimanche, jour saint.

N'en déplaise aux dévots, je n'étais certainement pas le seul que l'Église avait perdu en chemin : Montréal était une vraie honte pour le reste de la province, nettement plus chrétien. Malgré les avertissements servis à outrance par les hommes de foi, en ce beau dimanche soir, les Montréalais couraient le vice par troupeaux et les jolies jeunes filles, même de bonne famille, s'exhibaient fièrement aux bras de ces pécheurs. Les menaces de purgatoire ne semblaient plus faire effet sur le rat des villes. La vie, c'était maintenant, et l'enfer, on avait déjà les deux pieds dedans.

On avait posé une main sur mon bras, et je m'étais retourné pour découvrir non pas Marcelle, qui m'avait laissé la note me donnant rendez-vous ici, mais bien le jeune marchand de bonbons faisant office de guichetier. Il m'avait tendu un petit sac de sucreries en me disant tout bas, d'un ton nerveux :

— C'est... C'est le sac que vous m'avez demandé, m'sieur.

J'avais donc pris le paquet brun en fouillant dans ma poche, pour le payer, mais il avait secoué la tête.

— C'est réglé, m'sieur. Mais faudrait vous dépêcher, le film est déjà commencé.

— Mon rendez-vous se laisse désirer...

Sans m'entendre, il m'avait tiré par le bras pour m'entraîner dans la salle.

— Il faut vous installer dans la rangée T, au vingt-cinquième siège. C'est là qu'on voit le mieux.

Sans trop comprendre, j'avais lorgné la rue, espérant que Marcelle tournerait le coin de Mansfield et m'expliquerait tout, mais le garçon m'avait pressé de nouveau. Je m'étais finalement laissé guider dans l'obscurité de la salle du Capitol, où John Barrymore était la vedette de *The Lotus Eater*.

Le paquet contenait en effet des bonbons, mais aucune note, pas d'attrape. J'ai mangé les sucreries en me laissant entraîner, à l'instar de Barrymore sur cette île étrange du Pacifique où les gens s'habillaient en suivant la dernière mode : celle de la Grèce antique. Si les censeurs avaient fait moins de zèle et accepté que la demoiselle porte une robe aussi courte que son compagnon de jeu, la salle aurait probablement été comble. J'en étais à admirer les costumes quand une voix derrière moi m'a fait sursauter. Féminine, grave, s'exprimant dans un bon français avec un fort accent. Même si la précaution était franchement inutile, me pliant à ses commandes, je ne me suis pas reviré.

Marcelle avait réussi à convaincre Maimie Prinzer, qui n'avait visiblement pas encore quitté la ville, de me parler. La tâche n'avait pas dû être aisée, parce que la vieille ne conservait pas un bon souvenir de l'officier Duchamp. Vraiment, Marcelle possédait un pouvoir de persuasion à toute épreuve.

— Quelque chose vous fait rire? m'a demandé une Maimie qui n'avait pas l'intention de perdre son temps.

— C'est beaucoup de protection pour pas grand-chose, tu trouves pas? Le cinéma, les bonbons…

— Vous vous trompez. Elle a sans doute déjà commandé qu'on vous suive.

J'ai ouvert la bouche pour demander des éclaircissements, mais je me suis alors souvenu d'un blanc-bec que j'avais vu flâner sur le trottoir, en face du cinéma. Comme il n'avait pas la tronche d'un soldat du King, je m'étais dit qu'il devait tout bonnement lui aussi attendre une femme : n'était-ce pas notre lot à tous ?

— Vous mettez votre nez dans une grosse affaire, officier. Je sais pas si vous le réalisez.

Moi, tout ce que je voulais, c'était retrouver le bébé de Jeanne; à tout le moins savoir ce qu'il était devenu. Rien que ça. Tout le reste, sa «grosse affaire», je m'en fichais comme de l'an quarante.

— T'es ici, fait que j'imagine que Marcelle t'a parlé du bébé de sa collègue…

Elle ne m'a pas laissé finir.

— Vous savez, officier, il y en a plusieurs autres. Dans tous les quartiers défavorisés de la cité : c'est là qu'elle attaque.

Hé, elle était intense, la Maimie; toutes les raisons pour lesquelles on prenait plaisir à la harceler me revenaient. Toujours les grands élans, les grands combats, les grands discours...

— Elle attaque ? Mais de qui tu parles, pour l'amour ?

— La Louve.

— Seigneur, veux-tu rire de moi ?

J'ai tenté d'étouffer un gloussement, mais Maimie s'est tout de même rebiffée :

— I knew it was a bad idea.

Elle s'apprêtait déjà à partir quand je lui ai saisi le bras de justesse. Elle s'est libérée de ma prise d'un mouvement sec. Posé sur moi, son œil unique contenait assez de poignards pour achever un escadron au complet. J'ai levé les deux mains dans les airs en promettant :

— Je dis plus rien.

Maimie a serré les lèvres et fait un tour d'horizon. Évidemment, personne ne nous prêtait attention. Elle m'a malgré tout fait signe de me retourner vers l'écran, et j'ai obtempéré sans protester.

Une prostituée était d'abord venue la trouver, sous prétexte qu'on lui avait enlevé son enfant. La fillette, endormie, pas un an, était demeurée seule dans sa chambre pendant une intervention de la police au bordel. Retenue en bas avec tous les clients qu'on avait surpris les culottes baissées, elle avait sagement répondu aux questions des agents. La routine. Une fois libérée, la prostituée avait regagné sa chambre, mais : surprise ! la gamine n'y était plus.

Qui avait eu la chance de monter à l'étage durant la descente ? Personne, mis à part quelques policiers qui s'assuraient qu'aucune fille ne tentait de se soustraire au contrôle. Si elle avait vu les agents redescendre avec son enfant ? Bien sûr que non.

Aller voir les autorités lui apparaissait comme une perte de temps, mais puisqu'elle n'avait rien d'autre à perdre, elle s'était rendue au poste de quartier, où on l'avait traitée plus que durement. Si on se fiait à leurs dires, la catin avait le culot d'accuser les forces de l'ordre. Mais quelle sorte de mère laissait son enfant seul dans une maison de passe mal famée? Maimie m'a raconté comment ils avaient cuisiné et insulté la fille de joie jusqu'à ce qu'elle s'écroule, complètement brisée, et reparte bredouille. Qu'elle retourne faire ce pour quoi elle était bonne – s'ouvrir les jambes – et qu'elle oublie ses fantasmes de vie de famille. Au fond, elle était bien mieux sans le nourrisson, et personne ne se donnerait la peine de pleurer sur son tragique destin. Pendant que Maimie parlait, j'entendais aussi les voix de mes anciens collègues du nº 4, jusqu'au rire gras du beau Beaudry, qui couvraient le son du piano.

Puis il y avait eu Deirdre. Immigrante irlandaise, Deirdre n'était pas une fille de la nuit, mais une femme d'ouvrier que le bon Dieu avait bénie d'une douzaine de bouches à nourrir. Les deux derniers étaient encore aux couches, alors que la plus vieille travaillait dans une usine de cigarettes pour aider la famille à joindre les deux bouts. Depuis son retour de la guerre, le père buvait. Il jouait aussi pas mal et perdait emploi après emploi. Triste? Sans doute. Étonnant? Pas vraiment. La misère était le lot de plusieurs, et même la bonne Maimie n'avait d'abord pas su quoi répondre à Deirdre. Puis l'Irlandaise s'était confiée: deux de ses plus jeunes avaient disparu. Alors qu'ils jouaient dehors, devant la maison de Victoriatown, une voiture s'était arrêtée. La femme qui en était descendue avait pris ses deux bébés. Une voisine avait tout vu, la même voisine qui avait d'ailleurs tenté de l'arrêter, mais la voleuse, sans broncher, avait répondu qu'elle était dans son droit, que c'était son métier : elle agissait dans le bien de ces enfants, qui souffraient visiblement de négligence.

Sans surprise, mes anciens collègues n'avaient pas été tellement plus courtois avec Deirdre, et le père, qui collectionnait les démêlés avec la justice, avait préféré s'ouvrir une bière et ne pas faire de vagues. Désespérée, la mère avait trouvé son réconfort auprès des femmes de son quartier. C'est l'une d'entre elles qui lui avait parlé de Maimie Prinzer et de son engagement auprès des miséreuses.

Il y en avait une dizaine d'autres, de ces histoires qui se ressemblaient toutes : disparition, enlèvement, mort subite et mystérieuse. Filles-mères, veuves, ouvrières et, bien sûr, prostituées. Leurs enfants leur avaient été subtilisés et elles étaient seules au monde. Non seulement la loi ne pouvait rien pour elles, mais il devenait de plus en plus évident qu'on tentait de couvrir l'affaire. Le silence régnait sur ce crime qui, aux dires des policiers, n'en était pas un.

La vérité, c'était qu'en se faisant arracher leurs enfants, ces mères s'étaient fait arracher une partie d'elles-mêmes : la bonne. Celle qui leur permettait de se lever le matin, malgré la dureté du monde. Celle qui contenait encore un espoir, un avenir. On leur commandait d'oublier leurs bébés de la même manière qu'on fait une croix sur une histoire d'amour. Mais le corps qui a porté la vie est criblé de cicatrices et se souvient, toujours. Il y a des vides qui ne peuvent pas être comblés.

Est-ce que l'officier Duchamp était en mesure de comprendre ce genre de choses ? Probablement pas.

— Tu penses quand même pas que la police…, ai-je commencé.

— Est impliquée ? Pauvre officier Duchamp ! Des médecins, des juges. Même des infirmières, des religieuses…

Le souvenir du bourbon s'est imposé sur ma langue : Haywood. J'ai eu une pensée toute particulière pour le Comité des Seize, qui s'efforçait de libérer la ville du mal inhérent qui la rongeait.

— Cette femme, celle qui a pris les enfants de Deirdre ? De Ruth ? De votre cliente ? Eh bien, c'est elle, officier : c'est la Louve.

Après « l'affaire Ruth », comme moi Maimie était allée poser des questions au Memorial. Elle ne devait pas s'y connaître en whisky, parce que le docteur Haywood avait refusé de lui dire quoi que ce soit. Elle allait quitter l'hôpital, suspicieuse, mais bredouille, quand une infirmière lui avait fait signe. « Elle se fait appeler la Louve. C'est elle qui prend tous les bébés. » Maimie avait tenté d'en savoir plus. L'infirmière ne pouvait pas parler, mais avait consenti à la rencontrer le lendemain, en privé. Il fallait s'y attendre, elle n'avait pas honoré le rendez-vous. En éclaireur, l'époux de Prinzer s'était donc rendu à son tour à l'hospice de Cedar Avenue, où on lui avait fait comprendre qu'aucune infirmière ne correspondait à la description qu'il en avait faite.

La Louve enlevait donc les enfants des quartiers défavorisés, et Dieu seul savait combien elle en avait déjà volé. Qui était-elle vraiment ? Maimie l'ignorait. Ce qu'elle savait en revanche, c'est que la Louve était couverte par les ligues de bonnes mœurs et par certains policiers : en fait, l'influence de cette femme semblait ne pas avoir de limites. Une couleuvre beurrée de saint chrême, aurait dit sa mère.

Mais pourquoi s'en prendre aux enfants ?

— Les vendre ? Les offrir en esclavage ? Je sais pas. Comme par hasard, après l'incident du Memorial, les visites de vos collègues sont devenues plus fréquentes. Les menaces aussi. On me suivait partout. Ils ont commencé à arrêter sans raison les prostituées qui étaient vues chez moi. On a vandalisé mon bureau. Mon mari... On a battu mon mari dans une ruelle, a-t-elle ajouté d'une voix chevrotante. J'ai dû fermer la maison, quitter mon appartement. Nous vivons à l'hôtel...

Je crois qu'elle pleurait. J'ai eu envie de lui demander pourquoi elle n'avait pas quitté Montréal, comme tout le monde le croyait. Mais je comprenais déjà pourquoi, parfois, on s'entête à rester à des endroits qui nous font profondément souffrir.

Avant de partir, elle m'a confié qu'elle avait peur.

— Vous aussi, vous devriez avoir peur, officier Duchamp.

Après un contrechoc en terre civilisée, John Barrymore avait, pour sa part, judicieusement décidé de retourner s'établir sur cette île paradisiaque où on bouffait du lotus, en oubliant le passé avec le sourire. Quand je me suis reviré, Maimie avait disparu.

18

Rose portait une robe de soie bleue de coupe sobre, qui s'arrêtait au mollet. Il fallait qu'elle se retourne pour que la somptuosité de sa tenue fasse son effet, en dévoilant un dos fort délicieux et complètement dénudé. Une large boucle, à la naissance des reins, retenait les plis de l'étoffe. Aussitôt, l'envie d'en tirer un pan vous envahissait l'esprit, pour que glisse le tissu par terre, dévoilant enfin ce joli corps en entier.

Elle m'a laissé entrer dans sa chambre. Le chef m'y attendait, confortablement installé sur le divan, un verre à la main. Elle m'a servi à boire et est sortie, en nous laissant, Pierre et moi, en tête à tête. Quelque chose semblait tracasser le gros Bélanger.

— Ciboire, t'as l'air de moins bonne humeur que l'autre soir ! Dis-moi pas que tu viens d'apprendre que tu vas être encore papa ?

Il a grogné en prenant une bouffée de son cigare. Sa fumée empestait déjà la pièce, et j'osais à peine imaginer l'odeur qu'emprisonnait sa moustache.

— Qu'est-ce qui te tracasse, mon Pierre ? ai-je demandé en m'allumant à mon tour de quoi fumer. Du bout des doigts, il a récupéré sur sa langue un brin de tabac, qu'il a essuyé sur son pantalon noir, et a secoué la tête.

— J't'avais dit de te faire discret, clisse !

Il n'était pas fâché, mais abattu. J'ai haussé les épaules.

— Ben franchement, je pensais l'avoir été. Ton nom est pas sorti une fois...

— Pas ça, m'a-t-il coupé. C'est pas ça, le problème.

Je me suis calé dans ma chaise en attendant des explications. Pierre a bu.

— Me suis peut-être mal exprimé l'autre soir, fait que je vais te faire ça clair : que tu lui retrouves son flo ou non, m'en fous. Moi, j'ai besoin qu'on ferme le dossier, un point c'est tout.

Je me suis penché pour écraser mon mégot dans le cendrier. Bélanger a ajouté, à mi-voix :

— Des enfants qui meurent, hein, y'en a tous les jours. Son bébé, là, ben y'a des bonnes chances qu'y fasse partie du lot. Si tout ce que ça te prend pour la convaincre c'est des papiers, je vais t'arranger ça, moi. Vais te recommander un docteur qui va se faire un plaisir de te signer un acte de décès...

— Attends, laisse-moi deviner : pas le docteur Haywood, toujours ? Aurais-tu reçu une visite de courtoisie de sa part, par hasard ?

— Saint-simonaque, Gène! a lancé Bélanger, le menton tremblant. T'arrêtes ça tout suite! On se comprend-tu?

— Ou ben t'as reçu un appel de la Louve?

Bélanger suait presque autant que moi dans mes mauvaises journées. Il s'est levé, impatient, pour aller se resservir à boire. Tout en versant l'alcool, il marmonnait, mais les mots se perdaient entre les poils qui couvraient ses lèvres. Il a bu un verre et s'en est préparé un autre avant de reprendre sa place devant moi.

— C'est de ma faute: j'aurais jamais dû te mettre là-dessus. C'est juste que j'pensais pas... Pensais pas que ç'avait à voir avec...

Il secouait la tête en se mordillant les lèvres. C'était un homme de pouvoir, mais en apparence seulement. Ce soir-là, devant moi, c'était surtout un homme avec les deux mains solidement attachées dans le dos et un gun sur la tempe.

— La dernière chose que j'veux, a-t-il ajouté, c'est que quelqu'un se fasse faire mal. T'arrêtes ça drette là, on se comprend? Tu gardes l'argent, y'en a pas, de problème. Mais arrête de poser des questions un peu partout. Tu fermes ta gueule, Duchamp. T'oublies ça.

Il a rallumé son cigare et a fermé les yeux.

— Pis ton fils, Pierre?

Il a écarquillé les paupières et m'a fixé gravement.

— Si moi je suis capable de mettre une croix dessus, tu dois être capable de faire pareil.

◆ ◆ ◆

L'inquiétude, pareille à la grippe, infectait tout le monde. En regardant le chef Bélanger, l'air tragique, sortir de sa maison de passe, Rose s'est enquise de sa santé. J'ai haussé les épaules en faisant une moue innocente.

— Rien qui te concerne, ma belle.

— Gène...

— Rien, ai-je répété en posant un doigt sur ses lèvres roses.

Elle était tout sauf convaincue. Elle a sommé sa Sylvie de livrer une bouteille de champagne à la demeure du gros Bélanger, avec les compliments de la maison.

— Ouin, t'en prends soin, de ton chef de police.

— Faut ben : la dernière chose dont j'ai besoin, c'est une descente. Avec la loi que les Seize ont passée, si je me retrouve devant le recorder une autre fois, mon bail est annulé. Je vais être obligée de fermer boutique. On s'arrange pour rester dans leurs bonnes grâces.

— J'comprends.

— Pas besoin d'être jaloux, a-t-elle susurré en s'approchant de moi. Je peux m'occuper assez bien de toi avec...

J'ai souri poliment et l'ai embrassée sur le front. Mon manque de passion lui a visiblement déplu.

— Jeanne est dans les parages ?

Elle a secoué la tête.

— Non. Je l'ai pas vue depuis hier. J'imagine qu'est allée se reposer à Ville-Émard : elle a un frère là-bas. Ça va lui faire du bien.

— Pis Marcelle, elle ?

Elle a froncé les sourcils avant de me demander, d'un ton faussement détaché :

— Qu'est-ce qui se passe entre vous deux, au juste ?

J'ai placé la paume de ma main sous son joli menton en riant.

— Bon, bon, bon.

— J'ai à cœur le bien de mes filles, Gène. C'est toute.

— Sûr, ma Rose. Si tu veux tout savoir, ta fille, ben elle a insisté pour me donner un coup de main. Pis étrangement, imagine-toi donc qu'elle s'est avérée utile. Disons que je lui dois des remerciements.

Un nuage a assombri le regard de Rose.

— Pour trouver le bébé?

J'ai acquiescé.

— Mais j'ai l'impression qu'on presse Bélanger d'abréger la patente. Ce qui me donne à croire que je suis sur la bonne piste.

— Qu'est-ce tu vas faire?

L'inquiétude, une maladie d'une redoutable virulence. J'ai replacé une mèche de ses cheveux.

— J'sais pas trop, ma noire. J'aurais aimé ça jaser de tout ça avec la principale intéressée.

La maison était calme: le dimanche, seuls les clients privilégiés avaient accès aux filles, et la plupart d'entre elles étaient en congé. Rose et moi, on se tenait dans l'embrasure de la porte de sa chambre. Il commençait à se faire tard et j'avais dans l'idée de passer chez Mignonne avant d'honorer mon engagement au port.

Rose a posé la tête sur ma poitrine.

— Gène...

— Rose...

— Peux-tu garder mes filles en dehors de tes affaires, s'il te plaît?

J'ai caressé sa joue de mon pouce.

— Tout pour tes beaux yeux.

Elle m'a embrassé; mes lèvres lui ont répondu avec une certaine hésitation. Une professionnelle, la Rose : elle a tout de suite senti que quelque chose clochait, ce qui ne l'a pourtant pas empêchée d'insister.

— Reste donc avec moi, à soir. Y'est tard, là. Pis j'ai pas envie d'être toute seule.

J'ai souri, mais je devais avoir l'air triste. La tristesse : une autre belle affaire qu'on attrape juste en y pensant. J'ai secoué la tête.

— Tu l'as revue, a-t-elle soufflé. T'as revu ta Mignonne.

J'ai ouvert la bouche pour mentir, la réconforter, mais je n'ai rien pu trouver à lui dire.

— Quand tu seras tanné de te faire casser le cœur en miettes, tu sais où c'est que je reste.

Avant de quitter le bordel, je suis passé au salon afin de m'assurer une dernière fois que ni Marcelle ni Jeanne n'étaient de retour. J'y ai trouvé le gamin qui s'ennuyait, seul dans un coin, alors que sa mère fumait en feuilletant une revue de femmes. Beaucoup d'images, très peu de texte. Démaquillée, elle ne portait rien d'autre qu'une robe de chambre en coton beige. Pas de clients qui faisaient la file à la porte : elle pouvait bien laisser dormir ses atours. Je lui ai souri en blaguant :

— Le p'tit s'est chicané avec sa blonde ?

Elle a plissé les yeux avant de replonger le nez dans son magazine.

— Ils l'ont amenée hier matin. La p'tite crisse. Sont partis avec.

Complètement perdu, j'ai dû confesser que je ne la suivais pas.

— Ma fille, c't'affaire. Des policiers qui sont venus la chercher, hier. Y vont la faire passer au tribunal des jeunes délinquants dans' semaine qui vient. Avec ce qu'y'ont sur elle, a devrait se retrouver chez 'sœurs si est chanceuse. Ou en maison de redressement.

Comme je ne trouvais rien de mieux:

— Désolé, ai-je offert.

Elle a posé sur moi un regard moqueur, presque dégoûté.

— Pourquoi? a-t-elle demandé en gloussant comme une dinde.

Elle ne devait pas avoir plus de vingt-cinq ans, mais comme ça, négligée, elle en paraissait quarante. Elle avait un œil plus petit que l'autre, sur lequel un voile blanchâtre s'était étendu. Syphilis, probablement.

— C'est moé qui les a appelés. 'Tite guidoune. Dix ans, peux-tu croire, pis déjà l'feu au cul! C'est pas toute que d'avoir un avenir entre les deux jambes. Avec un peu de chance, les bonnes sœurs vont lui mettre un semblant de plomb dans' tête.

Dans les coins, la tapisserie décollait, dévoilant les lattes de bois pourri et le papier journal qui servait d'isolant. Sur le caille, la peinture craquait et la poignée du foyer au charbon était brisée. Tout ce qui était doré, des moulures aux bibelots, était du toc.

◆ ◆ ◆

— Ton mari est-tu là?

Mignonne a souri. Un mélange de joie, d'incertitude et de restant de colère brillait dans le bleu de son œil.

— Non, mais il pourrait revenir.

Je suis entré sans attendre d'invitation. Mon aplomb lui a plu.

— Pensais que tu voulais pas d'problème avec une femme mariée ?

— Ah ! mais c'est peut-être lui que j'suis venu voir, t'as pas pensé à ça ?

Elle a refermé la porte. Mine de rien, j'étais un gars qui affectionnait sa routine, donc je suis retourné m'installer au piano en prenant soin, cette fois, de bien fermer le pupitre : c'était plus sécuritaire sans musique. Mignonne est restée debout, une main sur la hanche. Elle portait le même peignoir crème, toute belle, toute fraîche malgré l'heure tardive.

— Bon, a-t-elle fini par dire. Est-ce que je t'offre quelque chose à boire, pendant que tu l'attends ?

— Il t'a pas dit où il allait ?

— On parle pas de sa job.

— Pas peur qu'il soit parti rejoindre une autre femme ?

Mignonne a levé les yeux au ciel en battant des cils comme un papillon des ailes. Soit elle trouvait mes allégations loufoques, soit elle se foutait éperdument des amours illicites de son époux. On s'est dévorés du regard, tout en gardant nos distances ; qui allait plonger le premier ? J'avais pris soin de consommer une généreuse quantité de dross, et j'étais dans d'excellentes dispositions.

Elle s'est avancée vers moi, a agrippé une bouteille au passage et l'a portée à sa bouche.

— On va laisser les verres dans l'armoire, à soir, a-t-elle suggéré après avoir avalé le whisky sans sourciller. Ça va faire ça de moins à casser quand tu vas partir.

— Je pourrai pas rester longtemps.

Mignonne s'est mordu la lèvre inférieure avant de s'envoyer une autre lampée de scotch.

— Tu tinques, la belle.

— J'ai quelque chose à fêter, a-t-elle annoncé en m'adressant un clin d'œil.

J'ai eu la certitude que ce qu'elle s'apprêtait à me dire me déplairait. J'ai attrapé la bouteille avant qu'elle ne parle.

— Ben, à la tienne, fille.

J'ai bu. Pendant un moment qui a semblé une éternité, on est demeurés silencieux, en se passant la bouteille. C'est elle, finalement, qui a flanché.

— Si t'as pas l'intention de profiter de moi, va falloir trouver à meubler le silence.

J'ai fait la moue. Aussi bien lui parler de mon enquête.

— Sincèrement, y'a assez peu d'espoir que je retrouve le flo, je me rends compte. J'cré ben que j'vais être obligé d'annoncer ça à la petite demain. D'un bord pis de l'autre, on me presse de lâcher prise, pis je suis pas sûr d'avoir envie de me battre contre le monde entier. Me suis fait suivre en m'en venant, peux-tu croire? Me fais suivre partout, viarge! Pis c'est pas les hommes à Tony Frank, c'te coup-là. Tu te rappelles Maimie Prinzer? Ben elle a la chienne. Le gros Bélanger avec, y'a peur. J'commence à me dire que j'ai pas d'autre choix que de retourner dans mon trou.

Je lui ai alors parlé de la Louve et de ceux qui la couvraient : par ailleurs, son beau était probablement dans le coup. Elle n'a rien démenti.

Au bout d'un moment, Mignonne m'a fait signe de me taire. Quelqu'un devait venir, que je me suis dit et, le cœur bondissant, les poings et les mâchoires serrés, j'ai écouté, convaincu d'entendre les escaliers grincer, de voir la porte d'entrée s'ouvrir. Beaudry ? Peut-être. Ou encore mon suiveur, ce même petit bum que j'avais remarqué au cinéma. Mais rien, rien d'autre que le silence. Mignonne fixait le vide, roide et fière comme le buste de pierre d'une reine d'Égypte ; ce qui se passait dans sa tête était aussi indéchiffrable que des hiéroglyphes. Elle a finalement bu une longue gorgée et s'est relevée. Elle s'est dirigée vers la chambre à coucher, d'où elle est revenue avec un bout de papier qu'elle m'a tendu. Une heure, une date – le lendemain –, une adresse. Je l'ai interrogée du regard.

— Je peux pas avoir d'enfant, a-t-elle lâché avec un air de fin du monde.

— Lillian…

J'ai essayé de lui prendre la main, mais elle m'a esquivé.

— C'est correct, c'est pas grave, Gène, a-t-elle dit en forçant un sourire.

Puis elle a fait mine de rire de moi, comme si ma réaction était démesurée.

— Même que c'est tant mieux. Pour ma carrière…

Ça faisait partie des choses qu'on évitait de se promettre, à l'époque : les enfants. Mais Mignonne aimait se les imaginer. Mon nez, ses yeux. Sa persévérance et mon ostie de caractère.

— Si tu le dis, mon amour.

Elle a fermé les yeux et, quand elle a soulevé les paupières un instant plus tard, ils étaient pleins d'eau.

— Arrête, avec ta pitié, a-t-elle dit en se reprenant. J'en ai pas besoin.

Pour l'aider à se ressaisir, j'ai changé de ton.

— C'est pas de la pitié, fille. Quelque part, j'suis assez soulagé de savoir que Beaudry se reproduira pas.

Mignonne avait une soif d'ogresse, et la bouteille était presque finie. Ça devait être une rôdeuse de nouvelle, qu'elle avait à célébrer.

— Il veut qu'on adopte.

— Ç'a ben du sens, ai-je dit en me massant le front. Pourquoi tu me contes ça, Mignonne ? Je veux pas être bête, mais ton bonheur conjugal m'intéresse pas ben ben...

— Après ce que je suis en train de faire là, pas certaine qu'on pourra parler de bonheur conjugal encore longtemps...

Je n'ai pas répondu. Je ne voulais pas qu'on alimente l'espoir d'un vrai nous deux : on avait passé l'âge de se faire des promesses qu'on ne tiendrait pas. Je la voyais venir : elle ouvrait ses portes toutes grandes, comme si elle était prête à me laisser rentrer. Foutaise. Elle était belle, par exemple, et j'avais le goût de me laisser convaincre.

C'est là qu'elle m'a tout largué : elle m'a expliqué que, même si les orphelinats débordaient, l'adoption plénière sans lien de filiation était une chose extrêmement rare. La loi de Dieu et le nom du père primaient tout raisonnement. À moins que les parents aient signé les documents attestant qu'ils renonçaient à tous leurs droits sur leur progéniture, ce qui était peu fréquent, il était impossible qu'un enfant abandonné soit adopté, sauf par un membre de la famille. Ils avaient ainsi attendu plus de deux ans, pour rien.

Beaudry lui avait alors parlé de cette femme. La Louve.

— Acheter un bébé neuf, un bébé qui porterait notre nom. Un enfant qu'on viendrait pas nous reprendre. Jamais.

Si le montant d'une adoption régulière était habituellement de sept dollars, avec la Louve les futurs parents pouvaient s'attendre à en débourser sept cent cinquante. Et encore, ça, c'était le montant que Beaudry allait devoir payer, mais puisqu'il couvrait l'organisation, on lui faisait probablement un prix d'ami.

J'ai scruté le papier que Mignonne m'avait remis puis l'ai brandi sous son nez.

— On est censés la rencontrer demain pour officialiser l'affaire, m'a confirmé Mignonne. Vas-y, toi.

— Pis ton homme?

— Je m'en occupe. Y te mettra pas de bâtons dans les roues, crains pas.

J'ai pris ses mains dans les miennes. Ils étaient là, à passer des lois anti-alcool, anti-drogue, anti-prostitution, anti-toute, quand c'est une loi anti-Mignonne qu'ils auraient dû inventer.

— Tu réalises ce que t'es en train de faire, là?

Il était tout près de deux heures. Un peu soûl, un peu sentimental, un brin fatigué, je me suis relevé maladroitement. Mignonne a suivi mon mouvement incertain. Je me suis excusé: je devais partir. Elle a haussé les épaules.

— C'est quelque chose que tu fais tellement bien...

S'il y avait des reproches dans sa voix, je ne les ai pas entendus. Je l'ai serrée contre moi et, puisque j'étais déjà damné, je l'ai embrassée doucement. Mes mains, confortablement posées là où finissait son dos, se sont doucement hissées jusqu'à son visage, en prenant bien soin de caresser tout ce qui se trouvait sur leur passage. Mon adorée.

J'ai récupéré ma canne et me suis sauvé. Un oiseau qui s'entête à sortir de la cage qu'on a laissée ouverte, comme s'il était libre. Un oiseau qui se brise les pattes chaque fois, oubliant que de solides chaînes le relient au perchoir.

19

Alors que les vagues se brisaient sur le quai, le vent, insistant, charriait une bruine qui collait à la peau et aux vêtements. La fraîcheur m'apaisait, tout en me permettant de redescendre sur terre. Je me faisais un devoir de rester sobre, du moins le plus possible. Les choses pourraient mal tourner et je risquais d'avoir besoin de mes réflexes.

Quelques lampadaires éclairaient la pier, mais c'était surtout la pleine lune qui illuminait la nuit. Au loin, les étoiles brillaient sur le fleuve qui s'étendait dans l'infini d'une noirceur absolue. Il était largement passé deux heures, l'heure du rendez-vous. Je longeais les hangars en m'efforçant de ne pas alerter Gussie et son monde, qui, selon le plan, devaient m'attendre du côté intérieur du bassin.

Fraîchement érigée, la tour blanche se dressait comme une sentinelle au bout du quai Victoria, en forme de croissant. Les bateaux qui accostaient à l'intérieur de la baie jouissaient ainsi d'une certaine intimité, confinés entre trois corridors de hauts hangars. En plus de celles fluviales et céréalières, l'odeur des matériaux neufs et de la sciure montait au nez, se faisant plus forte une fois dans la tour, dont j'avais crocheté la serrure en espérant ne pas me faire entendre. Naïvement, je m'étais imaginé grimper les cent quatre-vingt-douze marches pour m'installer tout en haut, dans un poste d'observation de choix. Mais il n'y avait pas d'air, dans ce couloir humide, noir comme un tombeau, qui rétrécissait au fil de l'ascension. Le bruit de mes pas était accompagné du son régulier que produisait l'immense balancier de l'horloge. *Toc. Toc. Toc. Toc.* Je me suis rendu à la cent troisième marche de peine et de misère; la fenêtre donnait directement sur la petite baie, déserte à cette heure de la nuit. Quelques bateaux se laissaient bercer par le léger mouvement de l'eau, mais pas la moindre trace de mes picoreurs.

En théorie, ce n'était pourtant pas un si mauvais plan, mais il aurait été nettement préférable que je me pointe à l'heure, ou mieux, à l'avance, afin d'attendre leur arrivée confortablement installé en haut. Être à moitié intelligent, j'aurais aussi poinçonné au Savoy pour me rapporter au King et m'éviter ainsi une autre visite-surprise. Pourtant, je ne regrettais pas vraiment de m'être accroché les pieds chez Mignonne.

J'ai observé la marina vide une minute ou deux en m'efforçant de trouver des excuses crédibles à donner à Tony Frank. Derrière ma tête, le lourd pendule suivait le temps. J'ai étiré et massé cette fichue jambe qui n'avait guère apprécié l'exercice quand j'ai entendu une voix. Ce que ça disait, je n'arrivais pas à le déchiffrer, mais j'ai repris courage.

Par la fenêtre, j'ai alors aperçu Gussie de l'autre côté de la baie, et j'ai poussé un soupir de soulagement. Quelques secondes plus tard, la silhouette d'un petit homme trapu s'est laissé deviner dans l'embrasure de la porte d'un hangar, et j'ai aussitôt reconnu la carrure de Kid Baker. Dans un mouvement brutal, trahissant le mécontentement et l'impatience, Kid a tiré sur la porte coulissante, qui a atteint le sol dans un grand fracas métallique. J'ai profité du boucan pour entrouvrir la fenêtre sans être repéré.

Kid Baker tempêtait. Contrit, Gussie avait posé son gros postérieur sur une caisse de bois et encaissait chacune des attaques de Baker le dos courbé. Il froissait sa casquette dans ses mains, découvrant un crâne où les cheveux étaient rares, pendant que Baker faisait les cent pas derrière lui.

— Mais je... je... J'étais certain que...

Qu'importe la question, Baker recevait cette même réponse vague de la part de Gussie : pourtant il pensait, il croyait, il était certain que. Que c'était ici, le rendez-vous, ce soir, à cette heure. Pauvre Gussie ! Je me suis presque senti mal pour l'alcoolique, et je ressentais profondément sa honte chaque fois que la main de Kid Baker s'abattait derrière sa grosse tête ronde. Je me consolais en me disant qu'au moins, je lui avais avancé une somme non négligeable.

Baker bouillait à l'idée qu'on lui faisait perdre son temps et, surtout, une affaire lucrative. La faute de qui ? À ce gros bêta, cet ivrogne bon à rien, cet incompétent qui aurait réussi à oublier le nom de sa propre mère, tant il buvait. Gussie se laissait insulter en fixant l'horizon noir.

Le docker cultivait toujours l'espoir de voir apparaître une embarcation au détour du quai.

— C'était quoi, son nom?

Hésitation, récompensée par une violente gifle derrière le crâne.

— Son nom! C'était quoi? Pense, pense, pense! a crié Kid, en claquant des doigts pour mieux souligner la cadence. Pense, pense...

C'est comme ça qu'il devait entraîner ses poulains sur le ring.

— Aaargh... Ma... Martin, ou Mathieu? Quelque chose Mathieu, a lâché le colosse avec satisfaction.

— Ma-Ma-Ma-Mathieu, a répondu Kid, en singeant le docker. Qu'est-ce que j'suis censé faire avec ça?

Kid Baker a contourné le géant et lui faisait maintenant face. Il a levé la main dans les airs, prêt à assaillir Gussie de coups et d'embarras, quand le gros a rouvert la bouche.

— Y... Y... Y'avait une canne! a-t-il lancé, le regard soudainement illuminé de fierté.

À l'abri dans ma cachette sombre, j'ai grimacé. Si Gus avait remarqué mes mains ou ma démarche d'infirme, j'étais cuit.

— Une canne! a hurlé Baker en riant. Ah, ben, tu me dis pas, mon gros! Pis y'avait-tu un chapeau, par hasard, ton Mathieu?

— Oui! Oui, c'est lui!

— C'est lui?! C'est lui! L'homme avec un chapeau pis une canne! gueulait Baker avec une voix bariolée de moquerie et de colère. God! Veux-tu rire de moi, Gus? Un homme sur deux se promène avec une canne. Un homme sur deux!

Le docker, plus certain de savoir s'il devait sourire ou pleurer, a secoué la tête.

Et Kid s'est remis à rouer d'insultes la carcasse du géant, qui les encaissait sans résister. Peut-être pas inventé le bouton à quatre trous, le Gus, mais il savait qu'il était vain de se défendre. Il avait la couenne dure : des gifles comme celles-là, ce n'était pas ce qui faisait le plus mal. Mais si Kid Baker se décidait à frapper, à frapper pour de vrai, alors là, Gus n'avait aucune chance.

— Hé !

En entendant cette voix familière si près, j'ai senti mon cœur faire un bond. Gus s'est retourné un peu, mais pas Baker, qui voyait rouge.

— Hé, Baker ! a-t-on hurlé juste en dessous de moi.

Pour voir qui avait crié, il aurait fallu que je me colle le visage à la fenêtre, et ça, ç'aurait permis aux deux brutes, de l'autre côté de la baie, de me voir aussi. Beaudry ne méritait certainement pas que je coure ce genre de risque. C'était bien ce que je pensais : si Éphrem Martin et son ami s'étaient pointés au Victoria ce soir-là, ils auraient eu une bien mauvaise surprise, en tombant nez à nez avec l'agent de police Beaudry, qui se serait fait un devoir de saisir leur cargaison.

Kid Baker s'est redressé lentement. Malgré la distance considérable, la folie dans son regard traversait jusque de notre côté de la pier ; les mêmes yeux fous qu'il avait sur le ring, quand venait le temps d'asséner le coup de grâce à un adversaire. Il a essuyé la sueur sur son front en souriant méchamment.

— Ah ! si c'est pas l'autre ! Juste… un petit retard, a-t-il crié, en se référant à l'horloge.

Beaudry a ri.

— Ton gars est pas venu, hein, Baker? a-t-il répliqué cavalièrement. Tu poireautes icitte comme un cave depuis deux heures?

La mâchoire de Kid Baker tremblait. Il devait se retenir de sauter à l'eau pour traverser la baie et se jeter au cou de Beaudry.

— T'as l'air d'être au courant, a-t-il lancé.

— Un peu, oui. Si ton gars était passé, je l'aurais vu : intervention policière, sur le n° 2. Y'a personne qui est passé. Ou bedon il nous a vus pis y'a viré de bord. Ton chien est mort, Kid. On va être sur le quai toute la nuite.

— Oh! si est fine, la police : est venue jusqu'ici pour nous dire ça.

— Hé, compte-toi chanceux : j'aurais pu te laisser t'éreinter su'l'gros, aussi. À ta place, j'irais calmer mes p'tits nerfs en vargeant dans un sac de sable.

Baker, qui n'était pas un gars de mots, se l'est fermée. Je m'imaginais sans peine le sourire d'enfant de chienne de Beaudry. De mon refuge, j'ai entraperçu une parcelle du bras de mon ancien collègue qui balançait d'une chiquenaude son mégot dans le fleuve, et l'envie de fumer m'a pris. De crainte d'alerter les bandits avec la flamme de mon briquet, j'ai manqué à la promesse de sobriété que je m'étais faite, et j'ai chiqué une boulette de dross à la place.

— Bon, ben, c'était ben agréable, mais moi faut que j'retourne à mon labeur, a simplement dit Beaudry en s'en allant.

◆◆◆

Le fleuve était aussi noir que la nuit, aussi profond. Le ciel s'était couvert, et des gouttes de pluie se sont mises à tambouriner à la surface. Les eaux célestes et celles des abysses se réunissaient, tout le reste, moi y compris, coincé en sandwich entre elles. Je suis resté comme ça à fixer le fleuve la tête vide et pleine à la fois. La fatigue des derniers jours et mes abus de substances illicites, les émotions aussi : un beau bordel d'embêtements qui me tiraillaient le cerveau. J'ai levé les yeux vers l'horloge : quatre heures et des poussières, et il me restait à aller faire un tour dans ce hangar, voir ce qu'il renfermait. J'y trouverais sans doute une partie de la cargaison que Tony Frank s'était fait piquer. Avec un minimum de chance, j'allais même mettre la main sur un petit quelque chose pour moi, pour me récompenser du travail bien fait.

La pluie prenait de l'assurance. La pier était déserte, et les gouttes tombaient en traçant de longues lignes dans les faisceaux des lampadaires. Ma canne à la main, mon chapeau sur la tête, comme un homme sur deux, j'ai entrepris de me rendre au dock.

Déjà, des flaques d'eau se créaient sur le quai et imbibaient mes chaussures. À mon arrivée au hangar n° 67, qu'avait vigilamment cadenassé Kid Baker, j'étais trempé de la tête aux pieds. J'ai ressorti mon arsenal de voleur du dimanche et, sans trop de peine, j'ai réussi à crocheter la serrure. La porte coulissante faisait un boucan à réveiller les morts ; je l'ai ouverte juste assez pour pouvoir me faufiler sous elle.

Il faisait noir comme dans le cul d'un ours, aurait dit sa mère. En m'éclairant de mon briquet, je me suis tout de même repéré assez rapidement dans le hangar, qui était à peine plus grand que la chambre que je partageais avec Pei-Shan. J'ai déposé Mignonne sur le sol pour inspecter le contenu d'une de ces nombreuses caisses de bois qu'il renfermait. Sans surprise, j'y ai découvert exactement ce que je cherchais, ou, devrais-je dire, ce que Tony Frank cherchait. Et je me suis mis à rire, tout seul dans le noir.

Alors que je m'apprêtais à cacher dans la poche intérieure de mon veston de quoi convaincre le King de venir faire sa ronde au port, un bruit sourd s'est fait entendre derrière mon dos : une respiration. Je me suis figé. L'héroïne m'a glissé des mains et la flamme de mon briquet s'est éteinte.

Des pas se sont rapidement approchés. Je me suis retourné. Le peu de lumière qui réussissait à passer par l'ouverture de la porte ne m'a permis de voir que les pieds de mon visiteur et, avant que j'aie le temps de réagir, un premier coup m'écrasait déjà les côtes brutalement. Je me suis échoué dans les caisses. Le souffle court, j'ai néanmoins réussi à lever la main, et mon briquet, toujours brûlant, s'est collé à ce qui devait être le visage de mon assaillant, de qui s'est échappé un cri aigu. Ma satisfaction n'a été que de courte durée, puisqu'il est rapidement revenu à la charge. Il a foncé sur moi comme un taureau et m'a frappé à quelques reprises. Puis, les mains de mon agresseur ont encerclé mon cou. L'ordure s'est mise à me cogner la tête sur les caisses de bois, un mouvement régulier d'avant en arrière, comme le balancier de l'horloge qu'il me semblait toujours entendre. *Toc. Toc. Toc.* Je manquais d'air, de forces... À côté de nous, une caisse est tombée en se fracassant sur le sol ; il n'a pas bronché, pas plus qu'il n'a relâché sa prise. Dans un ultime effort, j'ai soulevé le genou de ma jambe de guerre le plus haut, le plus fort possible. J'avais visé l'entrejambe, mais je crois avoir atteint le bougre plus haut, au ventre. Qu'importe, l'étau autour de ma gorge s'est enfin relâché. L'air entrait de nouveau dans mes poumons, mes jambes ont abdiqué et je me suis écroulé sur le sol en émettant un cri rauque. Il était tout près de moi, il n'y avait pas une seconde à perdre. Un faible jet de lumière éclairait le plancher, et j'ai repéré ma Mignonne. Mon assaillant se mouvait plus rapidement, et le temps était contre moi. *Toc. Toc. Toc. Toc.* La main sur ma canne, j'ai inspiré profondément et me suis relevé, en prenant appui sur les caisses. Trop tard. Un léger mouvement dans l'air m'a prévenu que mon adversaire, en position d'attaque, était fin prêt pour le round final.

Sans faire ni une ni deux, je me suis retourné. De toutes mes forces, je l'ai frappé à l'aide de ma Mignonne. Il s'est alors effondré, comme la tête de chien de ma canne, d'ailleurs, qui venait de recevoir, elle aussi, son coup de grâce. Je suis sorti sans prendre le temps d'identifier l'homme qui m'avait sauté dessus, conscient que, s'il se relevait, j'étais perdu.

J'ai lancé la partie inférieure de ma pauvre canne mutilée, celle qui m'était restée dans les mains, le plus loin possible dans le fleuve. Adieu, la belle. Et, sans regarder en arrière, je me suis enfui en boitant.

20

Il m'attendait dehors devant la porte de la blanchisserie fermée. Le soleil n'était debout que depuis une petite heure, et déjà on pouvait prévoir de grandes chaleurs pour la journée à venir. J'avais retiré ma veste trempée, qui pendouillait à mon bras comme une peau morte; mon pantalon et ma chemise, dont le col était taché de mon propre sang, me collaient au corps. Avec cette humidité, rien ne sécherait : ni les vêtements ni les plaies. Jamais. Je me suis installé à côté de Beaudry, aussi trempé que moi, en retirant mon chapeau.

— Beaudry.

— Duchamp.

Mes côtes meurtries m'empêchaient de respirer profondément, et le trajet du port à mon quartier m'avait été fort pénible ; j'avais été forcé de m'arrêter à plusieurs reprises pour reprendre mon souffle. Devant l'hôtel de ville en chantier, j'avais profité de la pause pour admirer la grande carcasse vide, trônant toujours sur la vieille cité, fière malgré tout. La plupart des débris avaient été ramassés. N'empêche que, plusieurs mois après le brasier, l'air sentait toujours le bois brûlé, la fumée, et il entrait dans nos poumons comme une suie qui nous noircissait l'intérieur. Ç'avait dû être un sapré beau feu de joie.

Qui donc m'avait pincé, dans ce hangar? Ce n'était assurément pas Gussie: le mec qui m'avait sauté dessus devait faire à peu près ma taille, sinon être plus petit. Kid Baker? Impossible: Kid savait se battre. Mon assaillant ne s'était pas battu avec la finesse ni l'agilité d'un boxeur de sa trempe.

Un peu sur mes gardes, j'ai pris la cigarette que me tendait Beaudry.

— Quel bon vent t'amène?

Il a soupiré avant de s'allumer.

— J'ai besoin que tu viennes avec moi, a-t-il dit en fixant ses pieds.

— Pour quoi faire?

— Tu vas le savoir ben assez vite.

Beaudry s'est levé. Ça n'augurait rien de bon.

— Ça urge tant que ça, Beaudry? C'parce que j'ai pas dormi de la nuite...

Il s'est retourné vers moi en souriant méchamment.

— Arrête, tu vas me faire brailler. J'ai-tu l'air d'avoir passé une meilleure soirée que toi? Lâche-moi avec tes caprices de princesse pis déguédine.

— Laisse-moi domper mon veston en haut...

— Non. Tu montes pas.

J'espérais presque qu'il me traînerait au poste. Il pouvait facilement m'accuser de possession de drogue. Quelques mois en dedans, peut-être du fouet... Tant qu'ils ne s'en prenaient pas à Pei-Shan, à la limite, ça faisait mon affaire. Mais j'ai vite déchanté: à bord de sa voiture de patrouille, on revenait vers le port.

J'ai essayé tant bien que mal de lui tirer les vers du nez, mais Beaudry ne voulait rien me dire.

On a fait le restant du trajet dans le silence. C'était calme. Il devait être sept heures et la ville s'éveillait doucement. Descendu de voiture, j'ai suivi Beaudry, soulagé de constater qu'il ne me traînait pas au Victoria, mais bien au quai n° 2. D'autres de son espèce avaient sécurisé le périmètre. Un jeune policier en uniforme nous a laissés passer, en portant sur Beaudry un regard bourré d'admiration juvénile.

— C'est quoi, l'affaire? ai-je demandé une énième fois.

— Pose pas de questions, Gène.

Beaudry ne m'appelait jamais Gène. Duchamp, trou de cul, salaud ou crosseur. On s'en tenait habituellement à ça. J'avais un mauvais pressentiment, qui s'est rapidement confirmé. Devant nous, au bout du quai, gisait une silhouette inerte, camouflée sous un drap. J'ai stoppé net. Beaudry a fait quelques pas avant de s'en apercevoir et de se retourner.

Les frasques solennelles de mon ancien collègue me laissaient présager le pire. C'était sûr: je connaissais l'identité de la personne qui se reposait comme ça, au bord de l'eau, en ce beau petit matin de septembre. Je n'avais pas encore vu le visage caché sous le drap que, déjà, je culpabilisais. C'était fort probablement de ma faute. Et le fait que Beaudry n'ait pas voulu me laisser monter à ma chambre commençait à prendre son sens.

— C'est qui?

Beaudry a baissé les yeux vers le sol et a sorti son paquet de Buckingham. Il a tapé la cigarette contre le dos de sa main à quelques reprises, en levant cette fois son regard vers l'immensité du fleuve, qui s'éternisait dans un beau costume de lumière dorée et scintillante. Le jour naissant s'effritait en rayons droits, frappant le policier de plein fouet. Pris comme une île, il arborait ainsi une allure quasi irréelle. Quelque chose d'un plan de vue animée, mais en couleur; quelque chose qui aurait été écrit à l'avance. Ses mouvements rappelaient ceux des acteurs, et il jouait consciemment les gestes les plus simples avec un brin trop d'ostentation. Refusant toujours de me répondre, il m'a fait signe de le suivre. Je me suis à mon tour allumé une cigarette, une sage, avant de me décider à aller le rejoindre. Entouré de clowns en uniforme, encerclé, je savais bien que la fuite n'était plus possible.

Le soleil m'aveuglait. Deux ruisseaux de larmes creusaient mon visage : la faute de mes yeux pairs, trop sensibles, qui larmoyaient au moindre coup de vent. En me voyant, Beaudry a refoulé un sourire.

— Voyons donc, ciboire, prends pas ça de même. Attends au moins de voir c'est qui, sacrament.

Je n'ai pas vu l'utilité de tergiverser : qu'on en finisse. Beaudry a fait signe à un novice de soulever le drap. Je ne respirais plus, imaginant déjà les traits de ma femme : celle que je n'avais pas réussi à sauver, celle que j'avais sacrifiée. Et si je m'étais rendu au Savoy, pour expliquer mon plan à Tony Frank, au lieu d'aller rejoindre Mignonne chez elle?

Si j'avais joué franc jeu? Si, pour une fois, je n'avais pas pensé à moi avant tout le reste…

Il ne restait plus grand-chose de ce qui avait été un visage plutôt joli. Après avoir reçu tant de coups et séjourné dans le Saint-Laurent, il était boursouflé, gonflé, prêt à éclater. Sur son dos, les vestiges d'une robe qu'on avait déchirée. Son ventre et ses côtes, surtout, étaient couverts de contusions. Les lèvres fendues et le nez cassé avaient probablement dû saigner pour la peine, mais les courants du fleuve avaient laissé intacts les cheveux beiges.

J'ai soupiré. Jeanne pouvait dormir, à présent.

— Beaudry! a tonné la grosse voix du chef Bélanger derrière moi. Dis à ton ti-clin de recouvrir la demoiselle. Un minimum de respect, c'pas trop demander, me semble!

Beaudry a indiqué de remballer la victime. Je me suis retourné vers Bélanger, qui regardait au loin, vers la ville, refusant de poser les yeux sur le corps de Jeanne. Son cigare bien vissé entre les lèvres, le chef s'est adressé à moi:

— J'aurais préféré que ça finisse autrement, mais bon… C'est fini, astheure. On peut tous rentrer à maison.

— Pis faire comme si?

— Saint-simonaque, Duchamp! a-t-il soufflé, sur les dents. J'veux plus en entendre parler. On ferme le dossier, c'tu clair?

— Comment ça, on ferme le dossier? T'as pogné le gars qui y a fait ça? C'tu ça que t'es en train de me dire, Pierre?

Je me suis retourné vers la morte. Beaudry se tenait toujours là, nous écoutant à distance. Autour, les effectifs commençaient à plier bagage.

— Une pute..., a commencé Bélanger. Une pute qui s'est jetée dans le fleuve. Y'a pas grand-chose à redire là-dessus. À la limite, on se demandera pourquoi elle l'a pas fait avant.

— Tabarnac, Pierre. Jeanne s'est pas noyée, on le voit ben qu...

— C'est chef Bélanger, pour toé, Duchamp !

Pierre n'entendait plus à rire.

— T'es plus une police, Duchamp. C'est pas toi qui décides. Pis tes niaiseries de détective privé, ça s'arrête ici ! On se comprend-tu ? Hein, on se comprend-tu ?

Au lieu de lui répondre, j'ai sorti ma blague à tabac et j'ai commencé à me rouler une dope. Bélanger a écarquillé les yeux. Il bouillait. Sur son visage cramoisi, sa moustache blanche paraissait plus grosse et éclatante que jamais.

— Veux-tu rire de moi, toi, saint chrême ? Tu vas pas te fumer ta drogue icitte ? Tu vas pas avoir le culot de faire tes affaires de drogué dans ma face, entouré de policiers ? Eugène Duchamp ! Duchamp, t'arrêtes ça tout de suite !

J'ai haussé les épaules.

— Embarque-moi, Pierre, ai-je répliqué de la voix la plus calme du monde. Tu veux que je me ferme la gueule ? Ben, mon Pierre, t'es mieux de me forcer. T'es aussi bien de me mettre à l'ombre. Parce que toi pis moi, on le sait que ça, ç'a rien d'un suicide.

La fumée a rempli mes poumons. Autour, tout le monde nous regardait sans en avoir l'air. Beaudry souriait. Bélanger a mordu dans son cigare. Son menton tremblait. J'ai poursuivi, goûtant sa réaction :

— J'en ai rien à foutre de qui a payé qui. Contrairement à toi, j'ai rien à perdre. Même que tu sais quoi ? Tiens...

J'ai sorti l'enveloppe qu'il m'avait remise quelques jours plus tôt. Le gros Bélanger a détourné le regard. Autour, on feignait plus que jamais d'être occupé.

— Tu peux reprendre ton argent. Pas d'attaches. Tu fermes ta gueule tant que tu veux, Pierre, mais tu fermeras pas la mienne. Pute ou pas, y'a pas une femme qui mérite de se faire tuer de même! C'pas toi qui parlais de respect v'là deux minutes?

Il n'a rien dit; il rongeait son frein et son mégot en regardant partout autour, partout, sauf dans ma direction ou celle du corps de Jeanne.

— Fait que? Tu m'embarques-tu? J'ai pas rien que ça à faire.

— C'est fini, Eugène. La pute qu'on a retrouvée noyée: son bébé y'est mort, pis a s'est pitchée dans l'fleuve. C'est ça qui est ça, a-t-il murmuré en lançant son cigare dans l'eau. Maintenant, à ta place, je m'arrangerais pour pas trop faire parler de moi. Envoyez, tout le monde, remballez-moi ça, on sacre notre camp.

Ils sont partis avec le corps. J'ai remis l'argent qu'il n'avait pas voulu reprendre dans ma veste pendant que le quai se vidait. Après avoir abusé de son autorité sur deux, trois recrues, Beaudry est venu me rejoindre.

— C'est arrivé quand? lui ai-je demandé.

— Dur à dire. Un docker l'a retrouvée dans' nuite. Mais ça faisait une bonne couple d'heures qu'était là. On l'aura lancée de la berge. Est restée pognée dans le quai. Bonne affaire: autrement, va savoir quand pis où on l'aurait retrouvée.

— Samedi soir, genre?

— Ç'aurait ben du sens, a-t-il acquiescé.

— C'est le soir de la barbotte.

— Ben qu'trop vrai, a ajouté Beaudry, pas du tout surpris.

Il s'est retourné vers moi en plissant le front, un sourire en coin. « Il est pas si pire », avait dit Jeanne, et je l'avais laissée se jeter dans la gueule du loup.

— Qu'est-ce que t'as sur Dachez, toi ? ai-je demandé à Beaudry.

— Ce que j'ai sur lui ? a-t-il dit après une longue hésitation. Une couple de p'tits délits. Drogue, rixes. Si je travaillais ben fort, je pourrais arriver à le faire déporter, le renvoyer en France. Mais c'est pas mal ça. Ce que je sais par exemple, c'est que c'est un ostie de maniaque.

— Mais t'as rien…

— J'ai rien, m'a confirmé Beaudry. On peut quand même attendre : ces gars-là finissent toujours par faire des gaffes…

— Ça va coûter la vie à combien de filles ?

On a fumé en silence. Le port grouillait maintenant de partout. Tranquillement, on s'est éloignés du quai à notre tour.

— C'tait beau, ta petite discussion avec le gros Bélanger. J'ai ri.

— T'as aimé ça, hein ?

— Embarque, a-t-il dit en passant à côté de la voiture de patrouille. Je te dépose chez vous.

— T'es ben swell.

— J'ai surtout peur que tu te rendes pas. Tu devrais te voir marcher… Y'est passé où, ton bout de bois ?

21

— Détective!

Marcelle sortait de mon immeuble au moment où Beaudry se garait. Elle m'a fait signe de la main avant de prendre une pose aguichante. Les épaules de Beaudry bondissaient alors qu'il la dévorait sans gêne du regard. La femme la plus désirable du Tout-Montréal n'était pas assez pour lui.

— Fait que c'est ça, l'effet «détective privé»?

— J'suis pas détective privé. Mais je vous présente, si tu veux.

— Nah. J'suis attendu, a-t-il dit en sortant sa montre.

Faut que j'aille chercher la mienne, on a rendez-vous.

Le rendez-vous, oui! Avec la découverte du corps, Beaudry avait passé la nuit sur le quai, ce qui signifiait qu'il n'avait pas encore parlé à Mignonne. Dans la poche de mon pantalon, il y avait ce papier où on avait griffonné l'adresse qui menait à la Louve. Je me demandais ce que Mignonne lui préparait, comme excuse. Pauvre Beaudry : il était tout fier, tout souriant, et puisque je me sentais sincèrement mal pour lui, je me suis empressé de changer de sujet.

— Dis-moi donc ça : toi là, tu pourrais pas me vendre la même chose que tu m'as refilée, l'autre soir ?

Il s'est assombri.

— Calvince, Duchamp. Pour de vrai ?

J'ai grimacé sans répondre.

— J'ai évidemment rien sur moi. Pis si tu veux toute savoir, c'est pas mal fini, ces affaires-là.

— T'en train de me dire que tu te ranges ?

— Ç'a toujours été temporaire, fais-toi pas de fausses idées. Économiser pour une grosse dépense, pis c'est toute, a-t-il précisé en souriant.

— Bon, tant pis, merci pour la ride, Beaudry, ai-je dit en sortant de l'autopatrouille.

Je m'apprêtais à traverser la rue pour aller affronter Marcelle quand la voix du policier m'a interpellé :

— Duchamp ! Rejoins-moi à la barbotte pour onze heures à soir. M'as t'avoir ce que t'as de besoin.

— Onze heures.

— Mais sans farce, Gène, tu devrais pas toucher à ça.

— Aaaah ! Tu t'inquiètes pour moi ! Je le savais que tu m'aimais encore.

— Dans tes rêves, trou de cul. D'ailleurs, j'comprends toujours pas ce qu'elle peut te trouver, a répliqué Beaudry en fixant Marcelle qui se dandinait sur le trottoir.

— C'est pas toute que d'avoir des gros bras, Beaudry. Y'en a qui les aiment avec un peu de tête, aussi.

Il a fait vrombir le moteur en riant.

Marcelle venait aux nouvelles. J'ai prétendu qu'il n'y en avait pas et essayé par tous les moyens de me débarrasser d'elle, mais elle ne réagissait ni à la raillerie, ni au sarcasme, ni à la méchanceté, et je n'étais pas d'humeur à essayer la gentillesse. Elle m'a pourchassé jusqu'à ma chambre, où Pei-Shan s'affairait. Elles avaient déjà fait connaissance.

— 'Gardez donc ça, madame Duchamp, qui c'est que j'ai trouvé dehors ! Escorté par la police, à part de ça !

Pei-Shan, nettement moins démonstrative que Marcelle, s'est contentée de hocher la tête. Je me suis effondré sur le lit. J'étais extrêmement las. Et la voix nasillarde de Marcelle, qui ne se taisait jamais, était un calvaire. Pour une raison qui m'échappait complètement, elle semblait déterminée à faire de Pei-Shan sa nouvelle amie. Elle a poussé l'arrogance jusqu'à vouloir préparer elle-même la décoction d'opium, s'est même quémandé une tasse de ce « drink si exotique ». Pei-Shan la laissait faire. Elle a donc sacrifié sa ration et nous a laissés en tête à tête, Marcelle et moi. Avant de sortir, elle m'a annoncé en cantonais qu'elle allait chercher à manger et m'a souhaité bonne chance.

Marcelle m'a posé mille questions auxquelles j'ai répondu d'un seul geste : mon index levé, réclamant l'arrêt de l'inquisition. Je devais avoir l'air mauvais puisqu'elle s'est tue. J'ai calé l'entièreté de mon breuvage, fermé les yeux quelques secondes, puis sorti ma blague à tabac. Étonnamment, Marcelle s'est retenue de me quêter une cigarette. J'ai jeté un regard vers la tasse qu'elle ne buvait pas, et elle l'a poussée vers moi.

Par où commencer ? Vu les circonstances, les avancées dans l'enquête n'avaient plus vraiment de sens. J'ai malgré tout décidé de lui annoncer ce qu'on aurait pu qualifier de bonne nouvelle : ma rencontre avec Maimie, qui avait confirmé les soupçons de kidnapping et l'existence de cette femme, la Louve, qui tirait les ficelles d'un trafic d'enfants assez bien orchestré. J'ai aussi sorti la note que m'avait laissée Mignonne et l'ai posée sur la table.

— C'est quoi, ça ? a fait Marcelle, les yeux remplis d'excitation.

— Un rendez-vous.

Elle s'est levée d'un bond.

— Ben là, c'est dans une demi-heure ! Qu'est-ce que tu fais ? Grouille, on va être en retard !

— Assis-toi, fille. On s'en va nulle part.

— Ah ! Pas encore ! T'aurais jamais su toute ça si je t'avais pas aidé ! Tu m'amènes : c'est mon enquête à moi avec.

— Premièrement, non. C'est pas ton enquête. Je t'en dois une, c'est vrai. Mais mêlons pas les affaires. Pis deuxièmement, quand je dis « on », ça m'inclut. On y va pas. Ni toi ni moi.

— Je comprends pas.

— Je t'en demande pas tant, crains pas.

Marcelle a pris le papier et s'est redressée.

— Abandonne si tu veux, maudite lavette, mais moé, j'y vas.

— Eh viarge ! Reviens icitte ! Marcelle !

J'ai réussi à lui attraper le bras de justesse, avant qu'elle ne passe la porte, et une douleur aiguë s'est emparée de mon côté gauche, là où mon bourreau m'avait défoncé les côtes.

— Lâche-moi ! a-t-elle pleurniché en se tortillant.

Je n'arriverais pas à la tenir longtemps, aussi j'ai craché le morceau, au diable la délicatesse :

— Jeanne est morte ! Ta grande chum, là, ben ils l'ont retrouvée c'te nuite. Est morte.

— Quoi ?

J'ai secoué la tête en laissant son bras. Elle s'est massée là où ma poigne l'avait meurtrie en posant sur moi un regard sombre.

— Pourquoi tu dis ça ? Voyons donc, t'es ben sans-cœur !

J'ai fermé les yeux en m'appuyant contre le cadre de porte, tentant de reprendre une respiration régulière.

— La police l'a repêchée dans le fleuve. C'est de là que j'arrive.

Marcelle a placé une main sur sa bouche. La trace de mes doigts paraissait encore sur la peau blanche de son avant-bras. Sur son visage, une expression défaite : l'horreur. Comme de raison, elle en avait déduit que Jeanne, à force de désespoir, avait mis fin à ses jours. Et Marcelle était bien sûr la première à blâmer : c'était elle qui lui avait volé son enfant, son unique raison de vivre.

Ses genoux ont fléchi, et elle s'est retenue à la poignée de porte pour ne pas tomber par terre. Je pouvais deviner le cri silencieux qui se formait dans son ventre.

— On l'a battue à mort, ai-je murmuré. Pis on l'a jetée dans le Saint-Laurent. C'est pas de ta faute.

Nous avons passé de longues minutes sans parler pendant lesquelles elle prenait le temps de digérer la nouvelle. Puis :

— Faut y aller pareil, détective, a dit Marcelle à mi-voix.

— Est morte, Marcelle. Même si j'y retrouve son bébé, y'aura pas personne pour s'en occuper.

— Pis toutes les autres ? Tu vas les laisser tomber elles avec ?

— Checke-moi ben, fille, j'suis pas là pour faire la justice de votre genre. On m'a payé pour une job. Pis la job, même si ça fait pas ton affaire, ben est finie. Ça finit mal, je m'obstinerai pas avec toi là-dessus, mais c'est comme ça.

Marcelle a pris une profonde inspiration avant de me lancer :

— Ben fais comme tu veux, moé, j'y vais.

Je n'ai pas réussi à la rattraper cette fois. Elle a ouvert la porte et s'est retournée vers moi.

— Pis, détective ?

J'ai ramassé mon étui à fumée en jurant comme un forcené. La mort de Jeanne pesait déjà lourd sur ma conscience et, même si ce n'était pas l'envie qui manquait, je n'ai pas pu me résoudre à la laisser partir seule.

◆ ◆ ◆

— Edgar Beaudry. Ma femme, Lillian. On a rendez-vous, ai-je dit en tentant de paraître convaincant.

La boniche nous dévisageait, perplexe. Faut dire que mes habits défraîchis, ma barbe de deux jours, mon teint de pêche périmée et mon odeur de nuit blanche auraient convaincu n'importe qui de ne pas nous laisser entrer. La tenue un tant soit peu vulgaire de ma compagne, qui en avait long de décousu, complétait à merveille l'allure louche de notre couple. Le seul morceau de crédibilité que nous avions se trouvait au doigt de Marcelle, mais ne lui appartenait pas ; en regardant la bague de Mignonne, j'ai croisé les doigts pour que ma belle ne se soit pas réveillée ce matin avec un instinct maternel tout neuf.

J'ai forcé un sourire en replaçant mon veston, tentative sans doute vaine de camoufler mon col marqué de sang. À ma grande surprise, la bonne nous a laissés nous introduire dans la somptueuse demeure de Pine Avenue.

— You're late.

Elle nous a abandonnés dans un grand salon, en lançant par-dessus son épaule quelques coups d'œil méfiants. Elle craignait certainement qu'on y vole des objets de valeur dès qu'elle nous tournerait le dos. On aurait dû en profiter, d'ailleurs.

Tout ce luxe intimidait Marcelle, qui ne s'était jamais tenue si tranquille ; elle était estomaquée devant tant de dorures. Je ne voyais pas ce qui pouvait lui en imposer de la sorte : était-ce la taille surdimensionnée de la résidence de pierre, le petit étang devant, serti de lys d'eau, ou encore la végétation luxuriante dans laquelle des fleurs parfaites de toutes les couleurs poussaient en embaumant l'air d'un parfum presque artificiel, du lilas en plein mois de septembre ? Les deux quartiers étaient voisins, et pourtant, les oiseaux chantaient plus fort en haut de la côte que dans notre miséreux Red Light. Le gazon était plus vert, les arbres plus hauts, les maisons plus grandes, les chiens mieux domptés. Les habitants, pratiquement tous anglais, étaient totalement coupés du pauvre monde. Le genre d'endroit où même les domestiques noirs vous regardent de haut parce que vous avez sali le trottoir devant la demeure, avec vos semelles souillées de réalité. Franchement, non : je ne comprenais pas l'embarras de ma partenaire, pourtant si à l'aise quelques minutes plus tôt dans sa robe défraîchie et ses manières rustres.

L'horloge grand-père a sonné douze fois, et la bonne nous a appelés. Tout en haut du grand escalier en bois lustré, ridiculement brillant, se dressait la petite négresse.

— Mrs. Grandin is ready for you.

— Fantastique ! me suis-je écrié.

Un entrain surfait, à l'image de cette démesure qui nous entourait, teintait ma voix. J'ai passé mon bras autour de la taille de Marcelle en plongeant mon regard dans le sien, terrorisé. Je lui ai souri et, avant de l'embrasser sur le front, lui ai murmuré quelques encouragements dans le creux de l'oreille.

— Ça va aller, ma femme.

— Chu... Chu pu sûre, là...

— Mista ! m'a pressé l'arrogante boniche.

— Faut prendre su' toi, madame Beaudry. C'est toi qui voulais venir icitte. Mets-toi un sourire dans' face, je m'occupe du reste.

Elle a acquiescé.

— Enweille. Montre-nous ça, ces belles dents-là.

Marcelle a forcé un sourire ; je lui ai adressé un clin d'œil. Est-ce que je me sentais à l'aise ? Pas le moins du monde. Mais il fallait bien que je lui donne un brin de courage, alors j'ai fait semblant.

Tandis que nous montions le grand escalier, la paume moite de Marcelle glissait dans la mienne. Sévère, la bonne nous observait d'un œil mauvais. Écrasé par ce trop-plein de luxe, je me sentais poussiéreux et sale comme jamais : chacun et chaque chose à sa place, aurait dit sa mère.

— The hat.

— Pardon ? ai-je demandé.

— The hat, mista.

— Oh !

J'ai ôté mon chapeau en lissant mes cheveux. Au-dessus de ma nuque, une croûte de sang s'était formée, après les coups qu'on m'avait portés dans le hangar.

— Et voilà ! Frais et dispos…, ai-je ajouté en faisant un grand mouvement théâtral avec mon bras.

Mal calculé, le geste a aussitôt ravivé la douleur dans mes côtes. Tout en esquissant un rictus j'ai tenté de me redresser. La jeune Noire me méprisait ouvertement, dégoûtée par mon allure bancale.

— You may follow me, a-t-elle sifflé.

Elle a ouvert la voie et nous l'avons suivie dans une grande pièce. Devant la fenêtre à carreaux, un immense bureau, occupant la place d'honneur, et à ce bureau, deux personnes : une femme d'une quarantaine d'années, cheveux châtains coupés très court, habillée comme un homme ; et à ses côtés, assis sur le coin du meuble massif, un jeune garçon au regard empli de haine, posé directement sur moi. Ma mère s'était tout de même efforcée de m'inculquer une solide base de savoir-vivre et, à la hargne du jeunot, j'ai répondu par un sourire. Le visage imberbe m'était vaguement familier…

— Madame Grandin, je présume, ai-je enfin dit en détachant mon regard du garçon. Edgar Beaudry…

Je me suis avancé pour serrer la main de cette femme d'apparence si froide, mais elle a coupé mon élan en secouant la tête. Un sourire imperceptible s'est dessiné sur ses lèvres.

— Ça suffit, monsieur Duchamp.

On s'est toisés avec quelque chose comme de l'amusement dans les yeux.

— Toutes mes félicitations! Vous avez réussi à me trouver, a-t-elle lancé en m'indiquant le fauteuil face à elle.

Le jeune garçon ne me lâchait pas des yeux, et je me suis demandé ce que j'avais bien pu faire pour attiser une telle animosité. J'ai ensuite aperçu sur sa joue gauche une marque rouge fraîche et d'apparence douloureuse : la brûlure de mon briquet. En ricanant, j'ai sorti ma tabatière.

— Monsieur Beaudry n'aurait certainement pas vendu la mèche, a dit Georgia Grandin en regardant par la fenêtre. Alors, j'imagine que c'est sa femme qui est à blâmer, sa femme avec qui vous couchez.

Elle s'est retournée vers moi en souriant méchamment.

— J'ai fait mes recherches, comme vous pouvez voir. Je sais qui vous êtes, ce que vous croyez être venu chercher chez moi. On va pouvoir gagner du temps.

J'ai soulevé les sourcils en signe d'approbation avant de placer la cigarette entre mes lèvres.

— Quelqu'un qui aurait du feu? J'ai malheureusement perdu mon briquet, hier soir. Une grosse soirée...

Le garçon bouillait. J'ai haussé les épaules en m'étirant vers le bureau pour utiliser le briquet qui s'y trouvait.

— On m'avait prévenue que vous étiez effronté.

— Ah! ben content de voir que je suis à la hauteur de vos attentes, madame Grandin. En revanche, moi, je connais pas grand-chose de vous.

Le blanc-bec serrait les poings. Il avait de petites mains délicates, et même si j'étais tout sauf un exemple de bonne forme physique, je me trouvais un brin étonné qu'un garçonnet sans le moindre poil ait réussi à me faire mordre la poussière de la sorte. Faut dire qu'il m'avait pris par-derrière, et de surcroît dans le noir. Plus je le regardais, plus mes côtes élançaient, à l'instar de cette maigre parcelle de fierté que je préservais.

Georgia Grandin s'est levée. De sa fenêtre, on voyait toute la basse-ville, qu'elle pouvait observer à loisir, comme une reine garde un œil sur son peuple, pour mieux apprendre à le détester. Elle m'a fait signe de venir la rejoindre à son poste. Sur sa chaise, Marcelle s'était figée. Je me suis dirigé vers la Louve en commandant à mon visage de ne rien laisser transparaître de la douleur intense que m'infligeait chacun de mes pas, afin de refuser toute satisfaction au mercenaire imberbe qui me fixait sans relâche.

Sans se retourner, Grandin m'a demandé :

— Qu'est-ce que vous voyez ?

La vue n'était pas mal. En cherchant un peu, j'aurais peut-être réussi à retrouver mon immeuble au milieu de toutes ces maisons disparates. C'était un quartier qui avait été rasé par le feu à quelques reprises, mais qui s'était reconstruit contre vents et marées, par une sorte de fureur de vivre. Et un peu à l'ouest, vers le centre-ville, tous les grands chantiers de cette cité qui poussait à une vitesse affolante. Des fils à n'en plus finir, des échafaudages. Bientôt, tout serait plus gros, plus grand, et on pourrait enfin écraser ce petit carré rempli d'indésirables ; là où j'avais grandi puis brûlé la chandelle par les deux bouts.

Ce quartier duquel je m'étais sauvé, mais où, semblait-il, je reviendrais toujours.

— Sans doute pas la même chose que vous, ai-je simplement répondu.

Elle a fait une moue de dédain.

— La misère appelle à la misère, monsieur Duchamp. C'est une roue qui ne s'arrête malheureusement jamais. Non seulement la vermine se reproduit dans le sale et le vicié, mais c'est aussi dans ces conditions de disgrâce qu'elle se reproduit le plus rapidement. On pense aux rats, qui se nourrissent de cadavres et propagent des maladies comme la peste. Aux cloportes, à qui l'obscurité profite. D'ailleurs, vous les exposez au soleil, a-t-elle ajouté en se retournant vers Marcelle, et ils s'affolent, perdent la tête, se cherchent un nouveau trou noir où ils pourront accomplir cette seule chose qu'ils savent faire : copuler. Comme ils sont dépourvus de qualités humaines ou intellectuelles, l'important pour eux, c'est le nombre.

— Aussi bien les éliminer, donc...

— Oh! a-t-elle fait, outrée. Je vous en prie. Non, non, non...

Elle a dit ça en posant sa main sur mon bras, un sourire à glacer le sang plaqué sur ses lèvres minces.

— On vous a mal informé, a continué la Louve en forçant toujours ce rictus terrifiant. C'est cette Maimie Prinzer, je suppose, qui a médit de mon entreprise.

— Si ça peut vous rassurer, on m'a pas dit grand-chose de votre entreprise. Sinon que vous êtes couverte d'un bord pis de l'autre par du monde ben, ben influent.

— Justement. Ça devrait réussir à vous convaincre de ma bonne volonté.

— J'ai bien peur de pas partager votre estime pour notre belle aristocratie montréalaise. Et puis, avec un joli surnom comme la Louve... Sauf votre respect, madame, ça donne à penser que vous bouffez de la chair crue pour déjeuner.

On se souriait à présent tous les deux. Grandin secouait la tête. Elle m'a entraîné près du foyer. Sur le manteau, une statue étrange représentant une bête sauvage aux mamelles gorgées. S'abreuvant à l'animal, deux bébés humains. Grandin a fait glisser une main suave sur le dos de la créature.

— C'est une réplique de *La Louve du Capitole*. Est-ce que vous connaissez la légende, monsieur Duchamp?

— Romulus et Remus, les fondateurs de Rome, ai-je confirmé, ce qui a eu l'air de surprendre mon interlocutrice. Mais oui, mais oui! C'est que je suis allé à l'école, madame Grandin. M'arrive même de lire un livre, de temps en temps. Vos informateurs vous avaient pas dit ça, hein?

— Dans ce cas, vous savez que c'est elle, la louve, qui a sauvé les deux enfants abandonnés en leur donnant à boire. Elle leur a par la même occasion transmis un peu de sa propre puissance. On peut être forte et implacable, monsieur Duchamp, mais savoir faire preuve de compassion lorsque la situation s'y prête. D'emblée, certains actes passent pour cruels, mais quand on y regarde bien, ils servent un dessein juste et bon.

On nous avait servi les mêmes menteries à propos de la guerre. Elle observait l'animal avec passion, admiration, une lueur de folie dans l'iris.

— Si c'est beau. Peut-être que je me trompe, mais j'avais aussi entendu dire que les deux frères avaient été élevés par une prostituée…, ai-je ajouté. Mais bon, vous devez le savoir mieux que moi : vous avez dû la raconter souvent, votre histoire. Pis vous avez un sapré bon français, à part de ça.

— Moi aussi, je suis allée à l'école, monsieur Duchamp. À Paris.

— Ah ! Paris ! Si c'est swell.

Il n'y avait pas grand-chose à aimer chez cette femme sèche et dure, aride comme une terre de roche. Elle se disait force et puissance ; je ne percevais qu'arrogance et mépris. Elle m'a alors raconté comment, à l'âge de quinze ans, elle avait été investie d'une mission divine. La jeune Georgia Grandin avait l'habitude de suivre son père, juge à la cour du Mississippi, partout où il allait. Un jour, on avait traîné devant le juge Grandin un enfant et sa mère, une femme hirsute, souffrant d'une forte dépendance à la morphine. Dans ses rares moments de lucidité, la morphinomane ne cessait de déblatérer à propos de son autre bébé, celui qui était resté derrière. Les autorités avaient pourtant fouillé la demeure de fond en comble. Est-ce à dire qu'elles auraient manqué quelque chose ? Inquiets, Grandin et son père s'étaient donc rendus au domicile familial : une chambre sale, infestée de bestioles et dans un état de délabrement indescriptible.

C'est sous une pile de couvertures souillées qu'elle, Georgia, avait finalement retrouvé le bébé. Faible, famélique, et tout aussi crasseux que le décor. Vivant, soit, mais dans un état de dépérissement si avancé qu'il était impossible pour le juge de le faire placer. Georgia avait alors proposé de s'en occuper elle-même. Et, à partir de ce jour, elle avait su qu'elle consacrerait sa vie au bien-être de ces enfants négligés ou abandonnés. Elle leur offrirait ce que leurs parents ne pourraient jamais leur donner : un avenir. Après des études pour devenir assistante sociale, un métier relativement nouveau, Georgia Grandin s'était donné comme mandat de trouver de nouvelles familles à ces trop nombreux enfants négligés. Son mépris pour les foyers démunis n'avait fait que grandir au fil des ans.

— Au début, je me suis contentée d'aider ceux que la loi mettait sur mon chemin. Mais ce n'était pas assez. Il y en avait tellement d'autres à libérer... Quelle personne sensée met au monde un enfant, si elle est dans l'impossibilité de pourvoir à ses besoins ?

De retour derrière son bureau, Georgia Grandin regardait de nouveau par la fenêtre. Sur sa chaise, Marcelle écoutait sans bouger, comme si elle espérait passer inaperçue, ou mieux, disparaître. Depuis que la Louve faisait son récit, le jeune garçon m'avait oublié, suivant plutôt sa patronne des yeux. Un mélange de dévotion et d'amour adoucissait ses traits. J'ai allumé une autre cigarette en scrutant la pièce, à la recherche d'un bar ou d'une bouteille d'alcool. Rien. Mais beaucoup de tableaux sur les murs et tout autant de babioles luxueuses et brillantes dans la grande armoire au fond. Les œuvres de charité de madame Grandin semblaient rapporter un beau paquet d'argent à la bienfaitrice. Sept cent cinquante piasses pour un bébé qui ne lui avait rien coûté : quelque chose me disait que cette irrésistible envie de sauver les démunis n'était pas sa seule motivation.

— Les aider à tout prix, hein ? Quitte à les voler à leurs parents, c'est ça ? ai-je lancé.

Georgia Grandin m'a ignoré et s'est approchée de Marcelle, se plaçant debout derrière la chaise qu'elle occupait. En parlant, Grandin passait ses longs doigts maigres dans les cheveux roux et emmêlés de ma compagne, qui se laissait faire sans réagir.

— On naît tous avec la possibilité de procréer. Est-ce à dire qu'on a l'obligation de le faire, comme le prétend votre Église ? Certainement pas. Plusieurs personnes, monsieur Duchamp, ne devraient pas avoir d'enfant.

Sans délicatesse, les doigts de Grandin passaient à travers les nœuds dans la chevelure de Marcelle, qui ne bronchait pas. Soudainement faible et sans ma Mignonne pour me soutenir, j'avais pour ma part regagné ma chaise, de peur que ma jambe de guerre ne flanche. Le garçon dans mon champ de vision, j'ai prié pour ne pas avoir à me battre à nouveau.

— Prenons la délicieuse créature ici présente comme exemple, a poursuivi Grandin en posant finalement les mains sur les épaules de Marcelle. J'irais jusqu'à dire que sa mère aussi aurait dû s'abstenir. Mais les actions de ces gens-là, monsieur Duchamp, sont motivées par leurs instincts primitifs, pas par l'intellect. Comme chez les chats ou les chiens errants. On ne peut pas empêcher les bêtes de s'accoupler. Un jour viendra, peut-être, où on arrivera à légiférer la reproduction. Mais en attendant, ça nous laisse avec des tas d'enfants promis à la misère, à la prostitution, au crime. Comme vous, ma jolie, a-t-elle dit en se penchant sur Marcelle, à qui elle soulevait le visage d'un doigt sous le menton.

Grandin a caressé son visage, passé une mèche de cheveux derrière son oreille et dit, d'une voix doucereuse :

— Supposons que je vous annonce que vous avez la chance de tout recommencer : de grandir au sein d'une famille aisée. Fini la faim, le froid, la maladie. Pas besoin de travailler dès l'âge de dix ans : vous allez pouvoir vous instruire. Devenir une belle jeune femme. Rencontrer un homme, un bon, et l'épouser. Si je vous disais que c'est ce que je peux offrir à des jeunes filles comme vous ? Des filles nées dans la même noirceur que vous, mais qui, grâce à moi, ne vivront jamais l'enfer que vous avez vous-même vécu ?

Des larmes coulaient sur les joues de Marcelle.

— Là, là, là…, a fait Grandin en la consolant froidement.

Dans un élan royal et fier, la grande femme s'est redressée. Sur sa chaise, Marcelle fixait le vide, comme morte. Grandin est allée s'installer aux côtés du garçon, qu'elle a embrassé tendrement sur la bouche, avant de me dire :

— Pour répondre à votre question, monsieur Duchamp : non, ce n'est pas un vol. C'est même le contraire. En réalité, j'accorde à ces enfants la possibilité de vivre une vie qu'on leur a subtilisée dès la naissance. Le seul vol, c'est celui de leur avenir, et ça, c'est le crime de leurs parents. Avoir un enfant, monsieur Duchamp, n'est pas un droit : c'est un privilège.

— Si je comprends bien, ai-je commencé, un privilège auquel seules les classes supérieures ont droit. Et vous, madame Grandin, vous êtes qualifiée pour décider de ça, hein, qui c'est qui a le droit, pis qui c'est qui l'a pas.

Georgia Grandin a ri. Le garçon l'a imitée, tout en passant un bras autour de sa taille.

— Pis l'amour, dans tout ça? ai-je demandé en me massant la jambe.

— L'amour? Je ne vous croyais pas si romantique… Demandez donc à votre prostituée ce qu'elle en pense, elle, de l'amour.

Marcelle évitait mon regard.

— Je voudrais pas péter votre bulle, ai-je protesté, mais y'a pas que les riches qui les aiment, leurs enfants…

— C'est vrai, m'a-t-elle sèchement coupé. Certaines mères, même pauvres, aiment leurs enfants. Mais un chien qui a faim mangera son avorton… Mettez tous ces animaux affamés dans le même ghetto, comme c'est habituellement le cas – et ce disant elle a fait un grand geste vers la fenêtre –, et je vous jure que l'amour, monsieur Duchamp…

La Louve perdait son sang-froid.

— L'amour n'aidera personne à manger! L'amour ne guérit pas de la tuberculose! C'est avec des raisonnements comme le vôtre qu'on se retrouve avec une surpopulation de racaille!

— Mais même en admettant que toutes vos magouilles partent d'une bonne intention, j'ai de la misère avec vos méthodes… d'approvisionnement.

Elle a fait la moue en caressant la cuisse de son jeune amant.

— J'imagine que rien n'est parfait.

— Quand même: arracher un bébé des bras de sa mère…

— Non, a-t-elle dit, extrêmement sévère. Non.

— Les faux certificats de décès, les disparitions douteuses…

Georgia Grandin souriait, mais elle en avait assez de notre entretien, et ça se voyait.

— J'ai déjà agi impulsivement, je vous l'accorde. Mais, au risque de vous décevoir, je n'ai rien à voir avec les certificats ou les enlèvements dont vous m'accusez. Vous voyez, monsieur Duchamp, les enfants auxquels je trouve une nouvelle famille m'ont tous été amenés. On vient à moi. On me demande de l'aide. Pas le contraire.

Moi aussi, je commençais à en avoir ma claque de ses beaux discours.

— On habille un singe en curé, ça reste quand même un singe. Des fois, faut appeler les choses par leur vrai nom. Un vol qu'on a légitimé dans un bel emballage de paperasse administrative, c'en reste pas moins un vol. Pis ça fait longtemps que je sais que ceux qui ont les mains les plus sales sont rarement ceux dont on devrait se méfier. C'est les comme vous, avec vos belles paluches blanches; c'est les comme vous, madame Grandin, les vrais criminels. C'est les comme vous qu'on devrait empêcher de se reproduire, si vous me pardonnez mon franc-parler.

Je me suis relevé. Le jeune homme aussi. La Louve avait tout à fait perdu son sourire, mais a tout de même placé une main sur l'épaule de son mignon pour calmer sa fureur.

Georgia Grandin a soupiré en balayant l'air de l'autre main, comme si j'étais sans espoir, comme si elle espérait ainsi réussir à me faire disparaître de sa vue.

— Je perds mon temps à discuter avec quelqu'un comme vous...

— Probablement, oui. De toute façon, si on en croit votre logique à cinq cennes, je dois ben faire partie, moi avec, de ceux qui devraient arrêter leur lignée drette là, hein? Je vous console tout suite : j'ai pas l'intention de me reproduire! Ce que je m'explique mal, par exemple, c'est pourquoi vous m'avez toute conté ça. J'pourrais sortir d'ici pis aller...

— Quoi? Parler? s'est esclaffée la Louve. Parler à qui, monsieur Duchamp?

J'ai fermé les yeux en me mordant les lèvres. Et j'ai ri, un peu, par dépit.

— En effet, ai-je simplement répliqué.

J'ai pris la main de Marcelle dans la mienne, l'incitant à se lever. Son visage était incroyablement las. Je lui ai souri avant de me retourner vers la Louve et son caniche.

— Fait que, j'imagine qu'on peut partir d'ici sans risquer de se faire sauter dessus?

— J'attaque seulement lorsqu'on me menace, monsieur Duchamp. J'ai connu beaucoup plus menaçant que vous.

— C'est pour ça que vous avez demandé à votre... ami... de me suivre? ai-je déduit en fronçant les sourcils.

— Précaution d'usage. En ce qui a trait à votre petit incident d'hier soir, comment dire... Charles a parfois mes intérêts un peu trop à cœur.

Je me suis dirigé vers la porte, que la boniche avait déjà ouverte, et, avant de sortir :

— Dernière question...

— Oui? a-t-elle soufflé, exaspérée.

— Vu que vous savez déjà tout sur moi, j'imagine que j'ai pas besoin de vous parler de ma cliente...

— La putain de votre chef de police, qu'elle a fait, amusée.

— Cette femme-là, oui. Qu'est-ce qui est advenu de son bébé au juste ?

— On me l'a amené, comme je disais. Une belle grande dame, respectable. Intelligente. Vous savez ce qu'elle m'a dit ? « La place d'un enfant, ce n'est pas dans un bordel. » Le lendemain, il avait déjà une nouvelle famille. Plus ils sont jeunes, plus ils partent rapidement : ils sont encore purs.

— Mine de rien, ils doivent aussi valoir plus cher ?

— À l'heure où on se parle, il est déjà loin, a-t-elle continué en évitant de me répondre. Vous le retrouverez pas.

— J'ai pas l'intention de chercher.

— Dans ce cas, adieu, monsieur Duchamp, a murmuré Grandin en retournant s'installer derrière son bureau.

J'ai jeté un dernier coup d'œil à la pièce en m'attardant quelques secondes sur *La Louve du Capitole*, posée sur la cheminée. Dégoûté, j'ai attrapé le bras de Marcelle et l'ai entraînée vers la sortie.

— C'est ça. Adieu.

22

— Je vais monter me changer, a murmuré Marcelle. Faut ben gagner sa croûte, a-t-elle ajouté avec un sourire forcé en jetant un coup d'œil rapide aux hommes qui occupaient déjà le salon.

Sur le chemin du retour, on s'était arrêtés pour manger. Un repas que ni l'un ni l'autre n'avait touché. On ne s'était pas fait prier pour boire nos verres de bagosse, par contre.

— Vas-y, fille. J'ai deux, trois mots à dire à ta patronne.

Rose n'était pas au séjour avec les autres. La voix d'Al Jolson s'échappait de la trappe avant du tourne-disque, dissimulé à l'intérieur d'un meuble de bois d'acajou. Deux filles dansaient ensemble, enchaînant les mouvements suggestifs, au grand plaisir de ces messieurs, qui suivaient le rythme en tapant dans leurs mains. *I've been away from you a long time / I never thought I'd missed ya so / Somehow I feel your love is real / Near you I wanna be...* J'ai laissé l'insouciance à ses facilités et me suis engouffré dans la chambre de Rose, sans frapper.

La pièce n'était que très faiblement éclairée, et j'ai dû mettre quelques secondes pour m'accoutumer à l'obscurité. Le gramophone tournait ici aussi, mais c'était une musique plus romantique, surtout plus triste. On entendait malgré tout les rires et les voix en provenance du salon, qui entonnaient en chœur le refrain de *Swanee*.

J'ai d'abord aperçu le rouge au bout de sa cigarette – ma Rose qui ne fumait presque jamais. Peu à peu, mes yeux ont deviné ses délicieux contours. Je me suis installé sur le fauteuil face à elle après m'être servi un verre de scotch-whisky. J'imagine que la bouteille lui tenait compagnie depuis qu'on lui avait annoncé le « suicide » de Jeanne.

Le record était fini, et Rose s'est levée pour aller le remettre. Encore une fois, le piano et le violon ont envahi la pièce de tristesse. Elle est demeurée quelques secondes à écouter cet air sirupeux, près de la table tournante, avant de revenir s'asseoir à sa place.

Nous n'avions pas été particulièrement bavards, au Strathcona Café, coin Saint-Laurent et Ontario. Avec sa fourchette, Marcelle avait joué dans sa nourriture, alors que mon assiette, transformée en cendrier, recueillait les mégots de ces cigarettes que j'enfilais sans prendre le temps de respirer. Au moment de partir, Marcelle avait enfin osé me demander :

— Qu'est-ce que tu vas faire ?

— M'en vas te reconduire.

— Pas ça... J'veux dire...

— Rien, avais-je avoué en regardant le sol.

Marcelle n'avait pas eu l'air surprise ; au contraire. Elle avait même commenté :

— C'est sûrement mieux comme ça, de toute manière.

J'avais levé les yeux sur elle : je n'aurais pas cru que quelques paroles puissent avoir un tel effet sur Marcelle, qui m'avait toujours donné l'impression d'être blindée contre tout. Écervelée comme trente, mais, au bout du compte, une battante. Grandin avait réussi à rouvrir les cicatrices, ranimer le malheur qui dormait en elle depuis toujours. Mais il y avait autre chose qui la tracassait, et j'avais une bonne idée de ce dont il s'agissait.

— On va se le souhaiter.

— Au moins, son Manu grandira pas dans un bordel.

J'avais souri tristement avant d'écraser mon mégot dans la montagne de patates pilées.

La version instrumentale de *I'll Be with You in Apple Blossom Time* s'est de nouveau tue, et Rose s'est levée, une fois de plus. Lorsqu'elle est repassée près de moi, après avoir posé l'aiguille sur le disque, j'ai attrapé sa main et, résignée, elle s'est arrêtée. J'ai levé les yeux vers elle, mais Rose n'osait pas m'affronter. J'ai donc embrassé sa paume avant de la libérer, et elle est retournée à son fauteuil.

— C'est…, a-t-elle commencé, mais le restant de la phrase s'est retrouvé coincé dans sa gorge.

— C'est de ta faute, ai-je complété. J'imagine que oui, un peu.

Elle m'a enfin regardé. Rose a entrouvert la bouche, mais rien n'en est sorti. Je lui ai facilité la tâche.

— Tu pouvais pas savoir, ai-je ajouté. Tu pouvais pas te douter qu'elle réagirait de même. C'est ça ?

Rose s'est allumé une autre cigarette, la flamme de son briquet a fait luire les deux sillons de larmes qui creusaient son visage. Sa main tremblait. Elle avait pleuré déjà pas mal – elle n'avait pas fini de le faire. En ravalant un sanglot, elle m'a demandé :

— C'est Marcelle, c'est ça ? a-t-elle soufflé, sa peine prenant tout à coup des allures de colère.

J'ai secoué la tête, fini mon verre.

— Marcelle m'a rien dit. Elle t'a couverte jusqu'au bout. Mais y'avait quelque chose qui clochait dès le début, dans ton histoire de descente. Pour quoi faire que Bélanger ordonnerait une descente icitte ? Ton bordel est son quartier général, tout le monde sait ça. Serait un peu comme pisser dans sa propre bière. Fait que, veux, veux pas, me suis dit que tu me cachais autre chose.

Je me suis servi dans son paquet de cigarettes, qui reposait sur la table.

— J'ai compris ben assez vite que c'était Marcelle qui avait pris le bébé, ai-je poursuivi en soufflant un nuage de fumée. À partir de là, ben, fallait trouver qui c'est qui était venu le chercher au Founding...

— Ç'aurait pu être n'importe qui. Ç'aurait pu être la Louve elle-même, s'est essayée Rose sans conviction.

— L'affaire, c'est que ça prenait quelqu'un qui avait vu Marcelle faire. Peut-être quelqu'un qui l'avait suivie ? Tu l'as dit toi-même : y'a rien qui se passe dans ta maison sans que tu le saches. Encore là, j'avais des gros doutes. Une partie de moi qui voulait pas y croire, aussi. Me suis raccroché à ce que la bonne sœur du Founding avait dit : une femme aux longs cheveux noirs, l'air « moderne », dans la vingtaine. Mais on te dit souvent que tu fais pas ton âge, hein ?

Le tourne-disque tournait dans le vide. À côté, on dansait sur un autre air de dixie, et le plancher vibrait sous nos pieds.

— La Louve m'a comme confirmé la patente. C'était la deuxième à me parler d'une belle grande brunette avec de la classe : il se fait difficilement plus élégant que ma Rose. Ma Rose à moi, viarge...

Elle s'est remise à pleurer, et je nous ai versé à boire en lui laissant le temps de reprendre ses esprits.

— Je... Je pouvais pas savoir. J'ai jamais pensé que ça finirait comme ça.

Rose attendait mon approbation, mais je me taisais.

— C'est vrai, Gène : elle était jamais là ! Elle passait toutes ses soirées sur la trotte, en laissant le p'tit derrière. Le nombre de fois que j'suis montée pour m'occuper du bébé, je te dis pas. Je...

Sa voix s'est brisée. J'ai poussé son verre, mais elle a refusé de boire davantage. J'ai attendu.

— Je suis montée. Le p'tit braillait, comme d'habitude. Il braillait sans arrêt, seigneur... C'est là que j'ai vu Marcelle sortir de la chambre avec le bébé dans les bras. Elle, elle m'a pas vue, pressée comme elle était. Je... J'ai voulu l'arrêter. Mais je me suis surprise à pas le faire. Me suis même fait accroire qu'elle allait juste promener Emmanuel, pour le calmer.

Elle a fermé les yeux en prenant une profonde inspiration.

— Pis Marcelle est revenue. Mais pas le bébé. Je lui ai tiré les vers du nez, tu comprends. Où c'est qu'elle l'avait laissé, pourquoi, toute ça. Elle a voulu aller le chercher. Mais je l'ai pas laissée faire.

— Pis t'es allée à sa place.

Rose a acquiescé.

— Quand j'suis revenue, j'ai dit à Marcelle qu'il y avait plus de bébé. Qu'il était déjà parti.

— Mais il l'était pas.

Rose a haussé les épaules.

— Je... J'allais pas le laisser pourrir dans un orphelinat, Eugène. Pis icitte, avec sa mère qu'était jamais là... Un père qui voulait rien savoir. Un enfant, ç'a besoin de parents, a-t-elle lâché dans un sanglot. On avait déjà du trouble avec la fille de l'autre, pis j'avais fait mes recherches. Si les enfants de Solange étaient trop vieux pour que la Louve les prenne, Emmanuel l'était pas, lui. Il allait même pas se souvenir, Gène! Comment je pouvais savoir que Jeanne prendrait ça dur de même? Elle s'en occupait jamais! Au fond, c'était une enfant, elle avec. A méritait d'avoir une autre chance. Pis son bébé aussi.

Je me suis levé pour la retrouver sur son fauteuil. Rose s'est laissée choir contre moi.

— Pour quoi faire que t'as envoyé la p'tite me trouver, au juste? lui ai-je demandé en soulevant son visage ruisselant de larmes.

Elle a battu des paupières en adoptant une mine affligée.

— Elle était pas consolable. Est venue me voir avec l'argent que les filles lui avaient donné. J'aurais été une vraie sans-cœur de lui refuser ce p'tit bout d'espoir là... Pis, je veux dire: regarde-toi, Gène. Y'avait ben plus de chances que tu revires le cul à la crèche que tu te rendes jusque-là. Sincèrement, je pensais même pas que t'allais y dire oui...

J'ai soupiré. Elle s'est blottie contre moi, en appuyant exactement là où l'autre avait frappé la veille. Tout le monde voulait me briser les os.

— Pis ça me faisait une excuse pour te revoir..., a-t-elle chuchoté dans le creux de mon bras.

Je me suis dégagé avant qu'elle ne sorte l'artillerie lourde et me suis dirigé vers le phonographe. Le record tournait toujours.

— Veux-tu savoir de quoi de drôle, ma Rose?

J'aurais pu lui épargner ça: Rose vivait déjà avec un suicide sur la conscience, après tout.

— Ta Jeanne, là, je le sais, moi, où c'est qu'elle passait ses soirées.

Rose s'est redressée et m'a regardé de ses grands yeux inquisiteurs.

— Ta Jeanne, elle travaillait les barbottes pis les coins de rue. Mais le plus beau là-dedans, c'est qu'elle faisait ça pour piler de l'argent. Elle voulait pas que son Manu grandisse dans un bordel. C'est fin, hein?

Rose m'observait, immobile.

— C'est ça. Elle ramassait son cash pour, quand que Bélanger arrêterait de payer, pouvoir lever les pattes pis s'occuper de son kid dans une vraie maison. Ah! j't'entends. Pis t'as pas tort, ma Rose: elle aurait pas tenu longtemps. Ç'aurait sûrement pas marché comme elle voulait. Qu'on se le dise: une putain, même gréée en reine dans ses beaux appartements, ça reste rien d'autre qu'une putain. Pas vrai?

J'ai replacé l'aiguille du gramophone et la musique a recommencé. Comme hypnotisé, j'ai regardé le disque tourner, et tourner, et tourner. Sur sa chaise, Rose pleurait en silence. J'ai récupéré mon veston sur le dos du fauteuil.

— Bye, Rose, me suis-je contenté de lui dire. Bye, là.

Je voulais sortir de la maison, me sauver, mais Marcelle, qui était changée et bonne pour l'ouvrage, surveillait mon passage et m'a pour ainsi dire sauté dessus sitôt que j'ai eu le pied hors de la chambre. L'air soucieux, elle s'est enquise :

— Madame Rose, elle doit prendre ça ben dur, hein, la mort de Jeanne ?

J'ai acquiescé sans en rajouter. Si Marcelle m'avait caché quelque chose, c'était par peur. Un peu comme Jeanne, qui se vendait à des tout croches en cachette. Toutes les deux avaient craint de perdre leur place dans cette maison si belle, si « clean ».

Après notre visite au Founding, Marcelle avait déjà compris que Rose lui avait menti. Mais elle n'avait pas osé affronter sa Madame, de peur de se retrouver à la rue. Elle avait donc tout gardé pour elle. Son acharnement venait en partie de là : elle avait peut-être les mains liées d'un bord, mais ça ne l'empêcherait pas de retrouver cet enfant. J'avais été son instrument.

— T'as l'air mieux, fille, que je lui ai lancé en approchant ma main de sa joue.

Elle a esquivé mon mouvement en s'excusant :

— Ouin, je me suis peinturé une face. Serait important de pas toucher, détective, si on veut que ça tienne jusqu'à la fin de mon shift.

J'ai ri. Marcelle a jeté un coup d'œil furtif vers la porte de la chambre de Rose, puis vers le salon. Il y avait un peu moins de monde, et les visages avaient changé. J'ai reconnu celui du gros Bélanger, dans la foule, qui faisait semblant de ne pas m'avoir vu. Il appréciait le spectacle que lui offraient un jeune officier et la grande pute blonde à moitié nue, celle aux sourcils noirs, qui massacraient le dernier succès de Marion Harris en faisant le jacques sur les paroles. *A good man is hard to find / You always get the other kind / Just when you think that he's your pal / You look for him and find him fooling around some other gal...*

— Qu'est-ce tu comptes faire, beauté? ai-je demandé à Marcelle avant de m'en aller.

Elle m'a souri en pointant Bélanger du coude. Le chef était en effet seul, alors que tous les autres policiers se trouvaient déjà en très bonne compagnie.

— Ça va lui en prendre une nouvelle, à la moustache, qu'elle a dit en m'adressant un clin d'œil. On va travailler là-dessus. Ferait du bien, un p'tit break, en avoir juste un à contenter pour un bout... À moins que t'aies changé d'idée?

— Devine.

Elle a alors plongé ses doigts entre ses deux seins et en a ressorti la bague, qu'elle a déposée dans ma main tendue.

— Merci ben, ma femme.

J'ai glissé l'anneau dans la poche de ma veste, sur mon cœur.

— Y'a pas d'quoi, détective. Anytime!

J'ai voulu l'embrasser, mais elle m'a fait les gros yeux: le maquillage. Je l'ai laissée retourner à son labeur en souriant. Avant de sortir du bordel de la rue Cadieux pour une dernière fois, j'ai écouté à la porte de Rose. L'air mélancolique de *I'll Be with You in Apple Blossom Time* venait tout juste de recommencer.

23

Beaudry était dans un sale état. Quand je me suis assis
devant lui, à la barbotte, j'ai compris qu'il m'attendait
depuis un bon moment :

— T'es arrivé en avance, mon homme !

Il m'a lancé un regard intoxiqué. Je n'étais guère plus
vaillant : j'avais payé le gros prix à Candy Man pour une
pipée d'opium et son silence. Le Chinois m'avait donné sa
parole, tout sourire, mais j'étais convaincu que Pei-Shan
avait déjà été mise au courant. Ça m'était égal. Dès ce
soir, toute cette histoire serait derrière moi ; je pourrais
dire adieu une fois de plus à ce quartier et à ces gens.
Sortir de cet habit, me glisser dans mon *hanfu*. Enfin, enfin
retourner à ma chère non-existence.

Il y avait moins de monde que la dernière fois. J'ai
reconnu quelques visages, dont celui du barman qui
m'aimait tant. Dachez n'était pas là : tant mieux. Même si

l'opium avait réussi à endormir un peu mon aigreur, j'avais soif de vengeance pour Jeanne, et j'aurais facilement pu me placer dans une position délicate.

Beaudry a voulu se lever pour nous chercher à boire, mais il n'était plus en état. Un triste spectacle! Avant qu'il ne s'affale sur le sol, s'humiliant davantage devant cette basse pègre qui ne demandait pas mieux, je me suis chargé des ravitaillements. Je la connaissais, cette douleur nommée Mignonne, et je n'avais pas la conscience tranquille. J'étais en quelque sorte responsable de l'écroulement de leur couple. Pourtant, les remords ne m'avaient pas empêché de donner rendez-vous à Beaudry ce soir, et sous de faux motifs par-dessus le marché. Lui offrir un verre était la moindre des choses.

Beaudry a continué à boire rapidement et, à ce rythme, il roulerait sous la table dans l'heure. Avant que ce moment de grâce n'arrive, je me suis assuré qu'il avait bien en sa possession ce que je lui avais demandé. Il a acquiescé en posant la drogue sur la table, au vu et au su de tous.

— La v'là, ton héro, ostie de junker. Mais écoute-moi ben, Duchamp : à ce prix-là, tu serais ben mieux de te tirer une balle dans' tête.

J'ai fait disparaître la marchandise sur moi en le sermonnant :

— Calvaire, Beaudry. Tu t'arranges pour perdre ta job.

Il a ri.

— Qu'est-ce que ça changerait? Hé! j'pourrais me faire détective privé, moi avec! On pourrait même faire équipe, toi pis moi, comme dans le temps. On se prendrait une secrétaire... Ta belle rousse, tiens!

— Arrête tes niaiseries…, ai-je marmonné.

Mon malaise brillait à des milles à la ronde. Certes ivre, mais pas demeuré pour autant, Beaudry a tout vu ça à travers moi. Son sourcil gauche s'est relevé, et ses lèvres ont formé une moue dédaigneuse ; cette grimace qui était bien sienne, qui tirait tout un côté de son visage vers le haut, cette grimace qu'il faisait, souvent, avant de frapper.

— Oh, ben maudit ! Tu le savais ! a-t-il lâché en serrant son verre dans son poing. Qu'est-ce qu'elle t'a dit, au juste ?

J'ai feint l'innocence, mais il n'était pas dupe.

— Parle, tabarnac ! Un minimum de respect ! C'est ma femme !

J'ai rempli son verre en cherchant le courage d'être honnête. Allumer une cigarette. Ouvrir la bouche.

— Sérieusement, Beaudry. Vrai comme j'suis là. Je sais pas de quoi tu parles.

Il s'est mordu la lèvre du bas, me toisant de ses petits yeux larmoyants, comme s'il tentait de lire dans mes pensées. Par crainte qu'il y arrive vraiment, je me suis efforcé de soutenir son regard en expulsant de ma mémoire le fantôme de sa femme – de sa femme nue, dans mes bras. Après une éternité, il s'est recalé dans sa chaise droite ; sa bouche affichait un étrange rictus. Il a placé une cigarette entre ses dents avant de lancer, amusé :

— Pff, t'es défoncé raide, toi avec !

On a tous les deux éclaté de rire. Puis on a bu et fumé. Et enfin, il a parlé de Mignonne :

— C'est fini.

Je me retenais de poser des questions. Ça ne l'a pas empêché de raconter. Comment il était arrivé, après m'avoir laissé chez moi, comment elle l'attendait, pour le congédier.

— A s'en va. La tournée, les grosses affaires de grosse vedette. Montréal, c'est pu assez bien pour elle. Pis moi non plus, j'suis pas assez big shot.

C'était donc ça qu'elle avait à fêter, la veille ; elle n'avait jamais vraiment eu l'intention de fonder une famille avec son Beaudry. La déception s'est presque aussitôt changée en soulagement. Elle ne le quittait pas par ma faute. Un poids considérable s'est envolé de mes épaules. Ça me faisait de la peine mais, paradoxalement, ça me libérait. Et même si l'idée de la perdre encore était insoutenable, je me consolais en me répétant que je ne risquerais plus de la croiser dans les rues de la ville.

Je devais sourire, parce que Beaudry a fini par me dire :

— Tu trouves ça drôle, toi, hein ? Dans le fond, je te comprends. Même que c'est drôle en crisse. C'est pâmant, ostie ! a-t-il hurlé, provoquant le silence dans l'assemblée.

Il avait les larmes aux yeux.

— J'aurais jamais dû toucher à ça. Jamais…

Il a répété cette phrase un nombre incalculable de fois. J'ai confirmé ses dires aussi souvent. À ma demande, le videur m'a aidé à sortir Beaudry sans accepter mes remerciements, simplement heureux d'avoir la chance de foutre un agent des forces de l'ordre dehors.

On a marché. Sans qu'il s'en rende compte, on s'approchait peu à peu de chez lui. Une marche qui aurait dû nous prendre cinq minutes nous en avait pris trente. Je devais le retenir d'aller se perdre dans tous les tripots et les cabarets qu'on croisait. Heureusement, j'avais aussi réussi à convaincre le barman de me vendre une bouteille de mauvais whisky, que je brandissais en guise d'appât devant son nez chaque fois qu'il s'écartait du trajet. Devant chez Delisle, cependant, la promesse d'une lampée de tord-boyaux n'a pas suffi. Beaudry était bien décidé à aller rendre visite à sa femme. Avec moi. Ce serait « une belle surprise » pour la Mignonne, répétait-il. Heureusement, le videur n'a jamais voulu le laisser passer : malgré la scène de l'officier, les menaces, le badge, les larmes.

— Prends su' toi, Beaudry, ai-je murmuré en faisant de mon mieux pour l'aider à se relever. Ça va mal finir.

J'ai joué le jeu jusqu'au bout, en prétendant même ignorer son adresse, comme si c'était la première fois que je me rendais à l'immeuble de la rue Sainte-Élisabeth. Je n'avais pas l'intention de monter chez lui, même s'il n'arrêtait pas de me le demander. Un dernier verre, plaidait-il, comme dans le temps. Il fallait qu'on se tienne, entre gars. On s'était perdus, mais en fin de compte c'était pour mieux se retrouver. Des frères : c'est ce qu'on était, des frères...

Je l'ai regardé se battre contre la serrure de son immeuble un temps. Ses clés tombaient pour la troisième fois quand j'ai finalement pris le relais.

À ce moment, la porte d'entrée s'est ouverte et le visage antipathique de la propriétaire est apparu. Bien entendu, elle m'a tout de suite reconnu : il faut dire que je lui avais fait une forte impression.

— Encore vous ! a-t-elle craché en me voyant. Elle est pas là, la guidoune...

Derrière, Beaudry avait arrêté de rire. Comme ça ne servait à rien de faire semblant, j'ai répondu à la mégère :

— Mais c'est p't-être ben toi, que j'viens voir. Enweille, tu peux me le dire, que tu t'es ennuyée.

Alors que je m'approchais d'elle dangereusement, elle s'est réfugiée chez elle en pestant. Je me suis retourné vers Beaudry, qui s'efforçait de se tenir droit, dans l'embrasure de la porte.

— Vous... Vous vous connaissez? C'est d'adon.

Il m'a repris ses clés des mains et a commencé à monter l'escalier.

— C'est d'adon en crisse..., a-t-il répété à mi-voix.

Trahi de toutes parts. Pauvre gars. En même temps, il avait un peu couru après... Sincèrement, il ne devait pas être si surpris que ça. Au fond, c'était lui, le salaud: celui qui était venu jouer dans mes battures, lui qui me l'avait volée en premier.

J'avais beau me répéter tout ça, et même essayer fort d'y croire, je ne me sentais pas très vaillant. Eh viarge! Non, pas vaillant pour une cenne.

— Beaudry!

Il s'est retourné vers moi, son frère, en s'agrippant à la main courante. Ses yeux étaient peut-être bien voilés par l'ivresse, mais derrière ce nuage, il y avait deux revolvers pointés directement sur moi. Je lui ai tendu l'enveloppe remplie d'argent que le chef m'avait lui-même donnée, quelques jours plus tôt. Ça payerait l'héroïne. Beaudry a pris l'enveloppe et a continué son ascension. Je me suis enfui avant qu'il se souvienne de l'existence de son arme de service.

◆ ◆ ◆

J'ai étalé la drogue sur la table. Un véritable festin. Tony Frank m'a souri, satisfait, une lueur de curiosité au fond de l'œil. Il se demandait comment un demeuré comme moi avait réussi à retrouver sa marchandise, et si j'en avais profité pour en garder une part.

La voix riche et puissante d'une cantatrice s'échappait du gramophone, l'opéra italien tentant de couvrir les rythmes de l'orchestre noir qui se produisait en bas, sur la grande scène du Savoy. Tony Frank, bien calé dans son fauteuil capitonné, recourbait les pointes de sa moustache. Comme d'habitude, le King était richement vêtu. Comme d'habitude, ses deux clébards me faisaient les yeux doux, prêts à me sauter à la gorge au moindre signal.

— The French guy. You sure ?

— Dachez, oui. C'est lui qui a organisé le vol. Et c'est pas juste après ton stock qu'il en a. De ce que j'ai cru comprendre, il essaye d'avoir le monopole. Tout ce qui rentre passe par lui.

Le King se mordillait l'intérieur de la joue. J'ai continué :

— Ça, c'est juste c'que j'ai pu lui acheter. Le reste de ton stock, y'est au port. Hangar n° 67, sur la pier Victoria. Si tu y vas à soir, tu devrais toute trouver. Dachez a même commencé à courtiser les Chinois. Lee Chong pourrait te le confirmer, si tu me trustes pas.

Le King, qui convoitait depuis belle lurette le marché du Chinatown, a froncé les sourcils, mécontent.

— Il travaille sûrement pour quelqu'un. Dachez, I mean, he's nobody.

J'ai haussé les épaules.

— Je dis pas le contraire. Mais pour ce qui est de ta marchandise, c'est lui qui a tout organisé. C'est ton homme. Et c'est la seule mort que je suis prêt à avoir sur la conscience. Pour le reste – qui a graissé la patte à qui, et cetera –, je veux rien savoir. C'est trop gros pour moi. Tu m'as demandé de te retrouver ton stock, tu m'as demandé un coupable. Les v'là.

— Fair enough, a fait le King en souriant.

Me croyait-il? Peut-être. Mais il savait pertinemment que quelqu'un de beaucoup plus influent que Dachez devait se cacher derrière un trafic de cette envergure. En fait, j'étais certain que Tony Frank était au courant que la gang à Harry Davis et Kid Baker baignait dans le coup. Il m'avait d'ailleurs probablement envoyé là pour que les Juifs se chargent eux-mêmes de me passer, faire d'une pierre deux coups. Quoi qu'il en soit, je lui avais retrouvé sa drogue. Et cette nuit, le hangar 67 serait vidé.

Dachez? Dès que j'aurais quitté la pièce, Serafini et Fatty Gambino iraient le pêcher. Bien sûr, le Français nierait tout. Mais ça ne changerait rien. Connaissant son caractère bouillant, j'étais sûr qu'il ne se laisserait pas insulter longtemps et, dès qu'il s'énerverait, Serafini se ferait un plaisir de lui arranger le portrait. Le pauvre batteur de femmes serait méconnaissable. Ils pourraient le laisser là, par terre, crever dans la douleur. *Ciao, ciao,* trou de cul.

Je me suis levé ; Tony Frank a sorti une pile de billets de son bureau.

— Je veux rien.

— C'mon, Duchamp. Let me show you my gratitude, a-t-il insisté en lançant l'argent sur moi.

J'ai attrapé la liasse. C'était beaucoup. Dans mes poches, il y avait moins de dix dollars, mais j'ai placé le magot sur le bureau devant Tony Frank malgré tout.

— Non. Je travaille pas pour toi. On se doit plus rien.

Tu me laisses tranquille. Tu laisses ma femme tranquille. Deal?

Réprimant un éclat de rire, le King a alors tiré de sous son bureau sa jolie canne, qu'il a fait pirouetter entre ses doigts avant de me la tendre.

— Je t'en dois une de même, pas vrai?

J'allais refuser quand il a ajouté, tout sourire:

— All square.

J'ai pris la canne, sur mes gardes. Un sapré beau morceau, solide, droit. Le bois rouge, lustré, donnait à l'objet un aspect riche et luxueux. Le pommeau rond, en métal argenté et légèrement aplani sur le dessus, épousait la paume de ma main comme s'il avait été forgé sur mesure. Remarquablement travaillé, il s'étirait d'un côté, se transformant en tête de cheval. Une nouvelle monture.

— All square, ai-je approuvé.

On pouvait toujours rêver.

24

Sur le chemin du retour, je me suis accroché les pieds chez Delisle. Aussi bien en finir, avec ces quelques billets qui traînaient dans le fond de ma poche. C'était la meilleure façon de m'assurer de ne plus y retourner. Ce soir, je rentrerais chez moi aussi fauché que le jour où Jeanne était venue frapper à ma porte. Je retirerais mes beaux habits. Pei-Shan les laverait. Et je les laisserais moisir en dessous du lit pour toujours.

Elle était sur scène, jouant les Mistinguett, pleurant cet homme qu'elle aimait tant, cette brute qui lui prenait tout et lui donnait des coups. Quand on repensait à la gueule piteuse qu'affichait Beaudry une heure plus tôt, c'était assez ironique.

J'ai commandé un scotch à l'eau, en remettant l'entièreté de ma fortune au barman.

— Tu me sers jusqu'à ce qu'il reste plus rien. Pis après, tu me sacres à la porte.

J'ai bu en regardant Mignonne enchaîner les numéros. J'ai bu en souriant, en me faisant accroire que c'était fini. Qu'elle partait. Que c'était pour le mieux. Que j'arriverais peut-être même à l'oublier. Quand le barman m'a annoncé qu'il venait de me servir mon dernier verre, je l'ai remercié. Je me suis levé et j'ai bu le scotch d'une traite, sans prendre mon temps, et j'ai sorti la bague. Ce que j'avais jadis cru être une promesse d'avenir s'était avéré un cadeau d'adieu.

— Dernière chose. Tu donneras ça à la belle fille en cheveux qui se trémousse sur la scène.

Le barman a pris la bague et m'a adressé un signe d'entendement sincère.

— Belle pièce. Drôle d'idée de confier ça à un étranger. Si je décidais de la garder…, a-t-il blagué.

— Aussi ben que tu le saches tout suite, dans ce cas-là : ç'a pas la valeur que ç'a l'air d'avoir.

Il a eu l'air étonné.

— On dirait pas du toc, pourtant.

— Ben pour dire, hein ?

◆ ◆ ◆

Je n'arrivais pas à me la sortir de la tête.

Arrivé à l'immeuble de la rue De La Gauchetière, j'étais monté à ma chambre, où je m'étais dévêtu, en m'assurant que toutes mes poches étaient vides. J'avais ensuite étendu mes vêtements sur le dossier de la chaise avant de laisser tomber le *hanfu* sur mes épaules, m'étais enroulé dedans, mes pieds dans ma vieille paire de pantoufles chinoises au tissu noir usé, troué. Et sans plus attendre, je m'étais dirigé vers la porte de la fumerie.

Pei-Shan avait posé un drôle de regard sur moi. Je devais avoir l'air triste sans bon sens. Je l'étais. J'en aurais pour des semaines à me remettre des derniers jours. Des abus, mais surtout des pertes. Il aurait été préférable que Jeanne n'ait jamais cogné à ma porte. On aurait vraiment dû la laisser se détruire les jointures dessus…

— C'est fini, là, ai-je confié à Pei-Shan. C'est fini pour de vrai. J'suis revenu.

Je devais sentir le fond de tonne. Mais qu'est-ce qu'elle pouvait faire? Au pire, elle me sacrerait dehors. Me laisserait cuver mon scotch et encaisser le manque à jeun, le lendemain. J'avais fait ça à répétition dans la dernière semaine: je survivrais.

Contre toute attente, Pei-Shan m'a fait signe de la suivre et m'a conduit à une paillasse libre, un peu en retrait. J'ai retiré mes pantoufles puis me suis allongé sur le tapis pendant qu'elle me servait du thé.

— Je suis occupée. Tu peux te débrouiller, m'a-t-elle dit en plaçant tout le nécessaire devant moi.

J'ai fait signe que oui et elle est disparue. Il y avait beaucoup de monde, en effet. Des Chinois, mais aussi des Blancs. Principalement des hommes, puisque les femmes qu'on laissait entrer ici étaient des concubines, qui ne faisaient qu'accompagner le fumeur, le veiller pendant ses songes.

Alors que je trempais mon aiguille dans le *chandoo* pour une cinquième fois, mon regard est tombé sur une de ces douces créatures de la nuit. Elle avait les cheveux noirs et coupés au carré. Un peu trop de bijoux, trop de maquillage aussi, et ses yeux charbonneux m'ont fait penser à ceux des actrices qu'on voyait dans les films bizarres que faisaient les Boches. La demoiselle accompagnait un jeune homme, début vingtaine. À en juger par son accoutrement, c'était sans doute un de ces Yankees en moyens venus se faire dépuceler à Montréal. Le beau était bien installé sur son matelas, les yeux clos, la tête sur les cuisses de son amie. La paix : c'est tout ce qu'on pouvait lire sur ce visage détendu. La paix.

J'ai laissé aller le coude sur lequel je m'étais appuyé le long de la paillasse. Une fois à l'horizontale, l'embout de la toufiane en bouche, j'ai plongé mon regard dans celui de la fille, qui, inlassablement, passait sa main dans les cheveux du garçon. D'une longue, longue inspiration, sans fermer les paupières, j'ai aspiré le dragon, laissant la fumée emplir tout ce qu'il y avait de vide en moi, chaque recoin : de la gorge aux poumons et des poumons à partout. Les yeux encore bien ouverts, j'ai assisté à la transformation de la belle. Les yeux de la jeune catin ont pâli, puis elle a enlevé son postiche. Un battement de cils plus tard, ses traits étaient devenus ceux de Mignonne, mon adorée, ma mie. Alors qu'elle entortillait les cheveux du fumeur autour de son index, tout en ne me quittant pas des yeux, la belle a remué les lèvres : elle me parlait, me soufflait quelque chose, sans pourtant que sa voix se rende à moi. J'ai voulu me lever, aller la rejoindre, mais mon corps était beaucoup trop lourd. Une pierre, un rocher, une montagne, un arbre centenaire, solidement enraciné dans le sol.

Il n'y avait plus que nous dans la pièce. Elle et lui, et moi. Elle ne parlait plus. Ne me regardait plus. Elle a posé ses lèvres sur le front de l'opiomane et s'est relevée, le laissant endormi, entre deux songes. Puis elle s'est brusquement évaporée.

J'ai fixé le vide en espérant la voir réapparaître. Rien. J'ai donc jeté mon dévolu sur le dormeur, qui s'était réveillé et redressé à son tour. Je me suis d'abord dit qu'il me ressemblait, avant de réaliser que c'était vraiment moi que je fixais.

Je suis sorti de la pièce, en me laissant derrière, dans la fumerie.

Et je me suis retrouvé au Cabaret Delisle. Mignonne était sur scène et répétait ce même numéro que je connaissais si bien. *Listen to me honey dear / Something's wrong with you I fear...* Avec elle, des dizaines et des dizaines de femmes, toutes costumées à son image. Reproduisant la même chorégraphie. Et elles me dévisageaient toutes, toutes, en gloussant. *You're like a baby / You want what you want when you want it / But after you are presented with what you want / You're discontented.* Et toutes ces Mignonne se sont mises à rire...

J'étais seul dans cette salle vide. Il n'y avait qu'une table : la mienne. Un verre de scotch posé devant moi, Dieu merci. J'ai saisi le breuvage et : *vlan!* l'éclairage a changé dans un grand bruit. L'orchestre a disparu, traînant avec lui tous ces doubles de ma belle. Une douche de lumière blanche éclairait à présent la scène et, sous elle, ma Mignonne, qui continuait de chanter seule, *a cappella*. Elle bougeait de façon langoureuse, tout en retirant ses vêtements. Je l'épiais, savourant le moment comme si c'était la première et la dernière fois en même temps. J'ai bu de ce scotch qui avait le même goût que son sexe et, au moment où mes lèvres ont touché cet élixir, *vlan!* la lumière s'est éteinte, pour mieux se rallumer, plus faible, au-dessus de ma tête. J'étais toujours à cette table, mais le mobilier, ainsi que moi-même, avions été transférés sur la scène. *And though I sit upon your knees / You'll grow tired of me / 'Cause after you get what you want / You don't want what you wanted at all*, chantait tout doucement la voix, si près, comme si elle émanait en réalité de mon oreille. J'ai bu de nouveau puis recraché dans mon verre : le scotch avait suri et la douche lumineuse s'est éteinte, pour éclairer une autre scène, celle-ci au bout du quai n° 2. Sous un drap pâle, un corps.

Je me suis approché. Il n'y avait plus de musique, seulement le bruit de l'eau qui m'encerclait, mais dont je ne voyais pas la source. Je me suis penché sur le corps, ai soulevé la toile, m'attendant à y revoir le visage impassible de Jeanne. Devant moi, les mêmes traits livides, la même robe déchirée, mais les yeux de Mignonne. Et la voix, la voix de Mignonne aussi, qui s'échappait de ses lèvres mortes, répétant mon nom :

— Eugène ! Eugène ! Laissez-moi passer !

Penché sur le corps, j'ai caressé le visage de la morte en pleurant.

— Eugène ! Il faut que je te parle. Eugène, pour l'amour ! Toi, tu me touches pas, mon ostie !

À son tour, la morte a soulevé la main et l'a posée sur ma joue tout en répétant mon nom. Elle répétait mon nom, toujours avec plus de violence. Sa caresse est bientôt devenue gifle. Une gifle d'une grande intensité, mais qui, étrangement, n'était pas le moins du monde douloureuse.

J'ai fermé les yeux. Quand je les ai rouverts, j'étais de retour à la fumerie, sur ma paillasse. Et devant moi, contre toute attente, Mignonne. Bien vivante.

Derrière elle, le boy s'énervait, voulant la faire sortir. Pei-Shan est intervenue, en entraînant le petit Chinois plus loin. Ma femme a levé un doigt dans les airs à mon intention. Elle nous accordait une minute.

— Gène! a répété Mignonne, alors que je me sentais repartir. Eugène!

— Hé..., ai-je murmuré en me redressant un peu. Donne... Donne-moi du thé, veux-tu?

J'avais la bouche extrêmement sèche. Sans cérémonie, elle a versé le contenu de la théière dans un bol. J'ai bu, puis, en évitant son regard:

— T'as rien à faire icitte. J't'ai déjà dit de pas venir chez nous...

Je fixais le thé; pas la force, pas le courage de faire autrement. Il fallait en finir, et vite. Ma voix était un mince filet stérile. Je luttais pour garder les yeux ouverts.

— Va-t'en, Lillian. S'il te plaît. Va-t'en.

Je ne voulais pas qu'elle me voie comme ça, dans cet accoutrement, dans cet état. C'était moi, ça aussi, cette loque, cette moitié d'homme. Un moi qui ne pouvait pas vivre dans les bras de Mignonne. Et c'était mon monde: un monde où je survivais tout juste, et pour ça, elle n'avait pas le droit d'y exister.

— Oh! non, Eugène Duchamp. Y'a personne qui s'en va.

— T'as rien à faire ici...

— Dans ce cas-là, tu viens avec moi, m'a-t-elle coupé en me prenant le bol des mains.

Je me suis enfin tourné vers elle. Elle était encore maquillée pour son numéro, et j'ai eu du mal à croire qu'elle n'était pas, elle aussi, de l'ordre du chimérique. Sa présence n'avait aucun sens dans cet endroit. C'est peut-être pour ça que j'ai préféré la traiter comme un rêve. J'allais me réveiller, et rien de tout ça n'aurait vraiment eu lieu.

— Viens avec moi. Je vais prendre soin de toi, moi. Tu me laisseras pas une autre fois derrière, Eugène Duchamp. T'as pas le droit.

— Non, je te laisserai pas..., ai-je soufflé. C'te coup-là, c'est toi qui t'en vas. Adieu, Mignonne. Adieu, Lillian.

Je me suis allongé, lui tournant le dos.

— Regarde-moi! Eugène, tourne-toi!

J'ai fait non de la tête. Un petit gars de cinq ans qui a peur des fantômes. Pei-Shan est alors apparue devant moi. Oui : je devais faire pitié comme jamais, parce qu'elle m'a rejoint sur la couchette. Elle s'est assise derrière moi, et j'ai laissé ma tête tomber sur ses cuisses osseuses. J'aurais voulu fondre là, en me greffant à son corps tel une tumeur. Même que, en avoir été capable, j'aurais braillé comme un bébé. Il y avait les «Gène» furieux de Mignonne, les mots incompréhensibles du boy qui recommençait sérieusement à s'énerver et, comme sortie de nulle part, tout à coup, ma voix chevrotante. Ce filet rauque qui renvoyait à Mignonne sa propre chanson. *After I get what I want / I don't want it...* Je m'entendais chanter, et les paroles se mélangeaient dans mon crâne à mesure que les mots se cognaient contre mes dents. *And though you sit upon my*

knees / I'll grow tired of thee / Because... after I get what I
want / I don't want what I wanted at all...
J'ai chanté en gardant mon visage caché dans la robe
de Pei-Shan. Je n'ai pas vu Mignonne s'éloigner. Pas vu son
regard blessé ni son visage coléreux. Personne, personne
ne rejetait une femme comme Mignonne. Curieusement,
elle ne m'a pas frappé. Pas de braillage, pas d'insultes,
pas de reproches. J'ai su qu'elle était partie pour de bon
lorsqu'un cliquetis métallique a fait vibrer mon tympan.
Puis, le silence.

Je me suis laissé glisser en bas de la couchette. Désespéré, à quatre pattes sur le parquet sale, j'ai tâté à l'aveu-
glette dans l'espoir de la retrouver. Pei-Shan m'observait
sans broncher.

À l'idée de l'avoir perdue à jamais, j'avais du mal à
respirer. Je me suis assis en tailleur par terre, en soufflant, en tournant la tête comme un enfant désairé. J'allais
abandonner quand le reflet de la flamme a fait scintiller
l'or de la bague : elle gisait par terre, camouflée dans un
tas de poussière. J'ai étiré le bras et m'en suis emparé. Au
fond de ma paume, de sous l'anneau, une certaine chaleur
émanait, et je me suis fait accroire que c'était la sienne,
sa chaleur... J'ai dégluti avec peine. La douleur venait du
vide, et le vide se creusait, en partant de ma gorge jusque
dans mon ventre. J'ai eu envie de crier.

Quand j'ai été de retour sur mon lit, Pei-Shan, sans
rien demander, sans rien dire, m'a préparé une nouvelle
pipée. Oh ! oui : je devais faire bien pitié.

25

La fraîcheur est arrivée sur la cité le jour où on a mis Jeanne en terre, dans sa robe des grandes occasions, celle qu'elle portait quand elle avait cogné à ma porte, une semaine auparavant. J'avais moi-même remis mon beau costume, pour ne pas lui faire honte. Peu de gens s'étaient déplacés jusque sur la montagne pour lui dire au revoir. Son frère : un petit garçon propret, l'air aussi naïf et beige que sa sœur. Ils auraient pu être jumeaux. Leurs parents avaient fait une saprée belle job d'éducation avant de les lâcher lousses dans la réalité, fin prêts à se faire bouffer par le reste du monde.

Marcelle s'était fait un devoir de consoler le pauvre petit, alors que le curé récitait son laïus habituel. Trois autres filles de la maison assistaient à la cérémonie, dont Rose. J'avais préféré demeurer à l'écart. Toutes ces années de vie difficile à vendre son corps pour survivre n'avaient jusque-là pas réussi à estomper sa beauté. Des centaines et des centaines d'hommes plus tard, elle demeurait toujours aussi fraîche, quasi pure. Pourtant, les quelques jours qui venaient de passer étaient venus à bout de sa floraison : comme toutes les autres, ma Rose avait fini par faner. Elle était désormais réservée à la nuit, la lumière ne révélant plus que ses cicatrices.

Le gros Bélanger, sa bedaine et sa moustache brillaient évidemment par leur absence.

Je n'avais pas écouté la fin de l'oraison, préférant éviter toute confrontation avec les membres de cette triste assemblée. Une petite visite à ma mère, la première depuis mon retour au pays, et je levais les pattes.

— C'est Pei-Shan qui lui a ouvert, ai-je commencé, debout devant la stèle sobre et sans fleurs. Moi, tu sais ben : j'aurais voulu qu'on la laisse se détruire les jointures sur la porte. Surtout que, vu la suite des choses, cré-moi que ç'aurait été préférable.

Je lui ai raconté l'histoire de Jeanne, sa nouvelle voisine. Lui ai avoué l'avoir échappé un peu, dernièrement. Je buvais comme un trou pas de fond, fumais comme un sauvage, mais je comptais bien me tenir drette, à l'avenir. J'avais une petite femme qui m'aidait, pour ça. Non, elle ne l'aimerait pas ; mais comme il n'y en avait pas eu une qu'elle avait aimée, même pas la belle Lillian… J'étais rendu à lui expliquer comment Mignonne était finalement sortie de ma vie quand j'ai entendu des pas s'approcher.

— Me disais ben que je te trouverais icitte, a fait une voix grave.

— Pis ça t'a pas refroidi ?

Beaudry a fait la moue en s'allumant une cigarette. Il a jeté un coup d'œil à la pierre tombale et on est restés là un moment, sans jaser. Il a sorti la flasque de sa veste et a bu une longue gorgée d'alcool. Je l'ai regardé faire, écœuré. En voyant ma grimace, il a souri et m'a tendu le flacon. J'ai refusé d'un signe de la tête. Je venais tout juste de faire un beau paquet de promesses à ma mère ; la moindre des choses, c'était de les tenir plus de cinq minutes. Il a ri.

— Quessé ça, Duchamp ? Tu vas-tu me dire que t'es rentré dans les Lacordaire depuis la dernière fois ?

— Penses-tu qu'y voudraient de moi ? ai-je demandé en m'allumant une cigarette à mon tour.

On a gloussé en silence. Puis il a enchaîné :

— Suis venu te dire que le Dachez, y'est à l'hôpital.

J'ai hoché la tête, déçu. J'aurais préféré qu'il soit mort. Comme s'il lisait dans mes pensées, Beaudry a renchéri :

— Mais il tire au reste. Y'est cassé de partout. La moitié de la face qui lui est partie, avec la balle. Pas beau à voir, le Français. Les médecins comprennent pas comment ça se fait qu'y respire encore. Pis moi, je leur ai fait comprendre que le gars était pas une grosse perte. Ça devrait pas s'acharner fort sur son cas. Même s'il fallait qu'y s'en sorte, il sera jamais rien que le quart d'un homme. Pis encore.

— T'étais pas obligé de venir jusqu'ici pour me dire ça.

— J'me suis dit que tu serais content de le savoir, compte tenu que...

Beaudry a haussé les épaules avant de caler son chapeau sur sa tête en frissonnant. Il a ensuite reluqué ma nouvelle canne.

— J'imagine que je devrais te dire merci.

J'ai d'abord pensé feindre l'innocence. Mais en me tournant vers lui, j'ai bien vu que ça ne servirait à rien. Beaudry n'était pas si con, tout de même. Il avait évidemment compris qu'il aurait très bien pu être le gars dans le lit d'hôpital.

— On va se dire quittes, qu'il a ajouté.

Devant mon air dubitatif, il a cru bon d'ajouter :

— Pour la fois du tramway. T'sais, quand j't'ai sauvé la vie.

Je me suis mordu la lèvre avant d'acquiescer :

— C'est ça, Beaudry. On va se dire quittes.

On s'est dévisagés. Je n'aurais su dire s'il se souvenait, s'il m'en voulait, pour sa femme. Mais quelque part, oui, on était pas mal quittes.

— Tu devrais arrêter ça, tes affaires croches, lui ai-je conseillé en commençant à m'éloigner. Quelque chose me dit que ce qui s'en vient, ça sera pas beau.

On pouvait en effet s'attendre à une belle petite guerre entre les Italiens et les Juifs. Les Chinois s'en mêleraient aussi. Peut-être même les Français, qui voudraient venger Dachez.

— C'tu vas faire, astheure, détective ? a-t-il demandé, l'air moqueur.

Le temps se morpionnait. Le ciel s'était obscurci ; il allait pleuvoir. Une pluie froide d'automne. Çà et là, les feuilles changeaient de couleur. L'été avait fini par abdiquer.

— J'vais m'encabaner chez nous pour l'hiver, ai-je finalement répondu en marchant de reculons. Prends soin de toi, Beaudry. Pis botche pas sur ma mère.

◆ ◆ ◆

On sentait la fumée de loin, plusieurs coins de rue avant d'atteindre De La Gauchetière, et même sans voir, je savais : chacun de mes pas vers la maison m'approchait aussi du brasier. De peine et de misère, je me suis taillé une place à travers la foule qui s'était réunie devant la blanchisserie. J'ai hurlé le nom de Shan, mais sa voix ne m'a pas répondu.

D'instinct, je me suis dirigé vers les policiers. Ils étaient deux et regardaient, sans agir, comme les autres, les flammes prendre possession de la bâtisse. Ils étaient de l'escouade des mœurs.

Plus tôt, on les avait appelés pour les informer qu'il y avait une fumerie cachée, derrière cette blanchisserie.

— Peut-être même un bordel, les connaissant, avait dû renchérir l'agent en zyeutant avec mépris la foule composée exclusivement de Chinois.

La femme qui leur avait répondu avait prétendu qu'elle irait chercher son patron. Les policiers avaient donc attendu son retour à l'avant, mais tout ce qui leur était revenu, c'était du roussi. Après s'être barricadée, la Chinoise avait mis le feu.

— Elle a probablement voulu brûler l'opium, a ajouté le deuxième policier.

Il était facile d'imaginer les flammes, indomptables, se jeter ensuite dans l'huile des lampes à rôtissage. Il était facile d'imaginer Pei-Shan perdre le contrôle du brasier qu'elle avait elle-même allumé. Il était facile de l'imaginer intoxiquée par la fumée, probablement inconsciente.

— Vous l'avez laissée là ?

— La Chinetoque ? a demandé le premier, surpris par ma question.

— Elle s'est barricadée en dedans, a rétorqué le deuxième. Moi, j'rentre pas là.

Je les aurais frappés, mais le temps me manquait. Je me suis élancé vers la maison. Dans mon dos, comme un bourdonnement, les voix des agents me répétaient que ça ne servait à rien de jouer au brave, qu'il était sans doute trop tard de toute façon et que les pompiers finiraient bien par arriver.

Pei-Shan s'était en effet barricadée, mais les policiers n'avaient pas fait beaucoup d'efforts pour entrer dans sa forteresse, puisque, même seul, j'ai réussi à défoncer la porte. Ce faisant, j'ai été enveloppé d'un épais nuage de fumée opaque et brûlante qui m'empêchait de respirer ou même de voir quoi que ce soit. Heureusement, je connaissais l'endroit par cœur.

Les flammes léchaient les murs, affamées, et la maison entière se lamentait par des craquements assourdissants. Même avant l'incendie, la construction en mauvais état menaçait de s'effondrer. J'ai estimé que j'avais une minute ou deux tout au plus pour retrouver Pei-Shan et sortir avant que notre château ne s'écroule sur nous. J'ai placé mon bras devant ma bouche et mon nez et, accroupi, j'ai avancé vers l'endroit où elle avait tout allumé.

— Shan ! Shan !

Entre mes quintes de toux, j'appelais ma femme, mais ne recevais en guise de réponse que les plaintes de la maison et la rage des flammes, des hurlements qui promettaient de tout engloutir, moi y compris. Pei-Shan n'était pas là. Je me suis allongé sur le sol pour mieux voir et respirer.

— Shan! ai-je appelé une nouvelle fois, sans souffle, sans grande conviction. Shan, simonaque, t'es où ?

Un grand craquement s'est fait entendre au-dessus de ma tête, et je me suis empressé d'avancer en rampant sur le sol. Le plafond allait s'effondrer ; il fallait absolument que je sorte, qu'on sorte de là. Il faisait si chaud que ma peau se transformait en cuir tanné et mes yeux s'asséchaient dès que j'osais les ouvrir. Je me sentais rôtir, le sang qui bouillait dans mes veines commençait à faire cuire mes organes.

Derrière, là où je me tenais quelques secondes plus tôt, le plafond, qui se trouvait à être aussi le plancher de mon logement, a abdiqué sous la persistance des flammes, faisant s'envoler des milliers de braises, qui se sont déposées tout autour, sur les paillasses, dans mon dos et sur ma tête. Si je ne sortais pas maintenant, je ne sortirais jamais. Pris d'une nouvelle quinte de toux, je me suis légèrement redressé pour mieux reprendre mon souffle. C'est à ce moment que je l'ai aperçue : inconsciente, Pei-Shan était couchée sur une paillasse fumante que la braise menaçait d'incendier. Rapidement, j'ai avancé vers elle, malgré mes côtes endolories, malgré ma mauvaise jambe, malgré cette toux qui ne me lâchait plus.

J'ai finalement soulevé le petit corps de Pei-Shan et, la remerciant d'être si menue, l'ai fait glisser pardessus mon épaule sans même vérifier si elle respirait encore. Ainsi, on a traversé les plus longs quinze mètres de l'univers. Je me souviens de m'être dit que c'était fini, que c'était comme ça, finalement, que j'allais mourir. *En tentant de sauver sa femme, un ancien policier meurt dans un tragique incendie.* Quelle ironie !

Si j'avais voulu mourir en héros, je serais mort à la guerre.

J'avançais toujours, m'approchais de la sortie. La mort me mordait les pieds, me lacérait les jambes de ses griffes, tentait de me retenir à l'intérieur. Mais j'avançais, inlassablement, me surprenant moi-même. Lorsque je me suis finalement laissé tomber, j'étais hors de la maison. Rapidement, on est venu récupérer le corps de ma femme et on m'a tiré loin de la maison, qui s'écroulait. Alors que les Chinois s'occupaient de Pei-Shan, les agents se sont dirigés vers moi, mais je les ai renvoyés d'un geste las : c'était elle qui avait besoin d'aide, pas moi. Si j'en avais été capable, j'aurais hurlé. Je leur aurais sauté à la gorge. Mais tout ce que j'arrivais à faire, c'était de tousser.

Un appel anonyme avait alerté la police. Ça pouvait être n'importe qui. Tony Frank, les Juifs... Peut-être même que le gros Bélanger était derrière tout ça. Ce dernier avait à tout le moins autorisé cette visite de courtoisie, et je parie qu'il l'avait fait avec le sourire. Peu importe qui c'était, le message était clair : je ne serais plus jamais en paix.

J'ai rouvert les yeux. Candy Man se trouvait près de moi. Il s'est assis par terre. Il ne souriait pas : une première. J'ai refermé les yeux, cherchant la force de lui demander comment allait Pei-Shan, mais aucun son ne voulait sortir de cette gorge à vif. Il a tout de même compris.

— Vivante. Ils emmènent elle à l'hôpital. Toi aussi.

J'ai secoué la tête. Candy Man n'a rien répondu, mais je sentais toujours sa présence, juste là, à mes côtés. Les voix se resserraient autour de nous. J'avais l'impression d'être cerné.

J'ai rouvert les yeux pour apercevoir cette foule, au-dessus de moi. Tous ces habitants du Chinatown que je croisais, lors de mes rares sorties diurnes, tous ces yeux noirs qui m'observaient, aussi inquiets que redevables. J'ai redressé la tête avec peine, juste assez pour apercevoir Candy Man qui tenait entre ses mains ma canne, celle de Tony Frank, que j'avais laissée tomber par terre avant d'entrer dans l'immeuble en feu. Ma gorge, mes yeux, ma peau ; mon être entier me faisait souffrir. Candy Man m'a finalement demandé :

— Quoi va arriver maintenant ?

Il s'est retourné vers moi ; j'ai soupiré. Je n'en avais aucune idée. Nous n'en avions aucune idée.

— Toi, va à l'hôpital. Eux t'emmènent.

J'ai de nouveau secoué la tête, incapable de riposter avec des mots. Candy Man a agité la main vers les gens qui se tenaient derrière moi. Ils m'ont soulevé de terre, et j'ai eu l'impression de voler. Tout à coup, ça ne me dérangeait plus tellement de mourir : j'étais si léger… Ils m'ont fait planer comme ça un temps avant de me déposer sur quelque chose de mou et de confortable. Et là aussi, j'étais prêt à m'oublier. Un moment, j'ai cru entendre Beaudry qui sacrait comme un perdu. Je me souviens vaguement de lui avoir dit que j'étais bien, que je pouvais partir comme ça, qu'il pouvait lui dire adieu de ma part. Ce à quoi il a répondu d'un ton excédé :

— Mon sacrament. Tu penses quand même pas que tu vas l'avoir aussi facile que ça ?! T'es pas en train de mourir : tu dors ! Tu dors, Eugène Duchamp !

Cet ouvrage composé en Warnock Pro a été achevé d'imprimer au Québec
le dix-neuf avril deux mille seize sur les presses de Marquis Imprimeur
pour le compte de VLB éditeur.